왜교성을 품은

달빛
청춘 2

도서출판
이룸

# 왜교성을 품은 달빛 청춘 ²

글 · 장현필

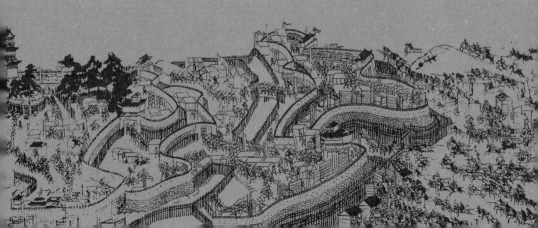

숨을 쉬고 있다.

숨을 쉬고 있다는 사실을 느끼지 못하고 살았다.

하지만 지금 이 순간은 숨을 내쉬고 들이마시고 있다.


사람들이 보고 싶다.

초등학교, 고등학교 시절 내 마음을 흔들었던 친구들도,

나를 한심스럽게 쳐다보았던 돌아가신 아버지도 보고 싶다.


아주 작은 몸뚱아리다.

세상의 아픔을 느끼며 아우성을 쳐보고 싶지만,

고작, 할 수 있는 것은 틀 안에서 작은 몸부림을 치는 정도뿐이다.

인류의 역사는 전쟁의 역사이다.

욕망이 많은 권력자가 개똥같은 이유로 '자, 전쟁이다!' 하면

민초들은 죽을지 살지 모르고 달려가 죽었다. 그래서 수없이 죽었다.


좋다. 어른들은 그렇다고 치자.

그러면 이유 없이 죽어가는 어린아이들과 여인들은 어쩔 것이냐?

흔한 일이니까, 어쩔 수 없다고…… 웃기는 소리 말라고 해라.


죽은 사람들은 역사가 끝난다.

전쟁이 나면 나약한 어린이, 여인들이 무참하게 당하고 만다.

이 세상에서 누가 누구를 죽일 권리가 있다는 것인가?


우리 민족도 수없는 전쟁으로 죽임을 당했다.

고조선부터 정유재란을 지나 한국전쟁에서만도 백만 명 이상이 죽었다.

백만 명! 말이 백만 명이지, 그 슬픔은 끝도 보이지 않는다.


유럽인들은 신대륙을 발견한다는 이유로

아프리카 원주민, 남미의 인디오, 북미의 인디언, 아시아의 토착인 등을

수 세기 동안 죽이고 또 죽이며 그들을 말살해갔다. 다 전쟁이다.

산업혁명 이후에 인류는 발전했다.

하지만 사람을 죽이는 기술도 발전해 왔고 그 결과는 끔찍했다.

권력자의 개똥같은 욕망들이 세계 전쟁을 통해 수천만 명을 죽였다.


그것도 이름 없이 아이들과 여인들이 죽어갔다.

칼에, 소총에, 포탄에, 가스에, 원자폭탄에 인류가 죽어갔다.

죽어가는 사람마다 부모가 있고 형제가 있고 자식이 있을 것이다.


전쟁이 나면 누가 죽었는가?

그럴싸한 이유로 전쟁을 일으킨 자가 죽는 법은 거의 없다.

그럴싸한 명분과 욕심에 포로가 된 추종자들은 부끄러움을 잃어버렸다.


작은 욕심이 광기를 만들고 독해졌다.

눈에는 보이지 않지만 미친병에 걸린 사람처럼 전쟁병에 길려 맹종했다.

정작, 광란의 도가니에 빠진 줄도 모르고 독기를 품어내고 있다.


미친 욕망이나 광기에 빠진 자들이

죽음을 눈앞에 두고 삶을 돌이켜보며 한줄기 눈물을 주르륵 흘린다.

참회의 눈물처럼 덧없는 인생을 후회하며 사라진다.

그러면 뭐 할 것인가?

미친 욕망의 역사를 품에 안고 사라져버리면 그만인 것을……

중요한 것은 지금부터이다. 역사를 통해 바로 알아야 한다.


전쟁은 절대 안 된다는 사실이다.


인류는 태어나면서부터 싸웠다.

남의 손에 빵을 먹고 싶어서, 나보다 더 예뻐서, 힘이 더 강해서……

지금 이 순간에도 언어로, 기호로, 화폐로 죽이고 있는지도 모른다.


전쟁은 아니지만

전쟁과 같은 카테고리로 권력자의 위선적인 이름으로

세 치 혀와 등 뒤에서 마녀사냥으로 죽이고 있는지도 모른다.


이제는 바로 알자.

인간은 누구나 행복하게 살아갈 권한과 가치가 있기에,

그래서 다른 이에게 죽음의 신호를 던지지 말아야 한다는 것을……


결국, 그 죽음의 메시지가 자기에게 돌아오기 때문이다.

삶은 감사함의 연속이다.

조원래 교수,

문성용 선생,

김은영 교수,

장윤호 교수,

풀잎 출판사 이연자 대표, 강희연 디자이너,

조정래 작가, 김초혜 시인, 조충훈 시장과

부끄러운 글을 감수해주신 분과 나의 친구, 선후배

그리고 묵묵히 버텨준 사랑하는 아내에게 무한한 감사함을 전한다.


마지막으로 〈왜교성전투와 정유재란〉 논문집을 기초로 그동안 칠십 평생 임진왜란사를 연구하신 조원래 교수에게 경의를 표하는 바입니다.


감사합니다.

장현필

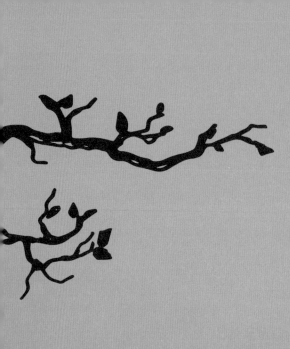

# 진린과 등자룡, 출병하다

"대림아! 모든 식구들을 다 모이게 하여라."

"예, 아버님."

등자룡의 부름을 받은 대림은 자식 아홉 명 중 막내아들 소림 한 명을 제외한 여덟 명과 식솔들 모두를 마당에 모이게 했다.

"다 모였느냐?"

"아버님, 소림이만 보이지 않고 일하는 식솔까지 다 모였습니다."

"소림이는 그림을 그리러 갔느냐?"

"예, 화구가 없는 것으로 보아 절에 올라간 것 같습니다."

"좋아, 돌아오면 이야기하기로 하고……."

명나라, 절강성 직예 지방에 등자룡이라는 사람이 살고 있었다. 그는 벌써 나이가 일흔이 다 된 고령이었지만 무관 출신인 그의 용맹함은 나이와는 상관이 없었다.

"모두 잘 들으라! 난 다가올 무술년에 출병하기 위해 큰 결심을 했다. 우리 집안의 원수인 왜의 야만인들이 우리 형제의 나라, 조선을 또 침략해 노략질과 살생을 일삼고 있다고 하니 난 그들을 무찌르기 위해 조선으로 가고자 한다.”

“예, 알겠습니다. 근데 아버님, 식솔 전부가 가는 것입니까?”

“그렇다, 우리 집안의 원수에게 복수하고, 조선을 죽음으로부터 구해 주어야 한다. 부인들은 물론 집안에서 일하는 일꾼들까지 모두 갈 수 있도록 준비하거라.”

등자룡은 웅성거리는 식솔들에게 한 번 더 못을 박았다.

“난 복건성에 있는 진린 장군을 만나 우리 가족 모두가 조선으로 건너가 형제의 나라를 구하고자 한다는 마음을 전달할 것이니, 나의 가솔들은 조선으로 떠날 준비들을 하도록 하여라!”

“예.”

등자룡은 막내아들 등소림을 데리고 진린 장군이 지내고 있는 복건성으로 바로 출발했다. 복건성에 있는 진린 장군은 명나라 수군의 총책임자로 조선으로 출병하기 위해 순무도어사 만세덕으로부터 명을 받고 출정 준비를 하면서 군사들을 모집하고 있었다. 모병되는 군사들에게는 은자여섯 냥씩을 나누어 주었다. 사람들이 은자를 받기 위해 모병에 지원하려고 성 주변에 옹기종기 모여 이야기들을 나누고 있었다.

하얀 옷에 흰 두건을 두른 등자룡은 아들 등소림을 데리고 진린 장군이 기거하는 성안으로 들어갔다. 성안에는 이미 모병으로 지원하기 위해 모여든 젊은 군사들이 많이 있었다. 등자룡과 등소림은 그들의 이야기를 듣고 싶어 사람들 사이로 들어갔다.

“이번 전투에 수만의 명나라 군사들이 출병을 한다고 하니 그 규모가 대단하다고 하오.”

어떤 사람이 열변을 토하고 있었다.

"우리야 은자를 받았으니 싸우는 흉내만 내고 오면 되지 무슨 목숨까지 걸 일이 있겠소?"

"맞소. 목숨이 두 개라면 몰라도……."

젊은 사람들의 말을 들은 등자룡은 화가 치밀어 올랐다.

"은자를 받았으니 흉내만 내겠다고? 젊은 놈이 되어가지고 무슨 망발이더냐?"

"아니, 백발이 무성한 분이 집에서 손자들이랑 놀 일이지. 무슨 참견이오! 어서 집에나 가서 손주 똥구녕이나 닦아주시오."

"손자들하고나 놀아라? 이 고얀 놈들이 감히 누구한테 늙었다는 게냐?"

"아니, 영감님! 나이를 먹었으면 곱게 늙을 것이지 젊은 사람 흉내내다간 피똥 싸니 저리 꺼지시오."

듣고 있던 등소림이 한 발짝 나섰다.

"아니, 젊은이들이 어른에게 너무 무례하구나! 어서 사과하지 못할까?"

"사과는 무슨 사과? 늙은이한테는 내가 차마 주먹질은 못 하겠고, 너 이놈 잘 만났다. 그렇지 않아도 짜증이 나서 분풀이 할 데가 없었는데, 네 놈이 대신 맞거라!"

등치가 산만한 젊은이가 등소림을 주먹으로 얼굴을 때리자 주먹에 맞은 등소림이 그대로 꼬꾸라졌다.

"아이쿠, 내 이빨! 네 이놈 아버님에게 어서 사과하지 못하는가?"

꼬꾸라져 한쪽에 처박힌 등소림이 일어나며 젊은 사람에게 당당하게 항의했다.

"이놈이 아직도 주둥이만 살아가지고. 세상 살면서 아직도 주먹맛을 못

봤구만."

젊은이가 다시 주먹으로 등소림의 배와 아랫다리를 공격하자 등소림이 다시 그 자리에 푹석 주저앉았다. 그 모습을 팔짱을 낀 채 묵묵히 바라만 보는 등자룡이었다.

"한 주먹감도 안 되는 놈이 감히 여기가 어디라고 까불고 있어! 늙은이 대신 이놈이 피똥을 쌓으니 어서 데리고 돌아가 손자들 재롱이나 보시오. 더 혼나기 전에……."

"젊은 사람이 예의도 없고 무지하기까지 하구만. 자네 같은 놈들이 있으니 왜놈들이 명나라까지 쳐들어와서 노략질을 하는 것이네. 힘이 있으면 야만족에게 힘을 써야지 선량한 백성에게 못된 짓을 하다니……."

"허참, 늙었다고 봐주려고 했더니 노망이 들었구만."

"네 이놈! 어서 아버님에게 사과하거라. 어서!"

등소림이 다시 일어나 젊은 사람에게 큰 소리를 치면서 사과를 요구했다. 그러자 젊은이가 다시 등소림을 가격하려고 주먹을 들고 머리를 내리치려고 한 순간 등자룡이 그자의 주먹을 잡고 왼손으로는 목덜미를 잡아 힘을 쓰자 젊은이의 다리가 허공에 둥둥 뜨는 게 아닌가? 주변의 젊은이들이 그 광경을 보고 놀라 벌어진 입을 다물지 못했다. 등자룡이 다시 손아귀에 힘을 주자 젊은이는 숨도 제대로 쉬지 못하고 켁켁거렸다.

"가랑잎이 솔잎 더러 바스락거린다고 탓한다더니만 이렇게 허약한 자가 무슨 주먹맛을 보여준다고…… 주먹맛이란 이런 것이다."

등자룡이 손아귀에 힘을 가하자 젊은이의 얼굴이 점점 붉어지더니 이제는 창백해져 숨이 목까지 차오르고 있었다. 그때 뒤에서 누군가 등자룡에게 말했다.

"어르신, 젊은 친구가 세상을 몰라 그러는 것이니 용서하시지요."

등자룡이 말하는 사람을 쳐다보자 예의를 갖추며 서있는 사람은 귀골이 장대하고 얼굴에 광채까지 갖춘 범상치 않은 인물이었다.

"아직 몰라서 그럴까요?"

등자룡이 손아귀를 풀어주자 젊은이는 그대로 땅에 떨어져 막혔던 숨을 거칠게 몰아쉬고 있었다.

"저는 진린이라고 합니다. 어르신은 뉘신지요?"

"아, 진린 장군이시군요. 전 등자룡이라고 합니다."

"여기는 어쩐 일로……."

"장군을 뵈러 왔습니다."

"그래요. 그러면 들어가시지요. 이봐, 젊은 친구, 이 어른에게 어서 사과하시게."

"어르신 죄송합니다."

"그래, 앞으로 세상 무서운 줄 알고 사시게. 나도 미안하네."

"네."

등자룡과 등소림은 진린 장군을 따라 집 안마당으로 들어섰고 마루로 안내되어 자리를 잡았다.

"그대는 누구신지요?"

"장군! 저는 절강성 직예에 살고 있는 등자룡이라고 합니다."

"어찌 날 보자는 것이오?"

"전 한때 무관 출신으로 전쟁터에서 물러섬이 없었던 사람입니다."

"아, 그렇습니까? 몰라 뵈어 죄송합니다."

"아닙니다."

진린 장군이 다시 한 번 일어서며 예를 갖추자 등자룡과 등소림도 따라 일어서 예를 갖추었다.

"앉으시고 말씀 계속하시지요."

"네, 예전에 왜구들의 침입으로 습격을 당해 우리 집안의 어른들이 많이 죽고 말았습니다."

"그랬군요."

"그래서 그 왜놈들을 용서할 수 없던 차에 우리 형제의 나라, 조선을 침공하여 인간으로서 할 수 없는 만행을 일삼고 있다기에 스스로 출정을 하고자 이렇게……."

"하, 어르신의 의지는 대단하나 고령이신데 가능하시겠소?"

진린 장군의 말에 등자룡이 주변을 살펴보자 마당 한쪽에 염소가 풀을 뜯고 있는 모습이 눈에 들어왔다.

"장군! 잠시 실례 좀 하겠소이다."

등자룡이 염소에게 다가가 염소의 목 급소를 손아귀에 넣고 비틀자 잠시 후, 염소는 두 다리를 쭉 뻗고 숨을 멈추고 말았다.

"아니? 어찌 잘 자라고 있는 염소를 죽이는 것이오."

진린 장군이 의아하여 물었다.

"옛날 염파는 팔십 나이임에도 한 끼 식사에 고기 열 근을 먹고 술을 닷말을 먹었으며 후한의 황충과 엄안은 단기필마로 적장의 목을 쳤으니, 힘을 쓰고 집안의 원수를 갚는 데 나이가 어찌 상관이 있겠습니까?"

진린 장군은 염소 한 마리를 야금야금 씹어 내장 일부와 껍질만 남겨놓고 다 먹어치운 당당하고 용맹한 등자룡의 행동을 보고 크게 웃었다.

"좋소, 어른의 용맹함이 참으로 대단하오. 근데 옆에 있는 자는 누구요?"

"아, 이놈은 제 자식 놈입니다. 그림 그리는 재주가 이미 고을 지역을 넘어섰기에 자식 놈을 장군에게 드리고자 데리고 왔습니다."

"나에게 아들을 주다니요?"

"아마도 전장에 임하면 우리 명나라의 전쟁 역사를 기록으로 남기는 것이 필요하리라 사료됩니다. 이놈을 통해 장군의 용맹함과 명나라의 조선 출정 역사를 그림으로 담으시면 후세에 좋은 자료가 되리라 판단해 드리고자 합니다."

"아! 그래요? 아주 좋은 생각이십니다. 너의 이름은 무엇이더냐?"

"전, 등소림이라고 합니다. 저의 미천한 재주를 우리 명나라를 위해 쓸 수 있다면 우리 가문의 영광으로 알고 최선을 다하겠습니다."

"좋아, 아주 좋다!"

"자식을 준다는 게 소림의 목숨을 나에게 준다는 말이오?"

"그렇소이다. 이 시간 이후로 소림은 제 자식이 아니고 장군께서 갖는 것입니다. 목숨을 버리든 거두든 그것은 알아서 하실 일입니다."

"그래요, 자식의 목숨을 나에게 준다!"

"그렇습니다."

"알겠소. 자식의 목숨을 내가 받아들이겠소. 후회하지 마시오. 이제 자식의 목숨은 내 것이니 그리 아시오."

"감사합니다. 미천한 목숨을 받아주시어."

"그림을 그린다고 했더냐?"

"예, 작은 재주를 가지고 있습니다."

"넌, 내 옆에서 명나라의 역사와 나의 자존심을 담는 사람이 되어야 할 것이다. 명나라의 역사를 후세에 당당하게 전할 수 있도록 하여라."

"예, 알겠습니다."

"등자룡, 당신을 나의 부총병으로 임명할 것이니 그리 아시오."

"감사합니다. 장군!"

등자룡과 등소림은 일어서서 진린 장군에게 예를 갖추었다.

"좋소, 등자룡 장군께서는 좋은 곳이든 나쁜 곳이든 나와 함께합시다."

"보잘것없는 절 믿어주시니 내 목숨도 장군께 드리겠습니다. 항상 곁에서 장군과 함께하겠습니다."

"나보다 인생의 연륜은 선배이니 나에게 많은 지도를 부탁하오."

"아니올시다. 비록 내가 나이는 조금 많다고 하나 나의 대장이오니 마음대로 부리시기 바랍니다."

"그대의 상장군으로서 부끄럼이 없도록 하겠소."

"감사합니다. 저는 식솔 이백여 명과 나의 군사 일천여 명을 데리고 출정하겠습니다."

"그래요? 정녕 그대가 우리의 영웅이오."

"소림아, 너는 지금부터 나의 곁에서 명나라의 역사를 담아라."

"예."

진린 장군과 등자룡, 등소림은 그날 저녁 늦게까지 주안상을 앞에 놓고 조선의 정세에 관하여 이야기를 나누었다. 이야기를 듣고 있던 등자룡은 긴 숨을 내쉬었다.

"장군, 지금 조선의 전장이 걱정됩니다."

"조선의 전쟁은 임진년에 시작해 벌써 6년이 되었소. 지난 8월에 남원성과 전주성을 잃고 수세에 몰렸으나 9월 직산 전투에서 우리의 부총병

해생 장군이 큰 승리를 거두어 왜놈들을 해안가로 몰아냈소. 하지만 울산성, 사천성, 순천 왜교성에 대군이 있어 앞으로가 관건이오. 아마도 조만간 가토가 있는 울산성을 공격하려고 한다는 이야기를 들었소. 왜놈들은 언제든지 우리에게 함선을 몰고 바로 쳐들어오고 싶어 하오."

"아, 그렇습니까?"

"혹여 왜놈들이 수군을 몰고 우리 명나라를 바로 공격할 수 있기에 우리를 방어하는 차원에서 수군이 절대적으로 필요한 것이오."

"장군, 너무 걱정하지 마십시오. 바다는 제가 지키겠습니다. 조선에도 유명한 수군 장군이 있다고 들었습니다."

"그렇소, 이순신이라는 장군인데 왜놈들이 명나라로 오는 바다 길목을 지켜준 사람이오. 그자가 있기에 우리가 편안했던 것이오."

"그렇군요!"

"지난 9월에 명량이라는 바다에서 몇 척의 배로 수백 척의 왜선을 물리쳤소. 만일 조선에 그자가 없었다면 우리의 북경도 큰 피해를 당했을 것이오."

"아니, 수 척으로 수백 척을 무찌르다니요? 조선에 그런 장수가 있었습니까?"

"그렇소. 너무나 강단이 있는 장군으로 조선 왕에게 미움을 사서 육신의 화도 많이 당했다고 들었소. 그자는 준비가 되지 않으면 출전을 하지 않으니 전쟁에 서툰 왕이 보면 화가 났을 것이오."

"아마도 우리가 출전하면 그자와 여러모로 부딪치게 될 것이오."

"그럴 것 같습니다. 진퇴(進退)와 선후(先後)를 유심히 살펴 그자의 코를 납작하게 만들겠습니다."

"등자룡 장군! 조선 땅에서 하는 전쟁은 명나라를 지키는 전초기지를 확보하는 전쟁이오. 만일 조선이 왜놈에게 넘어가면 우리 코앞에서 우리를 잡아먹으려고 만날 달려들 것이오. 조선전쟁은 장차 왜놈들의 바다 세력이 밀고 올 미래의 불씨를 없애려는 우리를 위한 전쟁임을 명심하시오. 또한 명나라 군사들의 목숨을 지키는 것도 중요하니 항상 유념하도록 하시오."

"아⋯⋯ 예."

그날, 등자룡은 수군을 책임지는 진린의 부총병이 되어 집으로 돌아왔다. 복건성에 다녀온 등자룡은 식솔들과 군사들에게 교육시키고 배를 건조하기 시작했다.

진린 장군은 부총병으로 등자룡과 진잠을 임명하였고 부관으로 마운찬, 계금, 장양상을 임명하고 조선에 출병하기 위해 배를 건조하고 식량을 준비하고 무기들과 군사들을 준비하느라 바쁜 나날들을 보내고 있었다.

틈틈이 등소림은 배 위에서 그림 그리는 연습을 하며 조선에 있는 불교 탱화를 만날 수 있다는 기대감에 즐거운 나날을 보내고 있었다.

# 저승사자 같은 추격자들

"도대체 너희들은 뭐하는 놈이냐?"

"죄송합니다. 죽여주십시오."

"죽여 달라고? 정말 다 죽여 버리고 싶은 심정이다!"

고니시가 습관처럼 긴 칼을 꺼내들었다.

"그렇게까지 따돌리고 숨어버릴지는 몰랐습니다."

"사랑하는 내 부하들을 죽인 원흉들을 한꺼번에 잡을 수 있는 시신의 흔적도, 수급을 가져간 폭도도 모두 놓쳐버려?"

"죄송합니다. 보통 놈들이 아닙니다."

"말똥 치우는 놈은 어떻게 됐어?"

"그놈도 몸을 숨겨버렸습니다."

"내가 사람을 붙이라고 했잖아."

"붙였는데, 그만 눈치를 채고……."

"아이고, 내가 이런 어리석은 놈들을 데리고 뭘 하겠다고?"

"……."

"이제는 정확해졌다. 스쿠니, 사사끼, 노무라를 죽인 범인은 차돌, 유정, 진구 그놈들이 틀림없다! 꼭 잡아서 내가 갈기갈기 씹어줄 것이다. 그러나 아무리 생각해도 이해가 되지 않는 것이 있다. 나의 장수들이 하루아침에 장수가 된 것도 아니고 산전수전 수없이 많은 전투 속에서 잔뼈가 굵은 최고의 장수들인데 애들에게 당했다. 그들의 검술이 그토록 대단하단 것이야?"

"혼자 힘으로는 할 수 없습니다. 아마도 저번 사건처럼 힘 있는 폭도들과 한 패를 이룬 조직일 것입니다."

"폭도라? 도대체 우두머리가 누구야?"

"먼저 순천읍성 주변에 돌격대장으로 박이량과 이기남, 정숙과 정승조 부자, 조정 집안 전체, 낙안에 소희익, 돌산에 정대수, 보성에 최대성, 강진에 윤신과 염걸, 남원에 조경남……."

"그만해 그만!"

"죄송합니다."

"어떻게 조선은 관군보다 폭도들이 사람을 더 힘들게 만드는 거야? 그래서 한 놈이라도 잡았느냐?"

"……."

"이런 버러지 같은 놈들……."

"차라리 조선 관군들한테 당하면 창피하지는 않지. 폭도나 쥐새끼 같은 애들한테 당했으니……."

"죄송합니다."

"진구라는 고놈은 틀림없이 폭도들이 함께했을 것이다."

"그렇습니다."

"교활한 그놈을 꼭 생포하라!"

"네! 생쥐 같은 그놈을 꼭 잡아오겠습니다."

"'위험한 정령'의 뜻은 알아냈어?"

"그것이……."

"넌 도대체 알아낸 것이 뭐야?"

덤덤한 구로다에 비해 마쓰이는 사시나무 떨듯 떨고 있었다.

"내가 조선 수군이나 명나라 놈들보다 조선의 애새끼들 때문에 자존심이 상해 피가 마른다. 이제 우리가 찾아야 할 폭도들이 분명해졌다. 너희들은 당장 전담 추격조를 만들어 끝까지 추격한다. 알았나?"

"네, 알겠습니다."

"1조는 야쓰오가 맡는다. 나의 장수들은 죽인 애새끼들을 잡아들여라. 만약 잡지 못한다면 돌아오지도 말고 죽어라. 알았어?"

"네!"

"다음 2조는 츠요시가 맡아라! 선암사의 묘법을 찾아라. 고금도 섬을 다 뒤져서라도 꼭 데려와. 비구니 한 명을 못 잡는다는 것이 말이 돼?"

"죄송합니다, 면목이 없습니다."

"구로다! 넌 고개도 들지 마라. 잡지 못하면 나타나지도 말거라. 이제 너희들은 오로지 내 가슴의 치욕을 씻어내야만 한다. 알았나?"

"네, 고니시 장군!"

"찾지 못하면 내 눈앞에 나타나지 마라, 내가 죽여 버릴 것이다."

"장군님! 죄송합니다. 근데 새로운 정보가 하나 있습니다."

"뭐야?"

"장군님께서 그렇게 찾고 싶어 했던 조선왕조실록이 전라도, 그것도 순천부에 있다는 정보입니다."

"그것은 묘향산에 있다고 했잖아?"

"정읍 태산을 지키고 있는 우리 장수 중에 제 아우가 있는데 얼마 전에 해준 말입니다. 전주 경기전에 있던 일부가 이곳으로 왔다고 합니다."

"그래? 조선의 역사를 깡그리 없애기 위해 모든 사고를 불질러버렸는데 전주사고만 한 발 늦어 우리의 대업을 이루지 못했지. 그것이 내 눈앞에 있다 이 말이지?"

"정확히 말씀드리면 수년 전에 일부는 강화도로 가고 일부는 순천부로 왔다는 것입니다."

"그러면 어디라는 것이냐?"

"순천이라고는 했는데 그 이상은……."

"그래, 알았다. 츠요시 너는 비구니를 찾으면서 조선왕조실록도 함께 찾거라. 그것만 찾는다면 조선은 끝이다. 드디어 조선의 역사를 끊어버릴 수 있구나. 아하하하하."

"축하드립니다. 장군!"

"구로다! 넌 당장 알아봐라. 틀림없이 '위험한 정령'에 뭔가 비밀이 있을 것이다."

"네."

구로다가 고개를 숙이며 말했다.

"당장 울산성으로 출병해야 한다. 우리의 출병은 기밀사항이다. 순천도호부와 광양성, 낙안성, 흥양, 보성, 부유촌의 병사들은 그대로 두고 왜교성에 있는 우리 부대만 출병을 준비하라!"

"네."

"죽은 노무라 후임으로 마쓰이가 임시로 부읍성을 관리하고 있어라."

"네, 감사합니다. 대장님. 감사합니다."

부하들이 고니시 장군에게 예를 갖추고 모두 물러나왔다. 구로다가 웃고 있는 마쓰이를 불렀다.

"축하한다. 난 대장님을 모시고 울산성에 다녀와야 한다. 넌 내가 없는 동안 '위험한 정령'이 무슨 뜻인지 알아 두어라. 그리고 국보급 문화재를 비롯해 내가 말한 것들을 돌아오면 나에게 보고하거라."

"네."

구로다는 마쓰이의 어깨를 토닥거려 주고 나갔다.

정유년 섣달이 얼마 남지 않았을 무렵, 명나라의 양호와 마귀 장군이 울산성에 머무르고 있는 가토 기요마사 부대를 무찌르기 위해 총 집결하고 있었다. 다급해진 가토가 고니시에게 급보를 보내 지원을 요청한 것이다. 고니시는 추격조를 제외한 왜교성에 있는 모든 수군을 이끌고 울산성으로 가기 위해 출병을 분주하게 준비를 하고 있었다.

금화는 오늘도 천수각 5층 망해루에 올라 주변을 바라보고 있었다. 고니시가 금화에게 다가오며 말했다.

"상당 기간 동안 울산성에 다녀올까 합니다."

"……."

금화는 아무런 내답도 하지 않았다. 옆에 서 있던 단오는 두 사람의 눈치만 살피고 있었다.

"나에게 말을 하지 않으니 무척 답답하지만 당신이 말을 하고 싶을 때 하면 돼요."

"……."

"내가 제일 믿는 우쓰노미아를 여기에 두고 갈 것이니 신변은 걱정하지 않아도 되요."

"……."

"그럼, 다녀오겠소."

고니시가 목례를 취하며 망해루에서 내려가지만 금화는 내려가는 고니시를 단 한 번 쳐다보지 않았고 먼 바다만을 응시하고 있었다.

왜교성 안에는 고니시의 주력부대가 없는 상태에서 추격자들은 저승사자처럼 검은 망토를 걸치고 있었다. 각각 십여 명으로 구성되어 1조 하야오의 추격자들은 차돌, 유정, 진구 그리고 조선 의병장들의 얼굴이 그려진 방을 들고 차돌이가 살았던 용두마을부터 추격을 시작했고, 2조 츠요시의 추격자들은 선암사로 향했다.

용두마을은 폐허처럼 변해 있었고 온전한 집은 거의 없었다. 사람들도 없는 텅 빈 마을이었다. 추격자들은 큰 말을 타고 마을을 샅샅이 뒤지고 다녔다. 쓰러져가는 작은 초가집에 늙은 노인이 혼자 마당에 있었다.

"노인! 이 동네 차돌이라고 알지?"

"차돌이요? 차돌이 알제. 우리 옆집에 사는 아인데…… 아, 글씨 그놈이 밥을 안 먹으려고 하네. 어디 아픈가?"

그 말을 들은 추격자들의 귀가 쫑긋해졌다.

"지금 어디 있는데?"

한 병사가 숨도 쉬지 않고 급하게 되물었다.

"차돌이? 아침밥 묵고 방에 있을 것인디……."

군사들은 노인의 말이 채 끝나기도 전에 급하게 방문을 차고 들어갔다.

방에 들어간 추격자들이 잠시 후, '악' 하고 소리를 지르며 뛰쳐나왔다.

"도대체 왜 그러는 거야?"

놀란 추격자들 모두가 칼을 빼내어 들었다. 방에서 나온 군사 두 명이 마당 한쪽 구석에 머리를 처박고 겁에 질려 떨고 있었다. 나머지 추격자들이 조심스럽게 방문을 열고 들어갔다가 모두들 소리를 지르며 문밖으로 나왔다. 놀란 하야오가 칼을 들고 들어서자 방 안에는 해골로 변해버린 어른 시신 두 구와 거의 부패된 어린 시신 세 구가 썩은 악취를 풍기고 있었다.

"왜들 그려? 잡것들이 밥을 먹자고 해도 안 일어나고…… 혼이 나야 밥을 먹을란가 싶어?"

노인이 혼잣말로 중얼거리는 소리를 듣고 하야오는 잔뜩 화가 났다.

"이 노인네가 미쳤나?"

하야오의 말을 들은 노인네가 정색을 하며 호되게 나무랐다.

"이놈아, 너는 애비 어미도 없어? 누구보고 미쳤다고 해! 진짜로 미친 놈이 누군지도 모르는 놈들이……."

노인은 썩은 냄새가 진동하는 방으로 들어갔다. 방에서 '일어나 밥들 먹게!' 하는 소리가 들려왔다. 하야오가 얼이 빠진 부하들을 보며 외쳤다.

"이놈들아! 정신 안 차릴 거야? 어서 불을 질러라!"

부하들이 대답도 없이 비위가 상해 구토를 해대자 다시 한 번 소리쳤다.

"내 말이 안 들리는 거야? 어서 모두 태워 버리라구!"

그때서야 한 병사가 불을 붙여 초가 지붕에 던지자 집은 순식간에 활활 불타올랐다. 하지만 방 안에 있던 노인은 나오지도 소리를 지르지도 않았다. 훨훨 타오르는 초가집을 뒤로하고 하야오 추격자들은 순천도호부읍성으로 말을 타고 달려갔다.


　한편, 선암사의 묘법을 쫓는 츠요시의 추격자들은 검은 망토를 걸친 채 저승사자들처럼 바람을 일으키며 선암사 승선교에 도착했다. 열 살 정도 되어 보이는 동승이 바랑을 메고 걸어가는 모습을 보며 츠요시가 말에서 내렸다.

　"애야, 어디를 가는고?"

　"예, 저는 대각암에 올라갑니다."

　"대각암이라? 그곳에 묘법이라는 비구니가 있지 않았니?"

　"예, 있었습니다."

　"지금은 어디 있는데?"

　"언젠가 연기처럼 사라지고 말았습니다."

　"내가 듣기로는 고금도로 갔다고 들었는데 너는 모른단 말이냐?"

　"알면서 어찌 저한테 물어본단 말입니까? 참으로 어리석습니다."

　"방금 나더러 어리석다 하였는가?"

　츠요시가 손가락으로 자신을 가리키며 살짝 웃어보였다.

　"이치가 그러하지 않습니까? 다 알면서 속을 떠보려고 하는 행동이 참으로 어리석어 보인다는 말입니다."

　끓어오르는 화를 참아가며 츠요시가 다시 물었다.

　"애야, 다시 한 번 물어보겠다. 묘법이란 비구니가 어디로 갔느냐?"

　"언젠가 연기처럼 사라지고 말았습니다."

　"연기처럼 사라졌다? 묘법이 고금도로 갔다는 것을 우리도 알고 모두 아는데, 넌 어찌 모른다고 하는가?"

맑은 눈을 가진 동승이 츠요시를 쳐다보자 츠요시의 얼굴은 점점 거칠게 일그러져 가고 있었다.

"얘야, 아직도 묘법이 어디로 간지 모른단 말이더냐?"

"예, 스님은 연기처럼 사라지고 말았습니다."

그 말을 들은 츠요시는 치솟아 오르는 흥분을 참지 못하고 말에서 밧줄을 꺼내 들더니 동승을 밀쳐 쓰러뜨리고 다리를 묶었다.

"저놈을 당장 다리 아래로 매달아라!"

명령이 떨어지자 부하들은 승선교 다리 위에서 동승을 거꾸로 대롱대롱 매달았다. 다리 아래에는 조계산에서 흐르는 맑고 신선한 물이 흐르고 있었다.

"저놈을 물속에 처넣어라!"

부하들이 동승을 물속에 처넣었다. 거꾸로 매달린 동승은 차가운 물속에서 허우적거리며 안간힘을 다해 버텨내고 있었다.

"이제 끌어올려라!"

부하들 몇 명이 낑낑대며 동승을 승선교 위로 다시 끌어올렸다. 동승은 물에 빠진 생쥐처럼 흠뻑 젖어 숨을 거칠게 내쉬고 있었다.

"얘야, 다시 한 번 묻겠다. 묘법은 어디로 갔느냐?"

"참, 어리석은 자로구나. 모두 아는 것을 왜 나에게 물어본단 말이냐? 스님은 연기처럼 사리지고 말았다."

"이런, 미친놈이 있나? 고금도로 도망간 것을 나도 알고 너도 아는데, 왜 고금도로 갔다는 소리를 안 하는 거야? 이런 밤톨만한 놈이 나한테 어리석다고…… 이놈을 그대로 물속에 담근 채 밧줄을 돌탑에 묶어라."

"네!"

부하들이 동승을 물속으로 다시 내렸다. 물속에 동승의 몸통이 절반쯤 잠기자 승선교 다리에 밧줄을 묶어 둔 채로 츠요시의 추격자들은 말을 타고 선암사로 들어갔다. 승선교 다리에 거꾸로 묶여 물속에서 허우적대던 동승의 몸이 얼마 지나지 않아 물의 흐름에 따라 자연스럽게 움직이고 있었다.

　묘법과 목개는 쫓아오는 추격자를 피해 낮에는 산속이나 폐가에 숨어 지내며 밤이 되면 인적이 없는 길을 찾아 호암이 말한 고금도로 가고 있었다. 왜군들이 여기저기에 많이 있어 계속 길을 재촉한다는 것은 힘들었다. 먹을 것이 없어 계곡물로 배를 채우거나 목개가 시주 받아 온 것으로 간신히 허기를 채울 정도였다. 묘법은 밤마다 걸었더니 체력이 고갈되었고 다리도 접질려 발목이 많이 부어 있었다. 목개가 묘법의 상태를 보고 쉬어야겠다는 생각으로 언젠가 가본 적이 있는 보성 존제사라는 절로 들어갔다.

　존제사는 산속 깊은 곳에 있는 아주 작은 절로 고려시대부터 큰 바위에 석가여래좌상이 그려져 있어 보살들이 기도를 올리는 곳이었다. 존제사의 스님들은 왜적을 물리치고 백성을 구원해야 한다는 일념으로 또 다른 큰 바위에 부처님의 얼굴을 그리고 있었다.

“스님, 며칠 묵고 갈 수 있을까요?”

“그리하시지요. 근데 어디서 오시는 뉘신지요?”

“선암사에 있는 묘법이라고 합니다.”

“그렇담 부처님의 얼굴만 그린다는 묘법 스님이신가요?”

“예, 그렇습니다.”

"반갑습니다! 저희들이 호국하는 마음으로 바위에 왜란 극복의 염을 담고 있습니다. 가능하시면 함께할 수 있을는지요?"

"당연히 그래야지요."

묘법은 바로 바위로 다가가서 막대기를 하나 집어 들었다.

"행자님, 물을 가져다주세요."

"네."

목개가 물을 가지러 가자 묘법은 멀리서 편안하게 바위를 쳐다보기 시작했다. 존제사의 스님들은 묘법의 하는 모습을 보면서 의아하게 생각했다. 목개가 물통에 물을 가져오자 묘법은 물통과 막대기를 들고 바위로 올라서더니만 뭔가를 그리기 시작했다. 묘법은 손끝마다 구원의 염원을 가득 담아 부처님의 얼굴을 바위를 통해 마음에 그려가자 존제사의 스님들은 입을 벌린 채 묘법만 바라보고 있었다.


순천도호부읍성의 책임자로 죽은 노무라를 대신해서 마쓰이가 맡게 된 이후, 왜교성에 고니시도 울산성 전투를 위해 떠나자 마쓰이는 밤마다 불안한 마음을 달래기 위해 술로 세월을 보내고 있었다.

어느 날, 덕보가 들어왔다.

"알아봤어?"

"예, 제가 드디어 찾았습니다."

"그래, 드디어 찾았구나. 니가 뭔가 할 줄 알았다."

"뭐라고 하든?"

"'위험한 정령'은 조계산 북서면에 있는 동굴이라고 합니다."

"뭐야? 동굴 이름?"

"그 안에 들어가면 굴 안에 큰 우물이 있고 그 우물을 누구도 먹을 수 없게 큰 이무기들이 지킨다고 합니다."

"뭐야? 우물을 이무기가 지켜. 그래서 위험한 정령이야?"

"……."

"위치를 잘 파악해 두어라."

"네."

"오늘 밤 나와 술이나 한잔 하자."

"네."

부읍성에 밤이 깊어가도 불빛이 커지지 않고 밝아있는 곳이 있었다. 세 채의 초가에 바람이 일어나자 처마 끝에 걸린 기름등이 흔들려 부끄럼을 모르는 야비한 얼굴들이 비추어졌다. 방 안에서 여성의 비명소리가 새어 나오면 마당에서 기다리던 왜군 병사들은 귀를 쫑긋 세우며 즐거워했다.

아침이 되자 초가집 마당에는 조선의 여인들이 옹기종기 모여 따뜻한 햇볕을 쬐고 있었다. 열댓 살부터 삼십대 후반까지 연령의 폭이 넓어 보인 여자들이었다. 주변에는 무기를 든 왜군 병사들이 경계근무를 서고 있었다.

어떤 여인은 얼굴이 푸르게 멍이 들었고, 어떤 이는 걸음걸이가 불편해 방 안으로 들어가기도 힘들어 보였다. 시간이 흐르자 눈이 탱탱 부어있는 수원댁만이 혼자 남아있었다. 수원댁은 마당 한가운데로 나와 하늘을 한 번 쳐다보고 우물가에서 우물 속을 한참 동안 쳐다 본 후에 물 한 모금을 마신 후, 표주박에 물을 담아 불편한 걸음걸이로 방 안으로 들어갔다.

"이봐요, 여기 물 좀 먹고 정신 차려요."

수원댁이 누워 있는 여인에게 물을 권했지만 여인은 물 먹는 것을 거부하고 돌아 누워버렸다.

"⋯⋯."

"이봐요, 물이라도 먹어야 살아요. 살아야 다음에 복수라도 하지. 죽으면 저 왜놈들만 좋아하지⋯⋯ 암, 살아야 당한 만큼 갚아주지!"

수원댁이 몸을 돌려 억지로 물을 입에 넣어주며 중얼거렸다.

"놔둬요, 이렇게 죽는 것이 편해요. 이건 사람이 사는 것이 아녜요. 나 좀 죽게 내버려 둬요."

여인은 물바가지를 손으로 쳐내버렸다. 물이 쏟아지자 수원댁은 그 여인의 뺨을 때렸다.

"물 다시 떠와!"

옆의 다른 젊은 여인이 걸레로 물을 훔치고 다시 물을 뜨러 나갔다.

"이것 봐. 나도 가랑이에 감각이 하나도 없어. 탱탱 붓다 못해 멍이 검게 들었지만 난 참고 있어! 내 어린 딸년이 마쓰이란 놈에게 잡혀서 고통받았던 것을 생각하면 피가 거꾸로 솟아! 우물에서 물을 떠묵을 때마다 속이 뒤집어져. 느그들이 그런 어미의 심정을 알아?"

"언니! 그러니까 죽어버릴 거예요."

"언젠가는 전쟁이 끝날 것이구먼. 모두들 잘 들어. 하늘 무서운 줄 모르고 이런 저주받을 짓 한 놈들은 반드시 천벌을 받게 돼있어. 꼭 망해야만 세상의 이치가 살아 있는 것이여."

옆에 있던 여인이 바가지에 물을 담아 오자 수원댁이 누워 있는 여인에게 물을 다시 먹이려 몸을 일으키며 울면서 물을 받아 마셨다.

"그려, 묵어야 기운을 차리제. 절대 이런 놈들을 조물주가 관두지 않을 것이니까 믿어. 인간의 힘으로 안 되면 하늘과 대지가 땅을 뒤집어서라도 그놈들을 용서하지 않을 것이니까. 용기내고 힘을 내야 해!"

수원댁의 어깨가 축 늘어진 여인을 격려해주었다. 그때 아침 밥상이 들어왔다. 밥상이라곤 주먹밥 한 덩이였지만 수원댁은 밥상에 달라붙어 씩씩하게 밥을 입 안으로 꾸역꾸역 밀어 넣었다. 다른 여인들은 시름시름 아파하며 기운을 차리지 못한 채 밥상 가까이조차 오지도 않았다. 수원댁이 밥을 입 안에 밀어 넣으며 말했다.

"이것들아! 과부 속은 과부가 알드라고…… 느그들도 밥을 처묵어야 산다니까…… 난 어제 왜놈들 몇 놈을 상대한 줄 알아? 이빨을 악물고 참았어. 남편 잃고 자식 잃은 년이 뭐가 겁이 난다냐? 언젠가는 지긋지긋한 이 인간지옥에서 도망갈 날이 있겄지."

수원댁의 이야기를 듣고 있던 한 여인이 상 앞으로 다가오며 말했다.

"근디, 여기서 어떻게 도망을 간다요? 매일 놈들이 감시하고 경비는 더 심해지고, 나도 처음에는 도망가려고 시도를 여러 번 했는디, 그럴 때마다 죽살 나게 매만 맞고 지금은 팔자려니 하고 산당게요."

말을 듣던 수원댁이 여인의 말이 끝나기가 무섭게 머리채를 휘어잡았다.

"워메, 이년이 뭔 소리를 한다냐? 이년아 너는 어떻게 이런 삶을 팔자로 받아들이고 사냐? 뚫린 주둥이라고 못하는 소리가 없네. 너 이년!"

수원댁이 여인네를 주먹으로 때리자 다른 여인네들이 뜯어말렸다.

"이 바보들아, 내가 왜 밥을 처묵은지 알기나 혀? 난 죽여야 할 놈이 있어. 우리 새끼를 죽게 만든 박속유, 그 집 머슴 덕보란 놈과 나와 내 딸년을 처참하게 만들고 결국 내 딸을 죽게 만든 마쓰이라는 왜놈을 죽이기 전에는 난 절대로 못 죽는다! 아니, 안 죽는다! 느그들은 그런 오기도 없냐? 난 세 놈을 죽이기 전에는 억울해서 못 죽어.”

수원댁은 밥을 꾸역꾸역 먹으면서 펑펑 울었다. 그런 수원댁를 보고 있던 다른 여인네들도 하나둘 밥상 앞으로 다가와 울면서 밥을 입에 밀어넣고 있었다. 수원댁은 긴 인생에서 어떻게 피하려고 해도 어쩔 수 없이 지나가야 하는 길이 있다는 것을 알고 있었고 그럴 때는 아무 말 없이 그냥 걸어가야 한다는 것도 알고 있었다.

해가 지고 저녁이 되자 왜놈들이 대나무밭 초가로 모여들기 시작했다. 밤이 깊어갈수록 방 안에서는 우는 소리, 귀뺨 맞는 소리, 야비한 웃음소리 등 저승에서나 들을 수 있는 몸부림치는 아비규환의 소리들이 들려왔다.

검은 복면을 한 달빛 그림자가 대나무 사이에 몸을 숨긴 채 한곳을 바라보고 있었다. 방 안에서 왜놈들에게 겁탈당하고 있는 여인들이 보였다. 진구는 고개를 돌리고 말았다. 사방을 훑어보며 찾았지만 꽃분이는 어디에서도 보이지 않자 달빛 그림자는 불안하고 초조했다. 밤이 깊어지고 여인들은 부엌에서 나무통에 몸을 담그고 울고 있었지만 그곳에도 꽃분이는 없고 수원댁만 보였다. 진구는 이곳저곳을 찾아다녔지만 결국 꽃분이를 발견하지 못한 채 어둠 속으로 조용히 사라졌다.


덕보가 말을 타고 연자다리를 건너 동헌으로 급하게 들어섰다. 동헌 안에서 금화에게 온 서신을 사시나무 떨듯 읽고 있던 마쓰이가 들어오는 덕보에게 보여준다.

“이놈의 새끼야. 이것을 봐라. 이것은 나에게 죽음의 경고를 한 것이다.”

“도대체 뭐라 썼습니까?”

“미친년이 자기 집에 예를 갖추지 않거나 재산을 노리면 나와 너 그리고 관련된 자들까지 모두 엄하게 다스린다는 내용이다.”

“참으로 당돌한 년이네요. 내 이름도 있습니까?”

“그래, 이놈아, 너와 나를 한 패거리로 본거지.”

“이제는 정말 이판사판입니다.”

“울산성 전투에서 고니시 장군의 힘으로 승리를 했기에 조만간에 도착할 것이다. 오기 전에 그년을 죽여야 한다. 전에 말한 자객을 어서 찾아라, 어서.”

“하루 이틀만 주십시오. 저도 백방으로 자객들을 찾고 있습니다.”

“지금은 고니시 장군에게 고자질을 하지 않은 것 같다. 그러니 날 읍성 책임자로 임명해주었겠지. 하지만 내 목숨이 바람 앞에 등불이다. 이 서신을 봐라. 고자질이라도 하는 순간 우리는 죽은 목숨이다!”

“근데 이제는 고니시 장군의 부인인데 우리가 어떻게?”

“부인은 무슨 부인이란 말이냐? 어찌 다이묘의 부인으로 더러운 조선의 여인이 된단 말이야. 장군의 노리갯감에 불과하다.”

“그렇지만은 않은 것 같습니다.”

“아무튼 위험하다. 어떻게든 정리해야 한다. 현재 왜교성에는 군사들이 거의 없다. 지금이 기회이다. 내가 들어가게 해줄 테니 조선 놈들 중에서 자객을 찾아야 한다.”

“너무 위험하지 않을까요?”

“위험? 그 요망한 년이 살아 있는 것이 더 위험한 일이니라…….”

“네.”

"울산성에 가 있는 지금이 기회다."

"알겠습니다. 준비되면 연락드리겠습니다."

차돌과 유정 그리고 진구를 쫓는 하야오 장수의 추격자들은 각 고을마다 방을 붙이고 제법 큰 금액의 현상금을 내걸었다. 읍성 주변에 살고 있는 사람들을 찾아다니며 아이들의 얼굴이 그려진 방을 보여주고 일일이 묻고 다녔다. 포상금을 많이 준다는 소리에 아이들의 정체가 조금씩 밝혀지고 있었다.

추격자들은 해질 무렵, 귀신 의병들의 거처로 의심이 가는 용수골로 가고 있었다. 그때 당집에 있던 귀신 의병들도 부읍성 안에 있는 위안소의 가련한 조선 여인들을 구하기 위해 만전의 준비를 하고 해가 지기만을 기다리고 있었다.

하야오의 추격자들이 용수골로 들어서자 하늘이 보이지 않을 만큼 나무가 우거져 있었고 사람의 흔적이라고는 찾아볼 수 없었다. 을씨년스럽고 으스스한 분위기에 추격자들의 발걸음이 무거웠다.

"이봐, 저 안에 작은 집이 하나 보이지?"

부하들이 하야오의 손가락이 가리킨 당집을 쳐다보았다.

"장군님! 귀신이 확 뛰어나올 것 같은 콧구멍만한 집에 어찌 아이들이 숨어 지내겠습니까? 저 같으면 차라리 잡혀 죽고 말겠습니다."

"이놈들아! 그러니 더 찾아 봐야지. 네놈이 저 집에 가 보거라."

"장군님! 저는 세상에서 귀신이 제일 무섭습니다. 저는 못 갑니다!"

"이놈들이…… 가기 전에 나한테 죽을 테냐?"

귀신 의병들은 누군가 오는 소리를 이미 듣고 귀를 쫑긋 세우고 문틈으로 밖을 감시하고 있었다. 사람들이 없는 것처럼 방 안을 흩트려 놓고 빠르게 당집을 나와 수풀 뒤로 몸을 숨겼다. 긴장한 어린 기철은 유정의 바지자락을 붙잡고 따라왔다.

"얘들아! 드디어 왜놈들이 여기까지 왔어!"

"드디어 올 것이 온 것이다. 당황하지 말고 차분히 행동하자!"

"그래, 당산나무 뒤로 돌아 언덕 아래 숨겨둔 과하마를 타고 박이량 의병장이 계시는 오성산으로 가자! 일단 오늘의 작전은 보류한다."

유정은 대장으로 귀신 의병들에게 명령했다.

"잠깐! 포위하지 않고 입구에서 저러고 있는 것을 보면 우리들이 여기에 있다고 확신한 것은 아니야. 귀신 의병의 맛을 보여주자!"

차돌이가 동료들을 붙잡고 자신의 생각을 꺼내 놓았다.

"어떻게?"

"귀신놀이를 하는 거야?"

"그래, 우리가 나무 위에도 수풀 속에도 귀신 인형들을 줄로 매달아 숨겨 두었잖아. 날도 어두워지니 우리가 숨어서 귀신놀이를 하는 거야. 좋은데?"

"좋아, 예전에 말한 대로 해보자."

"좋다, 하자!"

동료 아이들이 찬성하자 유정이 결정을 내리고 준비를 지시했다. 어린 기철일 당산나무 뒤 언덕 아래에 숨겨두고 귀신 의병들은 나무와 수풀 사이에 완전히 몸을 숨겼다. 시간이 흐르자 어스름해진 분위기 속에서 추격자들이 귀신 머리카락처럼 흐트러진 나무 사이를 지나 당집으로 한 발짝한 발짝 조심스럽게 다가왔다.

"어서 앞장서 가!"

"네가 먼저 가라!"

추격자들이 서로 밀며 말하는 순간 소복을 입고 머리카락을 길게 풀어 헤친 여인이 눈앞을 빠르게 '휙' 지나갔다.

"아――악, 귀신이다!"

한 병사의 고함소리에 옆의 병사가 놀라 비명을 지르며 뒤로 넘어졌다. 지나가는 귀신을 보지 못한 다른 추격자들은 그 소리에 놀라고 말았다.

"어디에 귀신이 있다고 해? 자네 비명 소리가 더 무서워!"

"야, 난 못 가겠어. 방금 머리를 풀어 헤친 처녀 귀신이 지나갔단 말이야!"

"비켜!"

놀란 병사를 제치고 뒤편의 추격자가 앞장서는데 수풀 속에서 머리를 풀어 헤친 여자가 쑥 일어서더니 음산한 소리를 내며 나무 위로 쭈–욱 올라가는 것이 아닌가.

"귀신이다. 귀신!"

추격자들은 누구랄 것도 없이 자신들의 두 눈으로 똑똑히 본 터라 소리도 크게 지르지 못하고 줄행랑을 놓고 말았다. 용수골 입구로 빠져나온 놀란 추격자들은 땅바닥에 주저앉아 깊은 숨을 몰아쉬는 병사와 고개를 가랑이 사이에 처박은 병사들도 있었다.

"이 머저리 같은 놈들아! 이 세상에 귀신이 어디 있다는 거야?"

"장군님! 틀림없이 처녀 귀신들이 날아다녔습니다. 여기가 귀신들이 사는 당집이라면서요?"

"장군님, 저도 봤어요. 진짜 귀신들이 막 날아다녀요!"

"이런 바보 같은 놈들, 나를 따라와! 내가 들어가겠다. 어서!"

하야오가 앞장서자 오금이 저린 부하들이 살금살금 당집을 향해 들어갔다.

"어디에 귀신이 있다는 거야? 귀신들은 내 앞에 나타나거라! 요절을 내줄 테다."

하야오가 허리에 찬 장도를 빼들며 휘둘렀다.

그 순간, 하야오의 눈앞에서 풀어 헤친 머리로 소복 입은 여러 명의 여인네들이 하늘을 '휙휙' 날아 숲을 질러 지나갔다. 하야오 역시 완전히 넋이 나간 사람처럼 칼을 팽개치고 줄행랑을 쳤다. 하야오를 따른 모든 추격자들도 입구까지 나오자 뒤도 보지 않으며 말을 타고 향림사 방면으로 걸음아 나 살려라 하며 다급하게 도망쳤다.


"계획대로 오늘 조선의 여인들을 구하러 가는 거다! 사실은 며칠 전에 광양성을 우리 조선군사들과 의병들이 깊은 밤에 공격을 했는데 그만 실패하고 말았어. 현감 김응서가 조총에 맞아 죽었다고 들었어."

"그랬구나. 박이량 의병장은 괜찮으셔?"

"응, 읍성에 있는 마쓰이가 기분이 좋아서 경비가 소홀할 거야."

"좋아. 가자!"

하야오의 추격대를 뿌리친 귀신 의병들은 더욱 용기가 나서 기철이를 당집에 숨겨두고 과하마에 성벽을 넘을 수 있는 줄사다리와 화살도 가득 실었다. 귀신 의병들은 자시가 되기를 기다려 환선정을 돌아 동문과 북문 사이의 성벽 밑에서 기다리고 있었다. 진구가 조심스럽게 말을 꺼냈다.

"유정아! 우리가 단독으로 하는 첫 작전이다."

"그러게, 네가 있으니 걱정 없어. 잘 될 거야."

"고마워. 항상 내 뒤에 있어. 몸조심해."

"고마워."

"근데, 느그 아부지가 너한테 '위험한 정령'에 대해 말한 적 있어?"

"으―― 한두 번, 근데 니가 그걸 어떻게 알아?"

"느그 아부지가 말해주었어."

"그래, 이상하다. 아무에게도 말 안 했는데……. 그 동굴에 대한 옛날 이야기를 해주었지. 왜?"

"아니, 궁금해서."

"누구에게 말하지 말라고 했어. 근데 넌 나에게 소중한 친구이니까…… 그곳은 조선의 역사가 흐르는 곳이라고 정말 중요한 곳이라고 했어."

"조선의 역사가 흘러?"

"난 모르는데 항상 아부지는 그곳을 귀하게 생각해서 기도를 하기 위해 자주 갔었어."

"그래?"

"근데 아부지가 너에게 말해주었다는 것이 신기하다."

"언젠가 느그 아부지가 말은 편안하게 해도 눈빛은 진지했었어."

"그래, 그 이야기는 누구에게도 해주지 않는데, 우리 진구를 아부지가 정말 좋아했구나."

"……."

"자, 이제 시작이다. 출발하자."

토부가 과하마를 성벽 아래에 묶어 두었고, 유정과 진구 그리고 차돌은 성벽을 날렵하게 넘었다.

축시가 되어서인지 어제처럼 경비병이 네 귀퉁이에 한 명씩 서 있었지만 졸고 있는 병사들도 보였다. 먼저 진구와 차돌은 양쪽 모퉁이에 경계 근무를 서고 있는 병사에게 다가가 조용히 살해하고 다시 모퉁이를 돌아 두 명의 병사를 활로 겨누어 쏴서 죽였다. 그리고 귀신 의병들은 조용히 마당을 건너 방문 앞으로 다가갔다. 어디선가 여인네의 우는 소리가 들려왔다.

"내 말 들리오? 안에 내 말 들리오?"

진구가 소리를 죽여 조그맣게 부르자 여인네의 울음이 멈추었다.

"뉘시오?"

여인네의 놀란 목소리였다.

"우리는 당신들을 구하러 온 조선의 사람들이오. 안에 있는 여인들이 놀라지 않도록 살짝 깨워주시오."

"예, 이 방에는 조선 여인들만 있지만 건넛방에는 우리를 관리하는 왜군이 살고 있으니 조심하시오. 잠시만 기다리시오!"

귀신 의병들은 초가집의 마루 아래로 숨어들었다. 유정과 진구는 자신들이 술도가 집 마루 밑에 숨어 있던 일이 떠올랐다.

"진구야, 생각나니?"

"응, 생각나."

안에서 여인네의 소리가 들렸다.

"전부 깨웠어요. 이제 들어오셔도 돼요!"

유정과 진구가 방 안으로 들어가자 차돌은 마루 밑에 숨어서 망을 본다.

"자, 지금부터 내 말을 잘 들으시오. 대나무밭 사이를 지나 성벽 아래로 가면 줄사다리가 있소. 사다리를 타고 넘어가면 말이 몇 필 있으니 우리와 함께 가고자 하는 사람은 함께 가고 바로 도망가고 싶은 자는 알아서 도망을 치도록 하시오. 동문과 북문 위에 경비병들이 있으니 가능한 한 엎드려 환선정을 지나면 달려가도록 하시오."

"워메, 뉘신지 참말 감사합니다."

수원댁이 걸쭉한 말로 인사를 했다. 유정이 수원댁을 금방 알아보았다.

"아니, 기철이 엄마시군요?"

"아, 그때 우리 기철이를 데려간…… 워메, 우리 기철이는 잘 있어라?"

"예, 아주 잘 있습니다."

"고맙구만요, 정말 고마워요."

수원댁이 유정에게 굽실거리며 감사의 절을 계속했다.

"우선 저를 따라 나오세요!"

진구가 관리인이 없는 두 채의 초가집에 있는 이십여 명의 여인을 데리고 나와 한 명씩 한 명씩 부축하여 성벽을 넘어가기 시작했다. 어디선가 인기척이 들리자 모두들 그 자리에 그대로 주저앉았다. 다시 조용해지자 여인네들은 조심스럽게 성벽을 넘기 시작했다. 위안소를 탈출한 여인들은 모두들 성벽 위로 어렵게 올라갔다.

줄사다리를 걷어 올려 토부가 기다리고 있는 바깥 성벽 아래로 내려 보내자 성벽의 아래에서 토부와 차돌이가 여인들을 받아주었고 성벽 위에서는 유정과 진구가 여인들을 성벽 아래로 넘겨주고 있었다. 이제 거의 다 넘고 몇 명만이 남아 있을 무렵, 내려가던 여인이 발을 헛디더 그만 성벽 아래로 떨어지면서 소리를 지르고 말았다.

북문 위에서 경비를 하고 있던 왜군 병사 몇 명이 급하게 달려오고 있었다. 놀란 여인들은 다 내려가기도 전에 아래로 뛰어내렸다.

"차돌아! 데리고 먼저 가라!"

"유정아! 넌?"

"먼저 가. 어서!"

다급한 유정이 고함을 질렀다. 진구와 유정은 쫓아오는 왜군들과 성벽 위에서 맞서 싸울 수밖에 없었다.

"적이다. 적이다! 공격하라!"

왜군 병사들이 소리를 고래고래 지르며 다가오자 다른 병사들도 점점 모여들었다. 처음에는 서너 명이었던 병사가 어느새 열 명, 스무 명이 되어버렸다. 유정이 성벽 아래 물이 고여 있는 해자로 진구를 밀어 떨어뜨렸다.

"유정아! 왜 그래?"

해자에 빠진 진구가 유정을 쳐다보며 말했다.

"진구야! 꼭 여인들을 도망가게 해."

"유정아! 너, 혼자서는 안 돼!"

"같이 있으면 너랑 모두 죽어! 넌, 불쌍한 여인들을 구해야 해. 어서 데리고 멀리 도망가!"

"안 돼! 너도 뛰어 내려. 어서!"

"진구야, 고마웠어. 그래도 내가 대장이잖아. 어서 가!"

바로 이때 왜군 병사가 어느새 다가와 유정을 긴 칼로 공격했다. 유정은 날렵하게 칼끝을 피해 환도로 왜군 병사를 막고 공격을 시작했다.

"유정아! 안 돼!"

왜군 병사들이 성벽을 타고 추격을 시작하고 진구는 여인들을 데리고 도망을 가야만 했다.

"꼭 살아야 해! 유정아!"

진구는 혼자 남게 된 유정을 두고 어쩔 수 없이 여인들을 데리고 길을 떠나야만 했다. 혼자 남은 유정이 왜군 병사들과 싸울 때 마쓰이가 나타났다.

"부관! 너는 말을 타고 나가 도망가는 미친년들을 모두 잡아 오거라!"

"네, 알겠습니다."

마쓰이의 부관이 병사들을 거느리고 말을 타고 동문으로 빠져나가며 도망가는 여인들을 쫓기 시작했다.

"으하하하, 드디어 잡았구나. 저놈의 달빛 그림자! 산 채로 잡아야 한다!"

그날 밤, 유정은 마쓰이의 병사들에 의해 생포되고 말았다. 마쓰이의 부하들은 성 밖으로 도망간 여인들을 잡기 위해 말을 타고 주변 숲과 인근 마을을 샅샅이 뒤지고 다녔다. 진구와 차돌 그리고 토부는 남원댁을 데리고 과하마를 타고 용수골로 방향으로 도망갔다. 하지만 뒤따르던 다섯 명의 여인들은 다시 붙잡히고 말았다.

이 소식을 들은 덕보가 마쓰이를 만나러 아침에 왔다.

"장군님! 축하드립니다."

"그래, 이건 축하받을 일이구나. 고니시 장군님도 기뻐할 것을 생각하면 후, 아주 좋아!"

"드디어 고니시 장군님께 인정받게 되어 저도 너무나 좋습니다."

"그렇지, 이제는 그년을 죽일 수가 있다!"

"고니시 장군이 없는 상황에서 광양성 전투도 승리하고 조선의 영웅, 달빛 그림자까지 잡았으니……."

"그래! 중요한 것은 내가 조선의 영웅을 잡았다는 것이지. 봐라! 진구라는 놈이 아니잖느냐? 바로 이년, 이년이 조선의 영웅이었어. 저놈의 검정 복면을 내가 얼마나 잡고 싶었는지 아느냐?"

"그럼요. 제가 알다마다요."

"조선의 영웅이 내 손에 잡힌 것은 금화 그년을 죽일 수 있는 기회를 준 것이다. 하늘이 도왔다. 지난번에 말한 계획은 다 준비됐겠지?"

"예, 조선 최고의 자객을 매수했습니다. 고니시에게 시집간 년이라고 했더니 조선 자객들도 서로 한다고 난리였습죠."

"그래, 잘됐구나. 결국은 조선 년을 조선 놈들이 죽이는 사건이 되는 것이구나!"

"그렇습니다. 아무도 마쓰이 장군님과는 연관을 짓지 못할 것입니다. 그럼 거사는 언제?"

"울산성 전투에서 승리했으니 며칠 안에 고니시 장군께서 돌아오실 것이다. 그러니 낼 모래 사이에 그년을⋯⋯."

"좋습니다. 그러면 내일 자시에 바닷물이 빠진 천수각과 제일 가까운 북쪽으로 넘어가 바로 천수각을 공격할 테니 준비해주시기 바랍니다."

"알았다. 난 그 전에 가서 우쓰노미아와 술을 하면서 그를 잡아두겠다. 우쓰노미아만 묶어두면 성공은 틀림없다. 결국 우쓰노미아도 고니시에게 그렇게 죽어가는구나."

"네, 알겠습니다."

덕보는 마쓰이의 웃음을 뒤로하고 말을 달려 광양성으로 향했다.

# 벌거숭이 유정이

정유년이 저물어가는 연말, 왜교성의 고니시가 울산성 전투를 승리로 이끌고 당당하게 돌아왔다. 고니시는 명나라의 양호와 마귀 장군을 무참하게 무찔렀다는 승리감에 흠뻑 취한 고시니는 예상보다 며칠 빠르게 왜교성에 도착한 것이다.

왜군으로서는 육상에서의 직산전투, 해상에서의 명량해전 이후 최대의 위기를 맞이할 뻔했으나, 고니시의 절대적인 지원으로 말미암아 정유재란의 전세를 왜군의 승리로 몰아가는 계기가 된 것이다. 하지만 울산성의 가토도 조명연합군과 비교해 뒤지지 않을 만큼 엄청난 피해를 입었다.

고니시가 이끄는 수백 척의 함선이 왜교성에 들어오는 모습은 장관이었다. 실리보다 위용을 더 좋아한 고니시가 당당하게 배에서 내려 천수각으로 들어오고 있었고 뒤에는 구로다가 활짝 웃으며 따라오고 있었다.

"장군님! 경하드립니다."

우쓰노미아가 정중하게 인사를 올렸다.

"그래, 고맙구나. 그동안 별일은 없었느냐?"

"아닙니다. 별일 있었습니다."

"뭐라고? 금화 부인의 신변에 무슨 일이 생긴 것이냐?"

"그게 아니고, 장군님께서 그렇게 잡고 싶어 하시던 조선의 영웅이라는 달빛 그림자를 잡았고 광양성을 폭도들이 공격했으나 우리가 승리했습니다."

"뭐…… 뭐야? 잡았다고? 달빛 그림자! 그가 누구더냐? 내가 양호나 마귀를 무찌른 것보다 훨씬 더 기쁘구나!"

"사사끼 장수를 죽이고 왜교성에서 도망간 유정이라는 사내 같은 계집 아이였습니다."

"그래? 난 그년이 생각나! 성벽이 무너져 비에 젖은 그날이 생각난다. 당장 왜교성으로 압송하도록 해라. 근데 마쓰이 너는 읍성에 있지 않고 왜 여기에 있느냐?"

"대장님께서 승전을 하시고 오시는데 당연히 축하드리러 와야지요."

"그래? 고맙구나."

"조선의 영웅이라는 달빛 그림자를 마쓰이가 잡았습니다."

"마쓰이 네가 잡았다고? 고생했다. 네가 나의 자존심을 살려주었구나."

"아닙니다. 남은 일당들도 바로 색출해내겠습니다."

마쓰이가 고니시에게 당당하게 말했다.

"근데, 어떻게 잡았느냐?"

"글쎄 이년이 배가 고팠는지 곡간을 털러 온 것을 제가 잡았습니다."

"배가 고파 곡간을 털러와? 조선 백성의 영웅이 배가 고파 쥐새끼처럼 곡간을 털어? 푸하하하——."

"조선 놈들은 쌀 한 됫박만 주면 바로 몸도 마음도 팔아버리는 작자들입니다."

"그래? 난 그렇게 보지는 않았는데…… 바로 데려오도록 하여라. 내가 아주 잘근잘근 씹어주겠다."

"네!"

"가만, 수레에 싣고 압송하는 것을 보면 조선 백성들이 흥분할 수 있다. 관에 넣고 주댕이를 묶어서 데리고 오너라. 독한 계집이 밀폐된 공간에서 최대한 공포감을 느끼게 말이다."

"잘 알겠습니다."

"여봐라! 이번에 출병한 장수들과 저녁에 술을 한잔 할 것이니 거나한 술상을 준비하거라! 참, 마쓰이, 너도 함께 있도록 하여라."

"감사합니다. 장군님."

고니시가 명령을 내리고 천수각으로 향하자 우쓰노미아에게 다가온 마쓰이가 말했다.

"우쓰노미아! 고맙네."

"뭘? 있는 그대로 말했는데…… 근데 자네는 어떻게 고니시 대장이 오늘 오실 줄 알고 있었는가?"

"그게, 느낌이 있어서…….."

"자네는 운도 좋구만. 아무튼 대장군님과 오늘을 기회로 더 가까워지시게."

"고맙네."

우쓰노미아가 고개를 갸웃하며 고니시가 간 천수각으로 뒤따라갔다. 마쓰이는 구로다에게 달려갔다.

"장군, 고생하셨습니다. 축하드립니다. 존경하는 구로다 장군님께서 승전을 직접 하셨으니 정말 기분이 좋습니다."

"고맙구나, 네놈과는 집안끼리 친하다 보니 애정이 더 가는구나. 어찌 알아봤느냐?"

"예, 장군님의 말씀이신데 제가 당연히 알아봐야지요."

"도대체 '위험한 정령'이 뭐드냐?"

"그것은 동굴 이름이었습니다."

"뭐야? 동굴 이름?"

"예, 조금은 신비한 느낌을 주는 동굴인데, 어찌 그러신지요?"

"그건 몰라도 되고. 위치는 어디더냐?"

"조계산 북서면에 있는 동굴입니다."

"기다리고 있거라, 조만간 갈 것이다."

"네."

"그럼 저녁에 보자. 고생했다."

"감사합니다."

마쓰이는 말을 타고 왜교성을 빠져나가 광양성으로 급하게 달려갔다.


조선 백성들 사이에 달빛 그림자가 잡혔다는 소문은 삽시간에 퍼져나 갔다. 이상하게도 잡힌 사람은 유정이인데 진구가 달빛 그림자로 알려지 면서 진구가 잡힌 사람으로 소문이 났다. 통행패를 가지고 있는 조선 백 성들이 연자다리 앞으로 한두 사람씩 모여든 것이 어느새 수십 명에 달했 다. 혹시나 참수해서 연자다리 앞에 교수하지나 않을까 우려한 조선 백 성들이 연자다리 앞에 모여 웅성거렸다.

"난 몰랐어. 진주댁의 아들이었다면서……."

"누구는 잡힌 조선의 영웅이 계집아이라고 하든디?"

"뭣이여? 계집이라고? 진구는 불알이 튼실한 사내아일 것인디?"

"히히히, 그라제."

"체구도 작고 착해서 우리의 영웅이 진구인지 누가 알았겠어요? 불쌍해 죽겄구만."

"진구란 놈, 계사년에 가족 다 잃고, 얼마 전에 유일한 혈육인 엄마마저 잃고 고아가 되었는디. 아이고, 불쌍허네. 불쌍해!"

"우리에게 그동안 큰 기쁨을 준 영웅인디 이렇게 초라하게 보낼 순 없소."

한 노인이 나서며 말하자 사람들의 마음도 동요하기 시작했다.

"하믄! 아무런 희망도 없을 때 달빛 그림자가 우리에게 엄청난 희망을 주었는디……."

"난, 떡을 좀 가져 왔는디요. 혹시나 끌려가는 도중에라도 먹으라고요."

"잘했네, 잘했어."

"따지고 보면 우리 어른들이 모자라서 애들이 고생한 것인데, 다 우리 잘못이지라……."

"그려, 우리 어른들이 준비를 못해서 생긴 전쟁인디. 우리 새끼들한테 죄를 진 거여."

"그라지라. 어르신 말씀이 다 맞네요."

모인 사람들은 전쟁의 모든 책임이 자신들에게 있음을 통감하며 자책하고 있었다. 이때, 저승사자 같은 검은 복장을 한 하야오가 수레에 관을 싣고 연자다리를 건너고 있었다. 수레엔 진구가 없고 꽁꽁 묶인 관이 실어져 있었다.

"벌써 죽여 분 거 아니여?"

"뭣이라고? 벌써? 오메, 진구야! 진구야!"

사람들이 소리를 죽여 가며 울먹였다. 수레에 관을 싣고 가는 모습을 본 조선 백성들은 달빛 그림자가 죽었다고 생각하며 사람들이 훌쩍이기 시작하자 모두 땅을 치며 수레로 몰려들었다.

"저리 비켜라! 지금 뭣들 하는 거냐?"

하야오가 왜도를 꺼내 들고 고함을 질렀다. 하지만 조선 백성들은 물러서지도 않았고 울음도 그치지 않았다.

"장군님! 한 번만 보게 해주십시오. 가는 길이라도 외롭지는 않아야지요."

한 노인이 하야오 앞에 엎드려 간절하게 부탁을 했다.

"이 늙은이가? 도대체 누구를 위해 우는 것이냐? 길을 비켜라! 비키지 않으면 일본에 저항하는 폭도로 간주하고 모두 목숨을 끊어주겠다!"

그렇지만 조선의 백성들은 물러서지 않고 한 번만 보게 해달라고 간절히 애원했다. 그러나 하야오가 말 위에서 왜군의 장수와 병사들을 죽인 폭도의 우두머리를 지지하는 것으로 알겠다며 설쳐대자 길을 터주었다. 연자다리를 건넌 수레는 어느새 팔마비 앞까지 오게 되었고 조선 백성들은 그 뒤를 따르며 누군가가 소리를 쳤다.

"여러분! 여기는 조선의 얼이 살아 있는 팔마비가 있는 곳이요. 더 이상 길을 내주지 맙시다!"

조선 백성들은 팔마비를 보며 가슴속에서 부글부글 끓어오르는 불굴의 힘을 느끼고 있었다. 노인은 계속 하야오의 뒤를 따르며 애원했다.

"장군님, 우리 마을의 손주 같은 아입니다. 어수선한 세상에 태어나 다

살지도 못하고 죽은 불쌍한 아이입니다. 그 애는 가족이 아무도 없습니다. 얼굴이라도 한 번만 보게 해주십시오. 부탁입니다!"

하야오는 크게 소리쳤다.

"이 늙은이가 미쳤나? 아무리 우리의 고니시 대장군님이 폭도가 아닌 자는 함부로 죽이지 말라 했지만 일본 장수와 군사를 죽인 자를 지지하는 것은 폭도로 간주하겠다. 모두 물러서라."

"이곳은 조선 백성의 정신이 살아 있는 팔마비가 있는 곳입니다. 아무리 전쟁이라고 해도 불쌍히 죽어가는 한 어린 인간의 마지막을 보게 해주십시오."

노인이 끈질기게 대들었다.

"뭐? 조선의 정신이 살아 있어? 바로 저것이 그것이다 이거지?"

"……."

하야오가 팔마비를 가리키자 노인은 잠시 말을 잇지 못했다.

"조선의 정신이 살아 있다는 저 비석을 없애버려라!"

"네, 알겠습니다."

하야오를 따르던 왜군들이 팔마비를 파괴하기 시작했다. 백성들이 파괴되는 팔마비 앞을 두 팔로 가로막고 막아섰다.

"이것은 안 돼요! 우리의 조상들의 얼과 혼이 있고 우리 고을의 미래가 있는 것이요. 안 된당께요!"

그러자 왜군 병사들이 순식간에 막아서는 백성들을 처참하게 칼로 찌르고 베었다. 고려 말의 승평부사 최석의 송덕을 기리던 팔마비 앞이 순식간에 처참한 지옥으로 변하고 말았다. 노인이 다시 하야오의 다리를 잡고 사정을 하며 막아서자 화가 머리끝까지 치민 하야오가 노인을 그대로 칼로 베어버렸다. 팔마비를 파괴하려는 왜군 병사들을 막아 선 노인을 포함해 수많은 조선 백성들이 처참하게 쓰러지며 팔다리가 잘려나가고 목이 베어지는 아수라장이 되어버렸다.

"너희들은 모두 폭도다! 물러섰거라!"

왜군 병사들이 칼을 크게 휘두르자 백성들이 점차 뒤로 물러서고 있었다. 왜군들은 결국 팔마비를 무너뜨렸고, 관을 실은 수레는 왜교성으로 움직이기 시작했다. 조선 백성들은 떠나가는 수레를 뒤로하고 서로를 부둥켜안으며 다친 사람들을 돌보아 주었다.

죽은 자만이 들어가는 밀폐되고 답답한 관에 갇힌 유정은 두려움과 공포심이 강하게 밀려왔다. 하지만 유정은 관 안에서 백성들의 말을 듣고 그들의 마음까지 읽으면서 감격의 눈물을 흘리고 있었다. 흔들거리는 수레에 몸을 의지한 유정은 왜교성으로 끌려가면서 지금까지의 파란만장한 일들을 생각해 보았다.

불과 반년도 안 된 사이에 엄청난 일들이 있었다는 것을 깨닫게 된 유정은 스스로가 생각해도 많이 자랐다는 생각을 했다. 귀신 의병의 대장으로서 서서히 자신감이 생기면서 두려움이 사라지고 당당해지는 자신을 느꼈다.

눈과 입이 가려진 채 관 속에 누워 끌려온 유정은 왜교성에서 나온 지 몇 달 만에 조선의 영웅이 되어 다시 끌려온 것이다. 왜군 병사들이 수레 위의 관을 천수각 지하로 옮긴 후에 관을 열고 유정을 꺼내어 천장에 매달린 밧줄로 손목을 꽁꽁 묶어 세웠다. 눈이 가려져 어디인지는 모르지만 어두침침하고, 작은 횃불만 어른거리는 것으로 보아 지하 감옥임을 알 수 있었다. 이때, 고니시가 우쓰노미아를 데리고 지하 감옥 계단으로 내려와 유정이 앞에 섰다. 자세히 살펴보더니 입에 재갈을 풀어주었다.

"그래, 이 아이가 그 사내 같은 계집애가 맞아?"

"아! 고니시⋯⋯."

눈이 가려진 유정은 고니시의 목소리를 듣고 입을 앙다물었다.

"스쿠니와 노무라를 죽인 차돌이와 진구라는 놈은 어디 있지?"

"내가 말할 것 같은가?"

"그래, 두고 보지. 네가 스스로 말을 하는가 안 하는가 보자. 그렇지! 이 년이 보통 애가 아니지, 일반적인 방식으로 대접하면 안 되겠지."

"이 더러운 고시니! 넌 이 땅에서 죽을 자격도 없는 놈이다!"

"독한 년! 배가 고파서 도둑질하다 잡혔다고 했지? 우선 이년한테 아무것도 주지 마라."

"도둑질하다 잡혔다고? 어떤 놈이 그러더냐? 말은 바로 하마! 모두 우리 것인데 네 놈이 강제로 빼앗아 간 거지. 못난 부하들 말이나 믿는 바보 같은 놈!"

"뭐라고 바보?! 네 년이 감히 나에게 바보라고? 넌 내가 무섭지도 않으냐?"

"무서워? 난 과거를 잃어버려 두려울 것이 없는 몸이다."

고니시는 죽음 앞에 태연한 유정에게 두려움을 느끼고 있었다. 그때 누군가 우쓰노미아에게 귓속말을 전하고 나갔다. 우쓰노미아가 고니시에게 말을 했다.

"장군님! 비구니를 쫓는 추격자들이 보고하러 들어왔다고 합니다."

"그래, 묘법이란 화공을 잡았다고 하더냐?"

"그건 아닌 것 같습니다."

"잡지도 못한 것들이 뭣 땜에 들어온 거야?"

"아마도 조선왕조실록에 관한 보고인 모양입니다."

줄에 매달린 유정은 묘법이란 말에 잠시 놀라고 말았다.

"잠시 기다리라고 하여라."

"네, 알겠습니다."

고니시는 다시 유정에게 다가가더니 눈을 가린 가리개를 뜯어버린다. 유정이 눈을 비시시 뜨자, 고니시와 우쓰노미아 그리고 병사들이 보였다.

"네 년은 우리 장수들을 치졸하게 죽였다. 벌거벗은 채로 서서히 죽여가면서 느꼈을 수치심을 생각하면 무사로서의 죽음보다 힘들었을 게다. 내가 그 한을 풀어줄 것이다! 당장 이년의 옷을 몽땅 벗겨라!"

"네."

"시전 잡배들처럼 말이 좋구나! 어서 죽여라!"

"뭐라고? 이년이!"

"뭣들 하느냐? 어서 옷을 모두 벗기지 않고!"

벌떡 일어선 고니시는 머뭇거리는 병사들에게 불호령을 내리자 어느새 유정의 몸에 걸친 옷들은 다 벗겨졌다. 유정은 악을 쓰며 온몸으로 저항을 했지만 벌거숭이가 되었다. 유정의 가슴팍에 실선처럼 나있는 상처 자국들이 선명하게 살아 있었다. 유정은 죽이고 싶도록 미운 고니시 앞에서 벗겨진 알몸을 보이는 치욕감이 어떤 고통보다 더 수치스러웠다. 왜교성의 혹독한 겨울 따위는 유정의 수치심에 비하면 아무것도 아니었다. 유정이 온몸을 비틀며 몸을 가리고 싶었으나 아무것도 가려지지 않았다. 아직은 앳되고 가냘픈 속살이 가슴에 난 상처처럼 그대로 비쳐졌다.

"아ㅡㅡㅡ악! 아ㅡㅡㅡ악!"

창자가 쏟아져라 비명을 질러보지만 고니시는 비명만큼 크게 웃고 있었다.

"푸–하하하하!"

어디선가 차가운 섣달 찬바람 소리가 솔가지와 부딪치며 '휘잉' 하고 들리더니 성돌 사이의 네모진 구멍 틈으로 세차게 밀고 들어온다. 벌거숭이가 된 유정은 온몸으로 참아내려 애를 써보았지만 자신도 모르게 이 부딪치는 소리가 지하 감옥에 울려 퍼지고 있었다.

"추운 모양이구나. 조선의 영웅이 추위 따위를 타다니 실망인데?"

"ㅇㅇㅇㅇ－－－."

"차돌이와 진구는 어디 있느냐?"

"ㅇㅇㅇㅇㅇ－－－."

"이년이 불 때까지 매질을 하여라!"

"네!"

왜군 병사가 벌거숭이 유정에게 매질을 가하기 시작했다. '딱–딱' 소리와 함께 온몸을 휘어 감는 가죽끈이 벌건 상처를 남겼다. 섣달 추위보다 살갗 찢어지는 고통의 비명 소리가 왜교성 전체를 울리고 있었다. 그러나 비명 소리가 커질수록 고니시의 웃음소리도 함께 커지고 있었다. 매질이 가해질 때마다 가슴에 생긴 손톱자국이 온몸에 채찍자국으로 번져가고 있었다. 고통의 끝을 맛본 유정은 끝내 혼절하고 말았다. 그 모습을 지켜본 고니시는 나가며 말했다.

"저년의 눈을 다시 가려라. 고통을 서서히 즐기도록 물 한 모금도 주지 말거라."

"네."

잠시 후에 우쓰노미아가 기절한 유정의 눈을 천으로 다시 묶으며 옷을 들어 잠시 고민하더니 그대로 땅바닥에 팽개치고 나가버렸다.

진구는 온통 유정이 걱정뿐이었다.

'불쌍한 유정이! 엄니, 아부지의 죽음도 모르는 유정이 어떡하지?'

진구는 당집 옆에 있는 당산나무를 돌며 혼자 중얼거렸다.

'근데, 유정 아부지가 죽어가면서까지 보여준 위험한 정령 그리고 조선의 역사가 흐른다고 말한 이유는 뭐지?'

진구는 도저히 알 수 없는 유정 아버지의 유언 같은 글이 머릿속을 떠나지 않았다. 진구는 유정이의 생사도 모르고 도와줄 수 없는 자신의 처지를 비관하며 유정이의 말을 더듬어 '조선의 역사가 흐른다. 위험한 정령'이 있는 동굴을 찾기 위해 조계산으로 길을 나섰다.

조계산 북서면은 예로부터 가파르고 추운 곳이다. 모래와 작은 돌이 쌓인 곳에 접치라는 작은 마을이 있다. 사람들에게 물어 각시소가 있는 물줄기를 따라 산으로 걸어가고 있었다. 진구는 길도 없는 곳을 어렵게 찾아 사람의 흔적이 전혀 없는 좁은 동굴 입구로 들어갔다. 입구와 다르게 동굴 속은 넓고 훤했다. 어디선가 동굴 바람이 불어 습기가 없었고 빛이 들어와 많이 어둡지도 않았다. 중요한 것은 생각보다 많이 따뜻하다는 것이었다. 진구는 서서히 발을 딛고 동굴 깊은 곳으로 걸어 들어갔다. 좀 더 깊숙이 들어가자 점점 어두워지면서 통로가 아주 좁아졌다. 진구는 들고 간 횃불에 불을 밝히고 좁은 통로를 빠져나오자 넓은 공간이 훤하게 보였다. 바닥에 넓은 돌이 있고 한쪽에는 작은 물줄기가 흘러내려 동굴 가운데 우물처럼 생긴 물웅덩이로 빨려 들어가고 있었다.

불빛에 반사되는 동굴의 벽은 아름다웠고 그 사이로 알 수 없는 그림들이 가득 그려져 있었다. 진구는 횃불을 들고 벽에 그려진 그림을 자세히 보았다. 앙상한 인간들의 형체가 신기한 모습으로 그려져 있었다. 진구는 동굴 속이 신기했다. 자세히 보니 우물 위, 천장에 칼이 한 자루 공중에 매달려 있었다. 진구는 횃불을 높이 들어 자세히 보았다. 그것은 주 씨에게 준 환도가 분명했다.

어디선가 사삭거리는 소리가 들려 주변을 돌아보았더니 엄청나게 많은 구렁이들이 우물 웅덩이로 모여들고 있었다. 겁이 난 진구는 뱀을 피해 동굴을 빠져나왔다. 위험한 정령의 동굴 입구에 선 진구는 뭔가 신기하고 기이한 경험을 느끼며 돌아왔다.

# 금화 아씨와 몸종 단오

"아씨! 달빛 그림자라는 조선의 영웅이 지하 감옥에 지금 잡혀와 있대
요!"

단오가 금화에게 호들갑을 떨며 말했다.

"뭐, 조선의 영웅이? 처절하고 가냘프게 들리는 저 비명 소리가 조선의
영웅이 내는 소리였더란 말이냐?"

평상시 묵언수행을 하는 것처럼 말이 없던 금화도 관심이 생겨 물었다.

"그동안 조선 백성들은 다 알고 있는 달빛 그림자를 왜교성에 있는 우
리만 몰랐다니까요!"

"왜 여기로 잡아 왔다니?"

"고니시 장군이 잡자마자 나무 관에 담아서 여기로 데리고 온 것이래
요."

"비명 소리가 여자아이 같은데?"

"맞아요. 계집애래요."

"계집애라고? 어떻게 계집아이가 왜군 장수들을 죽였다는 게냐?"

"신출귀몰하대요. 몸이 어찌나 빠른지 눈만 감고 나면 등 뒤에 있으니

잡겠어요. 눈앞에 있어도 잡을 수가 없었대요."

"나라가 망하려고 하니 하늘에서 영웅을 보냈나? 필시 조선을 구하기 위해 하늘에서 보낸 조선 딸인 게 분명하다!"

"물 한 모금도 못 주게 하고 들어가지도 못하게 명령을 내렸어요."

"어떡하지? 불쌍해서……."

"제가 감옥을 지키는 병사를 아는데 개인적으로 부탁해서 물이라도 갖다 줄까요?"

"그래! 그렇게 하라, 고니시 장군이 알면 좋지 않을 것이다."

단오의 간절한 부탁에도 옥문을 지키는 병사들은 물은커녕 들어가게 해 주지 않았다.


진구는 매일 아침, 당집에서 눈을 떴을 때 유정을 볼 수 있었다는 것이 얼마나 행복했는지를 새삼 알게 되었다. 그동안 무심결에 지나쳤던 유정이에 대한 모든 기억들이 그리워지며 보고 싶어졌다. 진구는 유정이를 구하기 위해 다양한 방법을 찾던 중에 오성산에 계시는 박이량 의병장을 만나고 돌아왔다. 당집에서는 차돌과 토부 그리고 기철이를 품에 안고 있는 수원댁이 넋을 잃은 사람처럼 멍하니 앉아만 있었다.

"진구야! 방법을 찾았어?"

진구가 집에 당도하여 방에 들어서자 불안했던 동료들이 숨 돌릴 틈도 주지 않고 물었다.

"유정 대장은 현재 왜교성에 있는 것으로 확인되었어. 박이량 의병장이 정보 전달자에게 들은 것이라 정확한 거래!"

"그럼 어쩌지?"

"구해야지."

"왜교성 같은 철옹성에 잡혀 있는데 우리가 무슨 재주로 유정 대장을 구하냐?"

"왜교성의 병사만 수천 명이 넘고 왜교성의 내부를 모르기 때문에 의병장님도 유정이를 구할 방법이 없다고 난감해 하셨어."

"그럼, 어쩌냐?"

귀신 의병들 또한 뾰족한 수가 떠오르지 않아 난감했다.

"방법이 하나 있다면 토부밖에 없어."

진구가 말했다.

"아니? 어떻게 토부가 할 수 있다는 거지?"

수원댁이 궁금해 하며 물었다.

"사실은 토부의 누나가 도와준다면……."

"그만해! 난 그렇게 할 수 없어."

진구의 말을 잘라버리며 토부가 말했다.

"아니, 토부야! 나는 뭔지는 몰겠다마는 우리가 할 수 있으면 하자. 나 땜시 유정이가 잡혀 부러서 내가 할 수 있는 일이 있다면 다 하고 잡다. 토부야! 도와다오."

수원댁이 토부를 붙잡고 애원했다.

"기철 애미는 모르면 가만히 있어! 뭘 안다고 나서는 게야? 이건 내가 할 수 없는 일이야."

토부가 벌떡 일어서 나가버렸다.

"본인이 싫어하는 일이니 더 이상 강요하진 맙시다!"

진구가 토부 때문에 입이 튀어나온 수원댁에게 말했다. 수원댁은 토부가 어떻게 도와줄 수 있는지가 궁금해졌다. 하지만 누구도 말을 해주지 않았다.

금화는 천수각 지하 감옥에 갇혀 있다는 하늘에서 보낸 조선 딸을 구할 생각에 하루 종일 고민에 고민을 하고 있었다.

"아씨, 저대로 두면 죽어 부러라. 며칠째 물 한 모금도 못 먹었다고 하드라고요! 무슨 방도를 찾아야 하는디!"

"그러게, 무슨 방법이 있는지 너도 한 번 찾아봐라."

단오의 걱정에 금화도 가슴이 답답하기는 마찬가지지만 태연하게 대답했다. 그때 고니시가 금화의 방으로 들어왔다. 단오가 뒷걸음질로 물러나자 방 안에는 금화와 고니시만 남게 되었다. 금화는 정면으로 고니시를 보지 않으려고 몸을 틀어 앉았다.

"잘 있었소?"

"……."

금화는 고니시 앞에서 아무 말도 하지 않았다.

"벌써 나에게 시집온 지 한 달이 되어 갑니다. 이제는 말이라도 합시다."

"……."

"나를 미워하는 것도, 나에게 앙갚음을 하고 싶은 것도 다 알고 있소. 하지만 우린 부부의 연을 맺었는데 마음을 조금씩 열어주시면 안되겠소?"

"……."

"그래요, 부인이 말을 하고 싶을 때 말을 하시오."

고니시가 일어서며 나가려고 하자 "저……." 하고 금화가 입을 열었다. 고니시는 반가운 마음에 물었다.

"그래, 말을 하시오. 무슨 말이라도 하시구려."

"저……."

"그래요. 어서!"

고니시가 최대한 다정다감하게 미소를 지으며 금화 앞에 앉았다.

"설날 친정에 한번 다녀오고 싶습니다."

"아, 그렇게 하세요. 그동안 많이 힘들었군요? 걱정 말고 다녀와요. 제가 병사들을 붙여드릴 테니 안전하게 다녀오시구려!"

"아닙니다. 제가 단오만 데리고 다녀올 테니, 가마꾼만 붙여주세요."

"그럴 수는 없소, 아직도 살벌한 세상인데 최소한의 경계병사 몇 명만이라도 데리고 가시오."

고니시가 크게 웃으며 예우를 갖춰 말했다.

"내일 해질 무렵에 출발해 설만 쇠고 다음 날 오후에 돌아올 것입니다. 처음으로 가는 친정이니 고니시 장군님의 부인답게 가마도 큰 것으로 해주시고 가마꾼도 많이 붙여주세요."

"알았소. 그렇게 하리다. 하루 이틀 더 머물고 와도 좋소. 입을 열어 주어 정말 감사하오!"

고니시가 금화의 등을 가볍게 토닥여주며 방을 나섰다. 고니시는 자존심이 강한 장수였다. 금화와 혼인을 한 후, 지금까지 억지로 합방도 하지 않고 지내면서 온전히 마음을 열 때까지 기다리며 지금까지 부인으로 예의를 지켜주고 있었다. 고니시가 전장에서 보이는 표독스러운 모습과 금화를 대하는 다정다감한 모습은 완전히 다른 사람처럼 보였다.

"단오야, 내 말 잘 듣거라! 어떻게든 지하 감옥에 있는 조선의 영웅을 구해내야 하는 기회는 내일밖에 없다!"

"어떻게요?"

"내게 있는 마른 느릅나무 가루를 술에 타서 지하 감옥을 경비하는 사람에게 먹여라. 그들은 곧 잠이 들 것이다. 그때 조선의 영웅을 내 가마에 태우고 설을 맞이하기 위해 친정으로 나가는 것이다. 그때밖에 없다!"

"그러면 우리가 한 짓이라고 뻔히 알 텐데요?"

"잡힐 때 잡히더라도 우선 살려 놓고 보자."

"예, 아씨!"

단오는 금화 아씨의 말을 들으면서 침을 꿀꺽 삼키며 치맛자락을 꼭 잡고 있었다.

"후―, 말만 들어도 떨리네요."

"자연스럽게…… 떨지 말고 알았지?"

단오는 고개를 끄덕이며 금화 아씨의 말을 되씹고 있었다.


날렵한 천수각 처마 끝에 해가 걸리너니 관음포를 지나 남해도에서 아침 해가 훤하게 떠오르고 있었다. 금화는 천수각 5층 망해루에 올라 떠오르는 해를 바라보며 하늘에서 보낸 조선 딸을 살려달라고 간절하게 기도를 했다. 금화와 단오는 하루 종일 천수각 2층에 있는 금화의 방에서 나오지 않고 오로지 지하 감옥에 갇혀 있는 조선의 영웅을 구할 방법을 고민하고 있었다. 신시가 다가오자 우쓰노미아가 가마꾼들을 데리고 금화에게 왔다.

"부인! 고니시 장군님께서 저더러 모시고 다녀오라 했습니다. 가마도 제일 큰 가마에다 가마꾼도 배로 주셨습니다."

"아니, 그리 안 하셔도 됩니다."

"아닙니다. 제가 모시고 싶어 말씀드렸습니다. 부인 같은 미인을 모시는 것은 저로서는 커다란 행복입니다."

"그래요? 그러면 제가 아직 준비가 안 됐으니 가마꾼들 모두를 데리고 가서 저녁들을 먹고 정확히 유시에 다시 오십시오."

"알겠습니다. 그러면 가마를 지키는 병사만 두고 유시에 오겠습니다."

"장군! 남들이 있으면 제가 불편합니다. 모두 데리고 가 유시에 와 주세요."

"그러시다면 알겠습니다. 조금 후에 뵙겠습니다."

우쓰노미아가 목례를 한 후, 가마꾼들을 데리고 나가자 지켜보던 단오가 음식과 술이 든 소반을 들고 지하 감옥으로 출발했다. 지하 감옥의 입구에는 두 명의 병사들이 경비를 서고 있었다. 단오는 망설임 없이 소반을 들고 병사들 앞에 다가갔다.

"무에냐?"

"아저씨! 고니시 장군님의 부인께서 설을 눈앞에 두고 특별히 음식과 술을 내리셨습니다."

"뭐라고? 부인께서? 고맙다, 고마워."

경비병들이 감사함을 표시하며 소반을 받아 한쪽 구석에 내려놓고 경계근무에 임했다. 음식과 술을 곧바로 먹지 않자 조바심이 난 단오가 물었다.

"왜, 음식을 드시지 않으세요?"

"근무 중에 먹으면 혼나니까 근무 끝나고 먹을 테니 감사하다고 전해다오."

"부인께서 조금 뒤에 친정으로 설을 쇠러 가는데 그릇을 받아가지고 오라고 했는데요."

경비병들은 서로의 얼굴을 쳐다보며 잠시 망설이고 있다는 것을 느낀 단오는 좀 더 적극적으로 몰아붙였다.

"기다릴 테니, 어서 드시고 주세요. 정성을 거절한다고 말씀드릴까요?"

"아, 아니야. 그럴 것은 없고…… 안 되는데……."

"어이! 어서 한잔씩 하고 그릇을 돌려보내세."

"그럴까?"

두 경비병은 풀썩 주저앉아 술과 안주를 맛있게 먹기 시작했다. 단오는 계단으로 내려가서 조선의 영웅을 보고 싶어 근질거렸으나 참았다.

"근데, 지하 감옥은 어디에 있어요?"

"계단으로 내려가 모퉁이를 돌면 바로 있어. 거기는 가지 마라!"

"예, 제가 뭐 하러 가요."

"저, 지독한 년을 보면 놀라 자빠질 게야. 벌써 며칠 동안 물 한 모금도 마시지 못했다."

단오가 두리번거리며 주변을 살피자 한쪽에는 물통과 고문 도구들이 놓여있고 정신없이 먹고 있는 경비병의 옆구리에 열쇠 뭉치가 눈에 띄었다.

시간이 조금 흐르자 게걸스럽게 먹던 경비병들이 나른하니 힘이 빠지너니 두 사람이 거의 동시에 벽에 기대어 잠이 들었다. 단오는 열쇠 꾸러미를 빼들고 계단을 내려가 모퉁이를 돌아보았다. 벌거숭이 상태로 묶여 있는 조선의 영웅을 단오가 치켜 본 순간 "아--악" 하고 짧은 비명을 내지르고 말았다. 천으로 눈을 덮은 알몸의 여자는 한눈에 봐도 바로 자신의 친구 유정이었다.

"유정아! 유정아!"

마음이 다급한 단오가 유정을 흔들며 부르자 유정의 몸에 작은 움직임이 있었다. 단오가 재빨리 유정의 눈을 덮고 있는 천을 풀어주자 유정이 실눈을 뜨며 "무…… 물" 하며 말라붙은 입술을 내밀었다. 단오는 물통에서 물을 떠서 유정에게 먹인 후, 묶인 밧줄을 풀어놓자 뻣뻣하게 굳어버린 몸뚱이가 그대로 쓰러지고 말았다. 마음이 급해진 단오는 주변에 있는 헝겊을 우선 덮어주고 몸을 비비며 흔들었다. 천수각 2층으로 냅다 달려갔다.

"웬일이냐?"

놀란 금화가 헐레벌떡 뛰어 들어오는 단오를 보고 물었다.

"아씨! 조선의 영웅은 내 친구 유정이었……어요! 어서 옷을…… 옷을…….”

"단오야! 정신 차리거라. 유정인 뭐고? 옷은 또 뭐냐?"

"발가벗은…… 알몸의 유정이가…….”

"알았다. 옷을 챙겨주마!"

얼이 빠진 단오는 금화가 챙겨준 옷을 들고 정신없이 다시 지하로 향했다. 단오는 울면서 유정의 알몸에 사내 옷이 아닌 여자 옷을 입혔다. 그리고 뻣뻣하게 굳은 몸에서 열을 나게 하려고 몸을 주무르고 문지르기 시작했다. 한참을 주무르자 유정이가 살며시 눈을 떴다.

유시가 점점 다가오고 있었다. 단오는 유정을 업고 천수각 앞에 대기하고 있는 가마로 갔다. 다행히 가마 주변엔 아직 사람이 없자 단오는 금화가 앉을 자리를 비워놓고 유정을 가마 안쪽에 태우고 이불로 덮어주었다.

아씨가 다급하게 가마에 오르자 천을 내렸다. 가마 속에서 금화의 목소리가 들려왔다.

"단오야, 진정해라. 네가 차분해야 한다!"

"예, 아씨! 차분…… 차분하게…….."

단오는 숨을 깊게 쉬어가며 안정감을 찾으려고 노력했다. 바로 그때, 우쓰노미아가 가마꾼들과 병사들을 데리고 천수각 앞으로 오고 있었다. 단오가 숨을 고르며 차분하게 말했다.

"장군님, 아씨께서 안에 타고 기다리고 계십니다."

"그랬느냐? 부인! 늦어 죄송합니다."

"괜찮소, 어서 갑시다. 가마 안에 친정에 줄 선물이 있어 조금 무거울 것이오."

"예, 최선을 다해 모시겠습니다. 자, 어서 가자!"

우쓰노미아의 명령에 가마꾼들이 가마를 들고 왜교성을 빠져나갔다.


이경의 시간 동안 가마꾼들은 땀을 흘리며 박속유의 집으로 가는 중에도 금화가 유정의 몸을 계속 만져주고 문질러 주고 있었다. 하지만 유정은 눈도 뜨지 못한 채 희미한 정신으로 상황을 조금씩 파악하고 있었다.

가마가 박속유의 집에 도착할 무렵 유정이는 점점 깨어나고 있었다. 마당에 박속유와 아내 그리고 덕보 등 집안의 모든 하인과 하녀들이 금화를 기다리고 있었다. 가마꾼들이 땀을 흘리며 마당 한가운데 가마를 내려놓자 금화가 천천히 눈짓으로 마당 한쪽 처마 밑으로 놓으라고 말했다. 금화가 가마에서 나오자 모두들 걱정 반, 기대 반으로 금화를 맞이했다.

핼쑥해 보이는 김씨 부인이 금화를 끌어안고 대성통곡을 터뜨렸다. 그러나 담담한 금화는 김씨 부인의 품에 안겨서도 덕보에게 지시했다.

"집사! 가마는 이대로 두고 당장 우쓰노미아 장군과 병사들 그리고 가마꾼들에게 먹을 것을 준비해 주세요."

"예, 아씨! 장군님, 안으로 드시지요."

우쓰노미아는 큰 사랑채로 가고 덕보는 다른 일행들을 데리고 작은 사랑채 안으로 들어갔다. 집안의 일꾼들이 가마를 들고 창고 안으로 들어가려고 하자 금화가 가마는 손대지 말고 그대로 두라며 말했다. 일꾼들이 목례를 하고 각자 일하는 곳으로 흩어지자 금화는 안도의 한숨을 내쉬었다.

모처럼 박속유의 집에는 웃음꽃이 피고 잔치를 준비하고 있었다. 저녁이 되자 사랑채와 작은 사랑채에서 웃음소리가 끊이지 않고 들려왔다. 금화가 가마 옆에 서성이던 단오를 안방으로 따로 불렀다.

"단오야! 천수각에서 유정이가 사라진 것을 알면 우리라고 판단할 것이다. 그러면 우리를 잡으러 바로 집으로 올 것이다. 너는 아무도 모르게 유정이를 데리고 도망쳐라. 어서!"

"내가 어떻게 아씨를 떠나요? 아씨는 어떡하구요? 고니시 장군이 알면 아씨도 그냥 넘어가지는 않을 텐데요?"

"내 걱정은 하지 말고…… 어서!"

"아씨……."

"어서 떠나라! 단오야. 유정이가 다시 왜놈에게 잡혀 죽게 할 게냐?"

"아씨……."

"어서 가라니까. 이것은 약간의 돈과 패물이다. 네가 시집가면 주려고 했던 것이야. 어서 떠나! 병사들이 언제 들이닥칠지 몰라."

"아씨……, 으흐흐흐흑."

맑은 단오의 눈에서 닭똥 같은 눈물이 볼을 타고 주르륵 흘렀다.

"마구간에 말 한 필을 준비 시켜놨으니 유정이를 데리고 떠나라. 어서!"

단오는 이제 떠나면 언제 볼지도 모르는 금화와의 작별이 아쉬워 떨어지지 않는 발걸음을 옮겼다. 단오는 작은 패물함을 들고 마구간에서 말한 필을 끌고 대문 밖에 대기시켜 놓고 가마로 향했다. 단오가 가마의 이불을 제치자 유정은 이미 의식을 차리고 때를 기다리고 있었다. 단오를 따라 대문 밖으로 나간 유정은 말에 힘들게 올라탔다. 단오가 말고삐를 잡고 서서히 출발했다.

"유정아! 몸은 괜찮냐?"

"그래. 너 때문에 많이 좋아졌어. 단오야! 고맙다."

"아니야, 글면 우리 이제 어디로 가냐?"

"용수골로 가자."

"그래, 알았어."

달도 없는 어두운 저녁인지라 통행인들은 아무도 없었다. 인적이 없는 곳에 도착하자 잠시 어지러운지 말을 멈춘 유정은 다시 몸을 추스르고 단오를 말에 태웠다.

어느새 유정이의 몸과 마음은 많이 회복되고 있었다. 용수골에 이르자 유정과 단오는 흐르는 물도 마시고 앉아서 쉬기도 했다.


한편, 고니시는 금화가 떠나고 없는 천수각 2층으로 들어왔다. 텅 빈 방이 허전했지만 금화가 자신에게 말을 했다는 것이 흐뭇하여 밝게 웃어보았다. 고니시는 주변의 부하들을 모두 물리치고 천수각 5층 망해루에 올라서 한가로이 주변을 둘러보며 하늘을 쳐다보았다.

어두운 밤하늘엔 별들만 가득했고 멀리서 들려오는 파도소리가 허전함을 달래주고 있었다. 임진년에 조선 땅을 처음 밟은 후로 벌써 칠 년째의 해가 바뀌고 있었다. 그때 지하 감옥에서 깨어난 두 명의 병사들이 천수각을 나와 기단에 쓰러지는 모습을 고니시가 쳐다보고 있었다.

"너희들은 누구더냐?"

깜짝 놀란 병사들이 고니시 장군임을 알자 밑도 끝도 없이 그 자리에서 무릎을 꿇고 제발 살려달라며 싹싹 비는 것이었다. 뭔가 낌새가 이상한 고니시는 기단으로 내려가 그들을 다시 지하 감옥으로 데리고 가서 자초지종을 모두 들었다.

"그래? 그랬단 말이지! 지금 누가 이 사실을 알고 있느냐?"

"장군님! 저희들이 방금 깨어나 저희 부장에게 보고하려고 나가가다 그만 어지러워 쓰러지고 말았던 것입니다. 그래서 아직 보고를 못 드렸습니다. 정말 잘못했습니다. 부인을 모시는 단오라는 계집의 말을 믿고 그만 술을 먹은 것이 이런 결과를 만들고 말았습니다."

"단오가 준 술을 먹고 쓰러졌다? 그 사이에 폭도는 탈출을 하고……."

"그래, 그거였어! 한 달 동안 말 한 마디 없던 사람이 말을 했다? 그리고 왜교성을 나갔다? 정녕, 아는 사람이 없단 말이지?"

"네, 대장군님! 누구 앞이라고 거짓을 말하겠습니까?"

손이 발이 되도록 빌고 있는 두 병사를 고니시는 왜도를 꺼내어 베어 버리고 그의 몸뚱이에 피 묻은 칼을 닦고 천수각 2층으로 올라가 잠을 청했다.

무술년 새해 첫날 아침이 되었다. 관음포에서 떠오르는 붉은 태양이 왜교성 천수각 망해루를 살포시 비추다가 어느덧 천수각 기단까지 왜교성 전체를 포근한 햇살로 가득 채웠다.

"대장군님!"

구로다가 천수각 2층으로 올라와 목례를 올렸다.

"구로다, 새해 아침부터 웬일이냐?"

"장군님, 큰일 났습니다. 죽여주십시오."

"구로다, 새해 첫날부터 죽여 달라니? 무슨 일이더냐?"

"장군님, 의복을 챙기고 나오시면 말씀드리겠습니다."

고니시가 천천히 복장을 갖추고 천수각을 나와 덤덤하게 섰다. 구로다를 비롯해 많은 장수들과 군사들이 도열해 늘어 서있었다.

"대장님, 절 죽여주십시오."

구로다는 겉옷을 다 벗고 할복할 자세를 취하며 장도를 내려놓고 단도를 손에 들고 앉아있었다.

"그래, 도대체 무슨 일인지 일단 말이나 들어보자."

고니시는 구로다의 얼굴을 뚫어지게 쳐다보았다.

"어젯밤, 늦은 시각에 자객이 들어 감옥을 지키는 병사 둘을 죽이고 폭도 유정일 데리고 사라져 버렸습니다. 대장님께서 얼마나 그를 잡고자 하는지를 알기에 책임을 지고 스스로 자결하고자 합니다. 면목이 없습니다!"

"뭣이라? 범인이 탈옥을 해? 어찌 이런 일이……. 아————악!"

고니시는 하늘을 향하여 엄청나게 큰 고함을 질렀다. 장수들을 포함한 모든 왜군 병사들이 고니시의 분노를 보며 겁에 질려 안색이 변했다.

"대장님! 죄송합니다. 죽여주십시오!"

모든 장수들이 무릎을 꿇고 엎드리자 병사들도 모두 무릎을 꿇고 엎드렸다.

"대장님! 그동안 감사했습니다."

구로다가 고니시에게 머리가 땅에 닿게 절을 올렸다. 고니시는 고개를 돌려 먼 산을 바라보고 서 있었다.

"하라키리 만세! 대합전하 만세!"

구로다가 단검을 들어 배를 가르려고 하자 고니시가 고함을 지르며 발로 구로다를 밀어버렸다.

"구로다! 넌 자결할 자격도 없는 큰 실수를 했다. 지금 폭도를 놓친 내 마음은 정말 답답하고 또 답답하다. 하지만 그 폭도 때문에 내 가족을 잃는다는 것은 더 슬프다. 추격조를 보내 잡아라! 그래야만 너는 나의 장수로서 가치가 있는 것이다."

"장군님! 죄송합니다."

고니시의 아량에 구로다가 소리 내어 펑펑 울었다. 모든 장수들도 따라서 머리를 조아리며 흐느꼈다.

"자, 모두들 들어라! 꼭 잡아와야 한다. 그래야만이 내 가슴의 답답함과 서운함이 풀릴 터이다!"

고니시는 여러 말하지 않고 천수각 안으로 들어가 버렸다.

# 수원댁의 칼날

유정이 돌아온 새벽이 무술년 새해 첫날이었다. 당집에 있던 진구와 차돌, 토부는 물론 기철이와 수원댁까지 살아 돌아온 유정일 보고 뛸 듯이 좋아했다. 수원댁은 유정이가 살아서 돌아오자 당산나무 아래에서 울고 있었다. 뭔가 생각이 난 듯 어디론가 사라졌다.

"단오야! 넌 도대체 무슨 생각으로 여길 온 것이냐?"

토부가 냉정하게 물어보자 단오는 토부 앞에 무릎을 꿇고 앉았다.

"도련님! 죄송합니다. 전 도련님이 여기에 계신 줄 모르고…… 그러나 걱정 마세요. 나리에게는 절대로 말하지 않겠습니다."

단오는 고개도 제대로 들지 못하고 코가 땅에 닿을 자세로 대답했다.

"아무튼, 내가 여기 있다는 것 자체를 집에서 몰라야 한다. 그리고 유정이가 일어나면 여기를 떠나거라!"

"네? 저더러 떠나라구요?"

"그래. 당장 떠나!"

"네, 유정이가 일어나면 떠나겠습니다."

단오는 갈 곳이 없다고 말하고 싶었지만 토부에게 더 이상 말대꾸를 못하고 그 자리를 벗어나 어디론가 사라졌다.


"토부야, 단오 못 봤니?"

"응, 내가 여기 떠나라고 했는데……."

"무슨 말이야? 단오가 유정이 땜에 집에 갈 수도 없는데…… 어디로 가라고?"

"진구야, 내가 너희들과 친구이기는 하지만 단오는 우리 집에서 일하는 종년이야. 내가 어떻게 그 애와 한 방에서 지낼 수가 있어, 그건 안 돼!"

"토부야! 이런 전쟁통에 갈 데도 없는 단오를 어디로 가란 거야? 오늘도 기약할 수 없는 인생들인데. 그래선 안 돼."

"난, 그것만은 도저히 안 돼!"

진구가 토부의 말을 듣고 휑하니 밖으로 나가 주변을 찾아다녔지만 단오도 수원댁도 보이지 않았다.

유정은 해가 질 무렵 일어나며 기력을 회복하고 있었다. 다행스럽게 유정이 당한 고문의 상처가 그다지 깊지 않아 금방 회복이 되어가고 있었다. 유정은 여자가 입은 치마저고리를 벗고 남자들이 입는 두툼한 솜바지로 갈아입었다. 단오가 쌀과 고기를 머리에 이고 당집으로 들어왔다.

"단오야, 어디 갔다 왔어? 걱정했잖아."

"나, 고을에 내려가서 쌀과 고기를 좀 사가지고 왔어. 그래도 새해 첫날인데 먹을거리가 있어야지 않아?"

단오의 웃는 얼굴과 한 보따리의 음식을 보자 어린 기철이가 팔짝 뛰며 좋아했다.

"가면 간다고 말을 해야지?"

"단오야, 고마워. 단오가 아니었으면 난 죽었을 거야. 단오와 금화 아씨가 목숨을 걸고 날 구해준 거야."

"아니야, 내가 뭘…… 다 금화 아씨의 덕분이지."

"전에는 니가 우리를 살려주었잖아."

유정이 단오의 손을 잡고 고마움을 표시했다. 옆에 있는 진구와 차돌이는 단오에게 고마움을 표시하지만 토부는 아무런 말도 하지 않았다.

"토부야, 넌 유정이를 살려준 단오가 고맙지도 않냐?"

차돌이가 묻자 토부는 아무 말도 않고 일어서서 밖으로 나가 버렸다.

"아마도 지금쯤은 고니시가 아씨를 잡아갔을 거야. 걱정이야."

"내가 정신이 없어 기억이 나질 않아. 자세하게 말해봐."

"그러니까……"

단오는 탈출하는 과정을 자세하게 설명해주었다. 이미 눈가에는 눈물이 그렁그렁 맺혀있었다.

"그랬구나! 금화 아씨가 계시지 않았다면 철옹성 같은 왜교성에서 빠져나올 수도 없었을 거야!"

진구가 말했다.

"그럼, 왜교성에서 살아났다는 것은 기적이다. 단오야, 아씨가 걱정이구나."

"아씨는 물론, 나리 댁도 쑥대밭이 되었을지도 몰라. 내일은 내가 몰래 가볼까 해. 걱정되어 미치겠어."

"돈만 아는 박속유 나리 댁도 이제 끝이구나."


박속유의 집은 많은 음식들, 술과 안주 그리고 윷놀이 등을 하면서 집

안 사람들과 우쓰노미아 군사들은 설 명절을 즐기고 있었다. 우쓰노미아의 병사들과 덕보가 지휘하는 무사들이 목검으로 검술을 겨루고 씨름도하면서 기 싸움을 벌이고 박속유도 그들을 응원하며 즐기고 있었다. 안채에서는 김씨 부인과 금화가 심각하게 이야기를 나누고 있었다.

"도대체, 단오는 어디로 간 것이냐?"

"어머니, 제가 단오를 멀리 보내버렸어요."

"왜 보내? 너에게 단오가 누군데 보내다니?"

"그곳이 얼마나 답답한지 아세요. 감옥도 그런 감옥이 없어요."

"그러니까, 단오가 네 옆에 더욱 있어야지."

"내가 그렇게 힘든데, 저는 얼마나 더 힘들겠어요. 전쟁이 벌어지면 인제 죽을지도 모르고, 죽지 않으면 왜나라로 끌려갈지도 모르는데, 단오라도 자유스럽게 살아야지요."

"이것아, 네가 단오 없이 어찌 산다고 그래?"

김씨 부인이 서글프게 울자 금화가 오히려 김씨 부인을 위로했다.

"어머니! 그만 울어요. 저는 죽을 수도 없고 도망갈 수도 없어요. 단오라도 멀리 가서 행복하게 살아야지요. 어머니, 혹여라도 고니시가 병사들을 이끌고 집으로 찾아오면 도망가셔야 해요."

"왜? 무슨 일이 있는 거니?"

"무슨 일은 아니지만, 언제 고니시의 마음이 변할지 모르잖아요?"

"그러니까. 이왕 이렇게 된 거 네가 잘해야지."

"……."

금화는 아무런 대꾸를 하지 못했다. 금화는 마음속으로는 오늘쯤 병사들이 집으로 몰려와서 자신을 포박해 데리고 가리라 생각했는데 아무런 기별이 없자 더욱 불안해져만 갔다. 금화가 마루로 나와 우쓰노미아를 불렀다.

"장군! 그대는 사람을 시켜 내가 며칠만 더 친정에 머물겠노라고 대장에게 말을 전해주시오."

"며칠 더 계시게요, 부인?"

"예, 오랜만에 친정에 왔더니 금방 가기가 서운하네요."

"예, 알겠습니다. 바로 말을 전하도록 하겠습니다."

"그리고 왜교성에 가는 사람에게 성 분위기를 자세히 알아오라고 명해주세요."

"예, 부인 그렇게 하겠습니다."

우쓰노미아가 나가고 금화는 다시 방 안으로 들어왔다.

"금화야. 바로 가는 게 좋지 않겠니?"

"아니요. 며칠만 더 있다 가고 싶어요."

"그래, 그렇게 하거라마는……."

손이 파르르 떨린 김씨 부인은 불안한 마음을 감출 수 없었다.

"고니시 장군이 잘 대해주지?"

"잘하고 못하고가 뭐 있어요. 아직까지 말 한마디 제대로 하지 않았는 걸요."

"뭐라고?"

"제가…… 하기가 싫어요. 근데 고니시도 저에게 부담을 주지 않아요. 생각만큼 나쁜 사람은 아닌 듯해요."

"여우 같은 마누라랑은 살아도 곰 같은 마누라하고는 못 사는 게 남자야. 여자는 남자에게 사랑받고 사는 것이 최고 행복이다. 여자하기 나름

이야."

"어머니, 제가 어찌 왜놈 장수인 고니시에게 마음을 주겠어요. 그
건……."

금화는 김씨 부인에게 더 이상 실망을 시켜주지 않으려고 입을 다물
었다.


해가 지고 어둑어둑할 때, 머리를 흰 천으로 감싼 수원댁이 바구니에
음식을 담아 당집으로 올라왔다. 귀신 의병들은 수원댁의 머리를 보았지
만 누구도 말을 하지 않았다. 어린 기철이만 수원댁의 뒤꽁무니를 따라다
니며 엄마의 머리를 쳐다보았다. 단오와 수원댁이 가져온 음식으로 새해
첫날을 흰 쌀밥에 고깃국으로 푸짐한 저녁밥상을 마련했다. 오랜만에 보
는 흰 쌀밥에 기철이가 함성을 지르며 좋아했다.

밥상을 가지고 들어오던 단오는 좁은 방에 밥상을 두 개로 나눠 폈다.
여러 명이서 먹을 밥상은 허름한 널빤지에 폈고 토부가 먹을 음식은 소반
에 따로 들고 들어왔다. 그 모습에 아이들이 단오를 쳐다봤지만 토부는
당연하다는 듯 밥상을 받아들고 앉아 있었다.

"도련님, 식사하세요."

"오냐!"

단오의 말이 끝나자마자 진구가 말했다.

"단오야, 그렇게 하지 마! 너 오기 전엔 우린 다 같이 밥을 먹었어."

"지금까지는 어떻게 했는지 몰라도 내가 있는 한 그렇게는 못해."

단오가 단호한 말투로 대답했다.

"단오야, 그러지 마! 서로 불편해."

유정도 진구의 말을 거들었다. 하지만 단오는 주변의 시선은 아랑곳하지 않고 토부에게 상을 더 가까이 밀었고 토부는 어색하지만 익숙한 모습으로 수저를 들었다.

"도련님, 어서 드세요. 전 도련님이 밥을 다 드시고 나면 떠날 터이니 걱정하지 마셔요."

"단오야, 너 어디 가려고?"

유정이 놀라며 물었다.

"내가 어찌 도련님하고 한 방에서 먹고 자고 지낼 수 있겠어."

"뭐? 너 갈 데도 없잖아? 지금 나가는 건 위험해! 밖은 너랑 나를 체포하기 위해 난리가 났을 텐데. 안 돼! 못 가!"

"내 일이니 내가 알아서 할게. 도련님! 신경 쓰지 마시고 어서 식사하세요."

단오는 유정의 말을 무시하고 밥상 앞에 앉아 밥을 먹기 시작했다. 하지만 수원댁만큼은 아이들의 얼굴을 쳐다보며 상황을 이해하려고 애를 쓰고 있었다. 모두가 불편한 저녁식사를 마치고 단오는 방 안에서 토부의 말을 듣고 있었다.

"단오야. 너 입 조심하여라. 조금이라도 발설했다간 모두 죽고 말 거야."

"예, 알겠습니다. 이상한 소리가 들린다면 절 죽이셔도 좋아요. 그럼 이만 전 내려가겠습니다."

단오가 집을 떠나려 할 때 유정이 단오를 가로막았다.

"안 돼! 지금은 너무 늦었어. 산 짐승이 많아 위험해."

"아니야, 유정아! 갈 수 있어."

단오가 붙잡는 유정을 뿌리치며 떠나려 하자 그때 진구가 나섰다.

"안 돼, 단오야. 유정이 말이 맞아. 지금 나가는 건 너무 위험하고 내일 아침에 다시 생각해도 늦지 않아."

단오가 망설이다가 잠시 토부를 쳐다봤다.

"내가 귀신 의병의 대장으로서 말할게! 지금 단오를 내보내는 건 너무 위험해. 너무 늦기도 했고 단오와 나를 잡으러 모든 왜군들이 눈에 불을 켜고 찾고 있을 거야. 일단 오늘은 여기서 다 같이 자고 내일 단오의 문제를 같이 생각하도록 하자."

"좋아, 그게 좋겠어."

모두들 유정의 말에 동의를 하고 토부를 바라보지만 토부는 입을 굳게 다물고 있었다. 단오는 당집에서 하루를 더 머물기로 했다.

용수골의 당집은 방이 하나였다. 그것도 귀신 의병들이 자기엔 비좁은 방으로 마루도 없고 처마도 짧아 밖에서 잘 수도 없었다. 귀신 의병들과 수원댁은 좁은 방에서 발칫잠을 잘 수밖에 없었다. 수원댁은 토부와 금화 그리고 박속유 집안의 관계가 무척 궁금했다. 하지만 누구도 속 시원하게 말해 주지 않았지만 토부가 박속유 집안의 아들이라는 것을 알 수 있었다. 수원댁은 소리 없이 눈물만 흘리고 있었다.

단오는 눕지도 못하고 쪼그리고 앉아 있다가 결국 새벽녘에 방문을 열고 나섰다. 단오가 슬그머니 방을 나가는 것을 보고 따라 나간 유정은 짧은 처마 밑에서 밤의 찬 공기를 이불 삼아 함께 껴안고 잠을 청했다.

땅바닥에 서리가 하얗게 내려 있고 안개가 자욱한 아침이 밝아왔다. 자욱한 안개 사이로 당산나무 사이를 관통한 외줄기 빛들이 안개에 파묻히고 있었다.

잠을 이루지 못한 유정과 단오는 난봉산 국사봉에 올라 왜교성에서 휘날리는 많은 깃발들을 보며 이야기를 나누었다.

"내 생각엔 어제 아씨가 왜교성으로 다시 끌려가셨을 거여. 살아 계실까?"

"나 땜시 금화 아씨만 죽게 생겼구나."

"나라도 옆에서 아씨를 보살펴 드렸어야 했는디……."

"고니시가 아씨를 죽였을까?"

"고니시가 아씨를 죽이지는 않았을 거여. 내 생각인디…… 아씨를 정말 좋아하는 것 같아."

"진짜? 그 잔인하고 독한 고니시가 아씨를?"

"응, 내가 보기에는 그래. 아씨에게는 진짜 고분고분하거든……."

"뜻밖이네? 피도 눈물도 없는 사람인디……."

"고니시는 부처님을 모시지 않고 종교가…… 뭐라더라? 하늘에 있는…… 아! 마리아를 믿는 카돌릭 종교라고 했어."

"마리아는 뭐고 카돌릭?"

"나도 잘은 모르지만. 아무튼 우리하고는 달라."

"고니시가 믿는 종교는 사람을 죽여 부러도 괜찮은 모양이지? 고니시가 얼마나 많은 조선 사람들을 죽였는디?"

"그러세…… 난 니가 조선의 영웅인지 몰랐어. 감옥에 잡혀 있는 널 보고는 얼마나 놀랬는 줄 아냐?"

"바보야! 달빛 그림자라는 조선의 영웅은 내가 아니고 진구여."

"뭐시야? 진구라고야?"

"놀랍지? 사실 진구 엄마가…… 왜군들에게 한스럽게 돌아가셨어. 그 다음부터 진구가 변했어.”

“진구 엄니가 죽었구나. 그래서 폐가처럼…… 진구가 엄니 때문에 많이 참고 살았었지.”

“조선의 영웅인 진구가 무술을 엄청 잘해.”

“오랫동안 만났어도 몰랐어. 아씨 시집가기 전날 그 복면을 한 사람이 진구라고 생각은 했는데, 설마 했거든…… 근데 우리 도련님은 어찌된 거야?”

“토부? 우리가 처음에 왜놈들한테서 구해줬어. 그때부터 친구가 됐어.”

“난 처음에 너희들이랑 말하는 거 보고 놀랬어. 상상도 못한 일이지.”

“맞어. 우리도 처음에는 그랬지. 근데 깊이 생각해보면 당연한 거였어.”

“아무튼 많이 어리둥절해.”

“그리고 아씨 시집가는 날 차돌이하고 난 불모퉁이에서 숨어 봤었거든. 토부도 혼자 와서 보고 있더라고…… 토부는 우리가 자기를 봤는지 몰라.”

“그래? 금화 아씨는 토부 도련님이 지금도 자기를 미워한다고 생각해. 늘 죄인처럼 사신다…….”

“그게 아씨의 잘못이냐? 고니시와 박속유 나리가 나쁜 거제.”

“실은 아씨가 고니시를 죽이려고 몇 번이나 시도 했지. 고니시는 분명 아씨가 한 짓을 알지만 단 한 번도 아씨에게 책임을 묻지 않더라. 참 이상하지?”

“정말? 고니시가? 이상허네…… 어쨌든 우리 모두의 원수 고니시를 죽일 수 있다면 뭐든 해야지. 같이 이야기를 해보자. 그리고 단오야!”

"응?"

"스스로 자신을 사랑하고 용기를 가져. 토부는 니 주인이기 때문에 쉽지 않겠지만 이 세상의 주인은 바로 너라고. 그 누구도 니 인생을 대신 살아줄 수는 없어."

"유정아, 고마워……."

"그러니 용기를 내고 자신을 찾자, 알겠지?"


당집에서 자고 있던 진구와 차돌, 토부 그리고 기철이가 일어났을 때는 유정과 단오는 집 안에 없었다. 수원댁은 당산나무에서 은장도를 갈고 있었고 평상시와 다르게 토부와 진구 그리고 차돌도 서로 말이 없었다. 이때, 유정과 단오가 들어오는 소리가 들렸다.

"도련님, 잘 주무셨어요? 어젯밤은 죄송했습니다."

단오의 말을 들은 토부가 그 어떤 대꾸도 하지 않자 귀신 의병들이 토부를 쳐다봤지만 토부는 아무 반응도 없었다.

"가서 세숫물이나 준비하거라."

토부는 당집이 아닌 자신의 대궐 같은 집에서 단오를 부리듯이 편하게 말했고 단오는 당연한 듯이 밖으로 나가려고 했다. 그때, 진구가 단오의 손을 잡고 조심스럽게 말을 꺼냈다.

"단오야, 앙거 봐."

단오가 진구의 얼굴 표정을 보고 자리에 앉자 수원댁이 방으로 들어왔다.

"토부야, 우리는 친구지?"

"응, 우리들은 친구가 되었지."

"그래. 너는 양반가의 자식이고 난 말을 관리했던 천인이었지만 우리는 친구가 되었지. 그치?"

"⋯⋯."

"대답해!"

진구가 당당하고 차분한 어조로 토부에게 따졌다.

"맞아. 우리는 목숨을 걸고 서로를 지켜주는 친구이자 귀신 의병이지."

"그래. 너와 내가 친구이고 내가 단오와 친구면 단오와 너도 친군 거여."

"무슨 말이야? 단오는 우리 집 하녀야! 우리 집에서 어렸을 적부터 종살이로 지금까지 살았어. 어떻게 친구가 될 수가 있어?"

"진구야, 무슨 말이야 그게? 너랑만 친구해. 도련님, 죄송합니다."

단오가 토부 앞에 몸을 크게 굽히며 말했다. 이 모든 상황을 지켜보던 유정이 나섰다.

"나도 처음에 박속유 대감의 아들 토부와 친구가 된다는 것이 이상하고 신기하기도 했어. 토부야! 너도 귀신 의병으로 한 식구가 되는 것이 이상했냐?"

"아니. 너네 아니었으면 나는 죽은 목숨이었어. 난 너희들과 친구가 된 것에 감사해."

수원댁은 토부를 쳐다보고 있었고 진구가 토부를 보며 말했다.

"그래, 그거여! 우리가 기철이 같은 동생들에게 좋은 세상을 보여주려고 이러는 거여."

"진구야. 너 미쳤어? 난 이제 갈게. 도련님, 죄송합니다. 절대로 나리에게는 말씀드리지 않을 테니 걱정 마세요. 아니 집으로 가지도 않을 테니…… 걱정 마셔요."

단오가 나가려 일어설 때 유정이 나가려는 단오를 붙잡았다.

"유정아! 너까지 왜 그래. 비켜, 난 가야 해."

"가면 넌 죽어!"

유정이 고함을 지르자 차돌과 진구도 단오를 막아섰다.

"단오는 평생 토부네 집의 종으로만 살아야 해? 토부야. 네가 생각을 조금만 바꾸면 돼. 나는 차돌이와 단오처럼 쌍것이야. 반쪽 양반인 유정이랑 친구가 되었어. 나랑 차돌이, 유정이와 친구가 될 수 있고 단오는 안된다는 건 생각의 차이일 뿐이여. 격식을 버린 우리가 좋았잖아. 우리가 모두 힘을 모아야 왜놈들을 물리칠 수가 있단 말이여!"

진구의 말을 듣고 있던 유정이가 말을 꺼냈다.

"토부야. 우리는 힘이 없어. 왜놈들한테 만날 죽임을 당하고 인간으로서는 차마 말헐 수 없는 치욕을 당하면서 아무것도 하지 못하고 헤벌레 웃기만 하고 하루하루를 간신히 살아가고 있어. 이건 우리가 바라는 세상이 아니여! 이런 세상을 살려고 우리가 태어난 것은 더욱 아니고……."

말을 마친 유정의 눈에서는 눈물이 흐르고 토부는 고개를 숙인 채 손가락만 만지작거리고 있었다. 토부가 벌떡 일어나더니,

"단오는 달라. 쟤는 처음부터 우리집 종이였어. 어떻게 개똥보다 못한 천한 것과 친구가 되냐? 말도 안 될 소리 마라. 어서 내려가."

그때, 소리 없이 그 모습을 지켜보던 수원댁이 가슴에서 칼을 꺼내 토부에게 다가갔다.

"뭐가 안 되는디? 단오가 종으로 태어나고 싶어서 태어났냐?"

"왜…… 왜 그러세요?"

토부가 놀라 뒷걸음질 치지만 좁은 방 벽에 부딪혀 멈췄다.

"기철 엄니! 왜 그러세요? 칼 내려놓으세요. 어서요!"

유정이 다가가며 말리지만 수원댁은 완강하게 유정을 뿌리치고 토부에게 칼을 겨누었다. 갑자기 벌어진 상황에 놀라 아무 말도 하지 않았다.

"엄마, 왜 그래 형한테…… 이러지 마!"

"시끄러, 이놈아! 난 저놈을 죽여야만 해. 박속유 그 더럽고 야비한 인간 땜시 기철이 애비가 죽고 꽃망울도 맺지 못한 어린 두 새끼하고 꽃도 피워보지 못하고 억울하게 한만 품고 죽은 내 딸 꽃분이의 한을 풀기 위해 박속유의 아들놈을 죽어야만 해."

진구는 꽃분이라는 말에 놀라고 말았다. 수원댁은 거침이 없었다.

"널 죽이려고 마음묵었어! 지옥의 구렁텅이로 밀어 넣은 네놈 집안을 깨부숴버리는 것이 나의 마지막 한풀이다! 박속유의 아들! 잘 만났다."

수원댁이 칼로 토부를 향해 치켜들자 진구가 재빨리 수원댁의 팔을 붙잡았다. 서로 간의 몸싸움으로 수원댁의 흰 천이 벗겨지고 말았다. 흰 천에 가려진 짧은 머리가 드러나고 말았다. 귀신 의병들은 모두 놀랐다. 겁에 질린 토부는 방 한쪽 구석에서 떨고 있었다.

"진구야! 놓거라. 난 이 놈을 죽여야 해. 그게 죽은 내 새끼들에 대한 도리다. 어서 놓거라."

"기철 엄니 참으세요."

"참으세요."

진구가 떨리는 수원댁의 손을 잡아주면서 칼을 빼냈다. 수원댁은 널브러지며 더욱 크게 울었다. 어깨가 축 늘어진 토부가 한숨을 내쉴 때 기철이가 주저앉아 울고 있는 수원댁의 눈물을 닦아주며 짧은 머리카락을 만졌다.

수원댁은 그동안의 일어난 일련의 사건들을 토부에게 말하며 돈은 빌려 쓰고 전쟁통에 피난을 떠나 도망가다 덕보에게 잡히고 왜놈들의 노리개로 고통을 당했던 일까지 말하면서 울분을 터뜨렸다. 귀신 의병들은 수원댁의 가족과 토부의 아버지 박속유와 그런 악연이 있다는 것을 처음 알았다.

그때, 진구가 중지손가락으로 입을 막고 방문 쪽에 붙어 귀를 기울였다. 귀신 의병들은 멀리서 들려오는 말발굽 소리를 듣고 긴장하기 시작했다. 진구가 방문을 열어 밖을 살피자 저승사자 같은 망토를 걸친 왜군들이 용수골로 올라오고 있었다.

귀신 의병들은 재빠르게 무기를 챙기며 방 안에 짚 다발 뭉치를 풀어 흩뜨려놓고 당집 뒷문을 통해 산속으로 숨어들었다. 추격자들이 말을 타고 서서히 당집을 에워싸며 쳐들어오더니 신속하고 정확하게 바로 공격해왔다.

"장군님! 여기 사람이 있었던 흔적이 있습니다."

"뭐? 사람 흔적?"

"방 안의 온기부터…… 사람이 살았던 것 같아요. 조금 전까지 분명 있었던 것 같습니다."

"정보가 맞았구나. 주변을 샅샅이 뒤져보아라. 어서!"

방 안을 둘러보고 방바닥을 만져본 추격자들은 당집을 중심으로 주변을 수색하기 시작했다. 귀신 의병들이 숨어있는 당산나무 뒤편으로 왜군 병사들이 서서히 다가오자 귀신 의병들은 초조하게 숨을 죽인 채 엎드려 있었다. 점점 왜놈들이 귀신 의병들이 숨어있는 곳으로 다가오고 있었다.

유정도 진구도 당황한 기색이 역력할 때 짧은 머리를 하고 있는 수원댁이 유정을 보고 눈치를 주더니 치마를 짧게 매고 옆으로 기어가 반대 방향으로 갑자기 달리기 시작했다.

"적이다! 잡아라!"

왜군 병사들이 도망가는 수원댁을 향해 소리치며 뒤쫓자 유정은 놀란 기철의 입을 막아 소리를 지르지 못하게 막았다. 긴 칼을 차고 조총을 든 병사들이 말에서 내려 수원댁을 추격하고 있었다.

"대장! 저 아래 묶어둔 과하마를 타고 오성산에 계시는 박이량 의병장님께 가. 절대 나를 따라오지 말고 알겠지?"

진구는 말을 끝나기가 무섭게 수원댁을 쫓는 왜군 병사들의 뒤를 쫓았다. 조총이 발사되고 순간 고요했던 산속이 어수선해지면서 혼란스러워졌다. 그 틈을 이용해 유정과 귀신 의병들은 기철일 데리고 과하마를 타고 오성산을 향해 도망가기 시작했다.

수원댁은 생각보다 잘 도망가고 있었다. 진구가 큰 나무에 의지한 채 추격자들에게 활을 겨누었다. 진구의 활시위를 떠난 화살은 한 추격자의 등짝에 정확히 꽂혔다. 자신의 동료가 활에 맞고 쓰러진 줄도 모르고 수원댁을 쫓아 필사적으로 왜군 병사들은 달려갔다. 진구는 다음 화살로 말을 타고 가는 왜군에게 겨눴다. 그 화살은 기마 병사의 목 부위를 맞혔고 비명 소리를 내며 말에서 떨어진 소리에 주변 병사들이 멈칫 뒤를 돌아보았다.

"적이다! 뒤편에 적이 더 있다!"

말을 탄 하야오 장수가 소리를 지르자 수원댁을 쫓던 병사들은 추격을 포기하고 그 자리에 멈춰 주변을 경계하기 시작했다. 이렇게 진구는 수원댁이 도망갈 시간을 벌어주었고 계속해서 병사들을 겨냥해서 활을 쏘는 족족 왜군 병사들이 한 명씩 꼬꾸라졌다.

수원댁은 왜군 병사들이 주춤한 사이에 다시 힘을 내어 산등성이를 넘어 도망가고 있었다. 진구는 숲 속에 숨어있는 추격자에게 다시 활을 쐈고 추격자들이 진구를 발견하고 조총을 쏴댔다. 몸이 빠른 진구는 왜군 병사들이 쏘아대는 조총과 화살을 피해 수원댁과는 정반대 방향으로 도망을 가고 있었다.


차돌과 토부 그리고 단오는 유정을 따라 과하마를 타고 산을 넘으며 오성산을 향해 가고 있었다. 어비골 골짜기를 넘어 밤댕이골을 지나 오성산에 도착했다. 용수골에는 추가로 왜군 병사들의 숫자가 점점 더 많아지면서 용수골 당집은 적에게 노출되고 말았다.

박이량 의병장이 내준 숙소에 이미 도착한 유정과 차돌, 단오, 토부와 기철은 안전하게 있었다. 기철이가 진구에게 다가와 수원댁을 찾았는지 묻자 찾지 못했노라고 말했다. 진구는 풀이 죽어 돌아서는 기철에게 한없이 미안했다.

조선의 영웅 달빛 그림자가 왜교성에서 탈출했다는 소문이 퍼지면서 조선의 백성들은 모였다 하면 달빛 그림자 이야기로 꽃을 피웠다.


귀신 의병들은 각자의 수준에 맞게 박이량 의병장에게 아침부터 해가 넘어가는 저녁까지 힘든 무술 훈련을 받았다. 처음 무술을 배우는 토부와 단오는 재미를 느끼면서도 힘들어했고 기철이도 옆에서 목검을 들고 흉내를 내며 흥미로워 했다.

"진구 형아! 나도 가르쳐주라."

막대기를 든 기철이가 구슬땀을 흘리며 진구에게 다가왔다.

"좋아! 우리 기철이가 의병이 되려고 열심히 잘하는구나."

진구는 기철이가 귀여워 머리를 쓰다듬으며 목검의 자세를 고쳐줬다. 저녁을 먹고 귀신 의병들은 숙소에 모여 앉았다. 단오도 함께 있었다.

"여기는 그래도 안전한 곳이야. 모두 다 모이니 참으로 다행이야."

진구가 말하자 유정이 말을 이었다.

"그래, 요즘 우리를 찾으려 검문 검색도 강화되고 예전과는 달리 왜놈들이 혈안이 되어 있어. 그리고 며칠 전 단오에게서 들은 말인디 다 같이 상의할 게 있어."

"뭔데? 단오야, 걱정 있으면 말해. 우리는 친구잖아."

진구가 단오의 어깨를 툭 치며 말했다.

"알아. 유정아, 네가 말해."

"그래. 의병장의 정보통을 통해 알아보니 금화 아씨가 왜교성으로 다시 들어갔는데 아무 일도 없이 안전하다고 했어. 단오 말에 의하면 금화 아씨가 고니시를 죽이려고 몇 번이나 시도했는데 고니시가 알고도 모른 척 했다는 거야!"

"뭐라고? 알고도 모른 척 해?"

"우리가 아씨를 도와야 성공할 수 있어. 이것에 반대하는 사람은 없지?"

"좋아! 당연하지. 우리는 귀신 집에 살았던 귀신 의병이잖아."

"하하하."

모두들 소리 내며 웃었다.

"내가 그동안 많이 고민을 했는데 우리의 원수, 고니시를 죽일 수 방법은 금화 아씨밖에 없어. 근데 금화 아씨 혼자서는 할 수가 없어. 우리의 도움이 있어야만 가능해."

"대장, 방법을 말해봐."

단오가 의지에 찬 목소리로 말에 끼어들었다.

"너희들이 독약을 구해줘. 그럼 내가 가지고 들어가서 금화 아씨가 고니시에게 약을 탄 술만 먹이면 고니시를 죽일 수 있을 거야!"

"그래, 그런 방법이 있었네."

"단오만 있으면 불가능한 일도 아니야. 문제는 그 다음인데…… 아씨와 단오가 왜교성을 빠져나올 수 있도록 우리가 도와줘야 해."

"그렇지. 그래야지."

"사실은 그 다음이 더 중요해. 고니시가 죽고 아씨가 도망가더라도 토부네 집 식구들은 모두 죽임을 당하고 말 거야. 그러니 토부가 아버지께 알려서 식구들을 미리 도망가게 해야 해. 지금은 장흥 회령포나 목포 고하도까지만 가면 이순신 장군님이 계시니 살 수 있을 거야."

"그래! 토부야. 네가 아버지께 먼저 알려주는 게 맞을 거 같아."

"근데 토부 아버지가 우리의 말을 믿어 주실까?"

"그건 내가 해결할 문제야. 내가 가서 설득해볼게."

"좋아, 토부를 믿지."

유정이 토부를 보며 말했다.

"근데, 의병장님께 도움을 청해야 하지 않을까?"

"음…… 의병장님은 시도도 못하게 하셔. 금화 아씨가 죽은 내 목숨을 살려줬어. 신세를 갚아야 하는 건 당연하지. 금화 아씨가 왜교성에서 지옥살이를 하고 계신데 우리가 구해줘야 해."

유정이 결의에 찬 목소리로 말했다.

"그래. 그럼 우리끼리 하는 거야!"

"좋아. 우린 귀신 의병이니까 할 수 있어! 아참! 이번 기회에 토부는 집으로 들어가라. 가족들 데리고 장흥으로 가라. 알겠지?"

"아니, 난 아버지께 말하고 다시 올 거야!"

"그럼, 우리 모두 하나가 되었으니 단오까지 포함해 귀신 의병을 하자."

"뭐? 안 돼! 감히 날더러 도련님과 어찌 함께하라고? 그럴 수는 없어!"

귀신 의병들은 단오의 말을 듣고 토부의 눈치부터 살폈다.

"토부야, 우리 모두 다 같이 할 수는 없는 거야?"

토부는 아무 말도 없었다.

"토부야!"

유정이 다그치는 부름에도 토부는 아무 말도 하지 않았다.

"토부야. 어른들은 신분이 필요했는지 몰라도 우리는 그러지 말자. 우린 귀신 의병이야. 힘을 모아야 너의 누이인 금화 아씨를 구할 수 있어!"

유정의 말이 끝나자 토부는 결국 말을 못하고 문을 열고 나갔다. 귀신 의병들은 멍하니 앉아있고 단오는 유정에게 눈 꼬리를 치켜뜨며 안절부절 방 안을 빙빙 돌아다녔다. 일경쯤이 지나자 토부가 방으로 돌아왔다.

"좋아, 하자! 우리가 함께 힘을 모아 누이를 구하자."

"토부야, 넌, 역시 최고야!"

"그래, 우리의 원수 고니시를 죽이고 금화 아씨를 구하는 거여!"

유정, 진구, 차돌이는 손을 잡고 덩실덩실 춤을 추었지만 토부와 단오는 어색해하고 있었다.

고니시의 명령을 받은 추격대들조차 이렇다 할 성과를 내지 못하고 있었다. 특히 츠요시의 추격자들은 묘법과 조선왕조실록을 찾지 못하고 한계를 느끼며 지쳐가고 있었다. 그들은 원점에서 다시 수색한다는 심정으로 가상 행로를 따라 세밀하게 더듬어가며 방화, 강탈, 살인을 저지르며 묘법을 찾아가고 있었다.

얼마 후, 왜놈들의 만행이 존제사에 있는 목개의 귀에도 들리기 시작했다.

"스님, 이제 이곳을 떠나야 할 것 같습니다. 그들이 스님을 찾기 위해 인근 절들을 모두 불태운 것도 모자라 스님들도 다 죽이고 있다 합니다."

"나무 관세음보살, 나무 관세음보살."

묘법은 합장을 하며 중얼거렸다.

"몸이 많이 좋아지셨으니 지금 떠나야 합니다."

"제가 바위에 부처님을 그리고 있는데 어찌 떠난단 말입니까?"

"큰스님을 잊으셨습니까? 스님 한 분을 살리기 위해 많은 분들이 희생하셨어요. 이러시면 안 됩니다. 어서 준비를 하세요."

묘법은 잠시 큰스님이 항상 해주셨던 말을 떠올렸다.

'묘법이! 사람은 사람을 그리워하는 미물이다. 아무리 작은 미물이라도 살아야 할 이유가 다 있단다. 형태는 수도 없이 변한단다. 껍데기에 집착하지 말거라!' 묘법은 머리를 흔들며 큰스님의 환영을 떨쳐냈다.

"그럼 존제사 스님들에게 떠난다는 말이라도 하고 떠나겠습니다."

묘법과 목개는 화방 도구를 담기 위해 바랑을 꾸렸다. 그때, 스님 한 분이 달려와 묘법에게 다급하게 말했다.

"스님, 어서 떠나셔야 합니다. 왜군들이 말을 타고 이곳으로 오고 있어요!"

"스님, 존제사 스님들께 말없이 가게 되어 죄송하다고, 정말 감사하다고 전해주세요."

"예, 걱정 마시고 어서요!"

목개는 묘법을 데리고 암자 뒤를 돌아 산속으로 들어섰다. 묘법의 아픈 발목도 많이 호전되어 두 사람은 산속으로 사라졌다. 산 정상에 올라 뒤를 돌아보니 존제사에서 연기가 피어오르고 있었고 묘법은 '나무 관세음보살, 나무 관세음보살'을 외며 안타까운 마음을 안고 산을 넘어 내려갔다.

묘법은 낮에는 다시 산속에 숨어 지냈고 밤에는 산길로 고금도를 향해 걸어갔다. 하지만 언제부턴지 왜군들이 길목마다 검문을 하고 있어 밤길에 움직이는 것조차도 힘이 들었다. 묘법도, 목개도 왜 고금도로 가야 하는지 이유를 몰랐지만 큰스님의 말씀을 따라 갈 뿐이었다.


"마쓰이! 어서 가자."

"네, 저만 따라오십시오."

마쓰이는 덕보의 안내를 받으며 구로다 장군과 함께 '위험한 정령'이 있다는 조계산 북서면을 향해 달려갔다. 하지만 접치골짜기 물줄기를 따라 올라가는 길이 너무 험악하고 가파른지 쉽게 찾지를 못하고 있었다.

그 순간, 진구도 유정을 데리고 '위험함 정령' 동굴 입구에서 들어가려 하고 있었다.

"유정아! 이곳이 '위험한 정령'이란 동굴이야."

"그러게 나도 아부지께 말만 들었지 와본 것은 처음이야. 내 기억에 아부지는 해마다 이곳에서 기도를 하러 다녔고 아무에게도 말하지 않았어."

"안에 들어가면 놀래지 마라."

"왜, 용이라도 사냐?"

"용이 아니고……."

"용이 아니면 이무기가 산다는 거야. 농담이 진짜인가?"

"아무튼 놀라지 말고, 중요한 것은 느그 아부지가 우리에게 뭔가를 알려주려고 했다는 거여."

"뭔데?"

"그것을 모르겠어."

"너무 뜸들이지 말고 들어가자."

진구는 유정이를 데리고 좁은 동굴 입구를 들어갔다. 진구는 한 번 와본 곳이라고 쉽게 들어갔지만 유정이는 좁고 험한 입구가 많이 불편했다. 좁은 입구를 지나자 동굴 속은 바람이 불어 습기도 없고 빛이 들어와 많이 어둡지도 않았다. 진구는 유정의 손을 잡고 좀 더 깊은 동굴 속으로 걸어 들어갔다. 좀 더 깊숙이 들어가자 점점 어두워지면서 통로가 아주 좁아졌다. 진구는 들고 간 횃불에 불을 밝히고 좁은 통로를 빠져 나오자 전에 보았던 것처럼 넓은 공간이 보였다.

유정이는 불빛에 반사하는 동굴 벽에 그려진 그림들이 신비롭고 아름답다는 생각을 떨칠 수가 없었다. 알 수 없는 기묘한 그림들이 신령처럼 신비스럽게 다가왔다. 고개를 돌려 바닥을 보자 넓은 큰 돌이 있고 한쪽에는 작은 물줄기가 흘러내려 우물처럼 생긴 물웅덩이로 빨려 들어가고 있는 것이 보였다. 신비스러움을 넘어 정령들이 마시는 성수 같은 느낌을 받았다.

"유정아! 신기하지?"

"응, 너무나 신기해. 왠지 정령들이 사는 집 같아."

"그래. 저 위에 달린 것을 봐봐."

"뭔데?"

"옛날에 내가 느그 아부지에게 준 환도야."

"뭐라고?"

"그래, 그 환도!"

"그러면 얼마 전에도 여기에 왔다는 뜻이잖아."

"맞아."

"무슨 의미로 저 검을 달아뒀을까?"

"……."

작은 한 줄기 햇살이 환도에 비추자 빛이 반사해 동굴벽을 비춰주고 있었다. 하지만 진구와 유정은 동굴 벽에 그려진 신성한 그림과 공간의 기이함 때문에 주 씨의 깊은 의미를 찾지 못하고 있었다.

"틀림없이 이유가 있을 거야?"

"그러게, 아부지가 진구 네 검이 정말 귀하다고 말했어."

"내가 보기엔 아부지가 뭔가 우리에게 하고 싶은 말이 있다고 생각해."

"환도를 봐보자."

"좋아."

진구는 단검을 던져 환도를 매달고 있는 얇은 실을 끊었다. 환도는 땅에 떨어졌고 유정과 진구는 환도를 이리저리 살펴보았다. 별다른 특별한 것은 없었다. 진구가 검을 칼집에서 꺼내보자 미세한 빛이 칼등을 타고 있었다.

"여기 뭐라 쓰여 있다! '보아 조선의 역사가 흐른다'."

진구는 천천히 글귀를 읽었다.

"보아는 우리 숙부가 나에게 줄 때 써준 글이고 느그 아부지가 쓴 글은 '조선의 역사가 흐른다' 인데…… 이게 무슨 뜻일까?"

"아부지가 예전에도 이곳에는 조선의 역사가 흐른다고 늘 했어. 그게 무슨 뜻인지 모르고 듣기만 했는데 뭔가 의미가 있는 모양이다."

진구는 주변을 계속 두리번거렸다.

"근데 왜 주변을 그렇게 쳐다보는 거야?"

"아니야, 전에는 이곳에 엄청나게 많은 구렁이들이 있었거든."

구렁이라는 말에 유정이가 진구의 가슴에 뛰어 올라 안기었다. 진구는 느낌이 이상했다.

"아이고, 난 뱀은 진짜 징그러워, 무섭고……."

"천하의 유정이가 무서워하는 것도 있구나."

"이상하네, 전에는 이무기는 아니어도 엄청 큰 구렁이들이 많았는데……."

그때 밖에서 사람 소리가 들렸다. 진구와 유정이는 바위 뒤로 빠르게 몸을 숨겼다. 점점 사람들의 목소리가 크게 들리더니 덕보가 마쓰이와 구로다 장군을 데리고 동굴 안으로 들어오고 있었다. 그들은 동굴 안의 오묘함을 보고 놀라 입이 벌어져 다물지를 못했다.

"장군님, 여기가 위험한 정령이라고 하는 곳입니다."

"그래, 네 말대로 정령이 살 것 같기는 하다만 위험한지는 모르겠구나."

그때 어디선가 스르륵 거리는 소리가 들리기 시작하더니 여기저기서 구렁이가 나타나기 시작했다.

"장군님! 구렁이들이 득실거립니다. 어서 나가시지요!"

"아휴, 징그러워……."

"이놈들아! 모두 죽여 버리지 않고 뭣들 해!"

"네."

병사들은 구렁이가 보이는 대로 칼로 죽이기 시작했다. 놀란 구렁이들이 바위 뒤에 숨어 있는 유정이 옆으로 스르르 지나가자 놀란 유정이 기함하며 소리를 지르려고 하자 진구가 유정의 입을 재빨리 틀어막았다. 놀란 유정은 눈이 커질 대로 커져 고개를 흔들고 있었다.

점점 많아지는 구렁이들을 보고 구로다와 마쓰이 그리고 덕보는 소리를 지르며 동굴을 빠져나갔다. 동굴 입구에서 주저앉아 놀란 가슴을 쓸어내린 왜군 병사들은 그대로 순천도호부로 가버렸다.

한참 후에 동굴 밖으로 나온 유정과 진구는 구렁이에 급하게 쫓겨 가는 왜군 병사들을 보고 웃으며 오성산 말터로 향했다.

# 고니시 암살 작전

"뭣 때문에 왔어? 뭣 때문에 다시 왔냐고?"

"아씨! 제가 어떻게 아씨를 떠나요? 그렇게 못 해요."

"이 바보 같은 것아! 떠나라고 할 때는 떠나야지. 이 생지옥에 뭐 하러 왔어……."

금화는 돌아온 단오가 반갑기도 했지만 돌아와야만 하는 단오의 심경을 생각하니 안쓰러워 껴안고 울었다.

"근데, 아씨, 괜찮았어요?"

"그러게, 감옥을 지키는 경비들이 칼에 베여 죽어 있었단다. 우리가 한 짓이라고는 누구도 생각하지 않고 유정이가 의병들의 도움을 받아 탈출했다고 생각하더라고……."

"이상하네요? 누가 봐도 우리가 데리고 간 것으로 보일 텐데……."

"우리가 떠난 다음에 경비들이 죽어서 우리하고 연관시키지는 않는 것 같아. 누구도 의심을 하지 않았어."

"우린 아씨가 감옥에 끌려가 고문을 당하고 있을 거라고 걱정했거든요."

"나도 원단(설날)에 친정집으로 병사들이 들이닥칠 것이라고 생각했거든."

"아씨, 혼자서 돌아오는데 고니시가 저를 찾지는 않았어요?"

"네가 몸이 아파서 당분간은 못 온다고 했거든."

"다시는 절 버리지 마세요. 사실 저 많이 서운했어요. 아씨가 절 버렸다고 생각하니 서운해서 눈물만 나오고……."

"이것아! 너 좋으라고 한 일인데, 그것도 모르고…… 이 지옥 같은 곳에 왜 왔어. 훨훨 멀리 날아가 버리지."

"훨훨 날아 다시 돌아왔으니 다시는 가라 하지 마세요. 알았죠?"

"그래, 알았다. 사실 나도 혼자 있기가 겁이 나고 무서웠어. 잘 왔다. 고마워."


토부가 대궐 같은 박속유 집으로 다시 돌아왔다. 박속유는 몇 달 동안 토부를 찾기 위해 모든 방법을 다 동원했지만 찾지 못해 항상 근심 걱정이 떠날 날이 없었다. 그런 토부가 들어왔다는 말을 들은 김씨 부인은 아픈 몸을 이끌고 버선발로 뛰어나와 토부를 붙잡고 울면서 맞이해 주었다. 박속유는 사랑채 한쪽 대들보에 머리를 대고 울음을 참아내고 있었다. 집안의 모든 식솔들이 나와 돌아온 토부를 보고 서로 부둥켜안고 즐거워했다.

안방에 들어온 토부가 큰절을 올리면서 울고 있는 박속유와 김씨 부인을 보자 토부는 많이 송구스러웠다. 토부가 집을 나가고 금화가 시집을 간 뒤로 김씨 부인은 시름시름 앓기 시작해 지금은 속병이 깊어 얼굴에 병색이 나타날 정도였다. 그동안 유명한 의원들이 많이 다녀갔지만 병의 원인은 찾을 수 없었다. 그런 김씨 부인이 토부가 들어오자 잠시 기운을 찾는 것처럼 보이고 얼굴빛이 화사해지며 좋아 보였다. 토부는 김씨 부인이 스르르 잠든 것을 보고 안채에서 나와 형 미부의 방으로 향했다. 미부는 울먹이며 토부를 맞이했다.

"토부야! 너, 어디 갔었어? 걱정 많이 했는데……."

"형님, 미안해요."

"어머니가 많이 아프신데…… 다 너를 보고 싶어 생긴 병 같아."

"그러게요, 어머니한테는 정말 죄송한데, 세상 밖에서 우리 집을 쳐다보니 인간의 도리라고는 조금도 모르는 그런 집이였어요."

"너, 세상 구경을 많이 한 모양이구나."

"난, 아버님의 인생 방식을 이해할 수 없어요. 아버지의 자식이라는 것이 부끄럽고 창피했어요."

"전쟁통이다. 살기 위해서 어쩔 수 없었겠지. 네가 이해해야지……."

"나도 형님처럼 세상과 등지고 살고 싶다는 생각도 했어요. 형님이 별을 사랑하는 순수한 마음을 가졌다는 것이 자랑스럽고 부러웠어요."

"네가 나에게 부러울 것이 뭐가 있다고 그러니? 난 항상 네가 부럽고 대견했다."

"형님…… 저 쉬고 싶어요. 건너갈게요."

"그래, 네가 돌아오니 하고 싶은 이야기도 많았는데…… 천천히 하자."

"그래요. 형님!"

"가서 푹 쉬어라."

"예, 잘 자요."

토부는 미부의 방에서 잠시 형제간의 우애를 나누고 방을 나왔다. 토부가 작은 사랑채 앞에서 깊은 생각에 빠져 있을 무렵 덕보가 토부에게 다가왔다.

"도련님! 오랜만입니다. 어디에 계셨능가요? 저희들이 안 찾아 댕긴 곳이 없었어요."

"미안해요. 저 때문에……."

"낙안이랑 부유촌, 보성, 구례, 남원, 광양, 사천, 흥양, 돌산…… 그렇게 많은 사람들을 동원해 찾고 댕겼는데 도대체 어디에 꽁꽁 숨어 계셨는가 궁금해 미치겠어라."

"가까운 곳에 있었어요."

"가까이 어디요?"

"모르셔도 돼요."

"도련님만의 비밀 장소가 있는가요?"

"아니에요. 그런 것 없어요. 참, 누이 시집가는 날, 부모님도 가셨는가요?"

"아니요, 어르신들은 가지 않았어요."

"누이는 잘 지내고 있대요?"

"설 때 댕겨갔어요. 아직까지는 큰 문제는 없이 지내고 계신 것 같기는 헌디…… 요."

"곡간에 있는 우리 재산을 수레에 싣고 한 번에 옮기려면 가능해요?"

"왜요?"

"그냥, 물어본 거예요."

"집에 수레가 열 대 정도 있응께 며칠 정도 옮기면 될 것이구만요?"

"그래요?"

"근디 왜? 무슨 일 있으신가요? 방법이 하나 있기는 한데……."

"뭐가 있어요?"

"도련님이 어디에 기셨다 왔는지 알려주면 저도 방법을 알려드릴게요."

"그건 안 돼요. 여러 사람이 있는 곳이기에 그것은 안 됩니다."

"그러시면 저도 어쩔 수 없지라."

덕보가 작은 사랑채로 가려고 하자 토부가 붙잡으며 말했다.

"우리는 용수골 당집에 숨어 있었어요."

"우리라면 누구를 말하시는지?"

"전쟁통에 부모 잃고 형제 잃고 집도 없어 고생하는 친구들 몇 명이서 함께 있었어요."

"혹시 '달빛 그림자' 이런 애들인가요?"

"그런 애들도 있어요?"

머리가 덕보보다 한 수 위인 토부는 오히려 반문을 했다. 덕보가 주변을 두리번거리며 살핀 후, 토부의 귀에 귓속말로 속삭였다.

"이것은 도련님만 아셔야 합니다. 우리 집 곡간은 지하에 동굴이 있어요. 그 안으로 옮기면 어느 정도는 가능할 것입니다. 그 비밀을 아는 사람은 나리와 저밖에 없습니다."

"그러면 그 많은 곡식들을 두 양반이 옮기지는 못했을 텐데, 옮기는 사람들은 알 것 아니요?"

"그 안에 비밀이 또 있지요. 그것은 물어봐도 말해줄 수가 없습니다."

"그래?"

"이제 도련님이 집 나가면 제가 용수골 당집으로 갑니다. 이제는 나갈 생각 마세요!"

"먼저 들어가세요. 전 생각할 것이 좀 더 있어서……."

"알겠습니다. 먼저 들어가겠습니다."

덕보가 작은 사랑채로 들어가자 토부는 여러 가지 생각에 잠겼다.

'아버지가 받아줄 수 있을까?' 혼자 중얼거리며 유정이 했던 말을 곰곰이 생각했다.

토부는 곡간 옆에 있는 옥으로 가보았다. 두 명의 장정이 옥 안에 갇혀 있었다. 그들은 토부를 보고 살려달라고 애원했다. 토부는 그들을 뒤로하고 사랑채를 향해 걸음을 옮겼다.

한들거리는 바람에 청아한 풍경소리가 들리는 사랑채 안에 박속유와 김씨 부인 그리고 토부 셋이 앉아 있었다.

"아버님! 저는 누이를 고니시에게 시집보낸 것에 대해서는 지금도 이해할 수 없습니다."

"그래, 안다. 다 내 잘못이다. 그러니 이제는 제발 나가지 말고 집안을 지켜다오. 네가 걱정되어 네 어미의 몸이 많이 상했지 않느냐."

토부가 힘들게 앉아 있는 김씨 부인의 얼굴을 빤히 쳐다보며 대답했다.

"예, 그러겠습니다. 근데 옥에 갇혀 있는 사람들은 무슨 죄가 있어 잡혀 있는 것인가요?"

"그것은 네가 관여할 일이 아니다. 덕보가 하는 일이니 신경 쓰지 말거라."

"아니요, 이제부터라도 집안을 지켜나가려면 모든 것을 알아야겠습니다."

"네가 집안을 지킨단 말이냐? 고맙다, 고마워. 우리 토부가 그동안 속이 완전히 들었구나."

"그렇습니다. 제가 두 달 가까이 밖에 있으면서 우리 집이 어떤 집인지, 소작인들에게 뭘 했는지 알게 되었습니다. 높은 소작료, 매점매석, 고리대금 그것도 부족해 나라를 팔아먹고 왜놈에 달라붙어 딸을 주고 목숨을 연명하는 집."

"아니, 너! 그만해라. 애비 앞에서 못하는 소리가 없구나."

아픈 김씨 부인이 머리를 짚고 토부를 나무랐다. 김씨 부인의 꾸지람에 토부는 당황스러웠지만 조금도 물러섬이 없이 말했다.

"고리이자를 받지 못했다는 이유로, 피난 가는 가장을 잡아오는 바람에 토끼 같은 자식들이 죽고 그 아내와 딸은 왜놈들에게 강제로 잡혀 겁탈을 당하고 그것도 모자라 왜놈들의 위안의 노리개로 전락되어 스스로 자결하고 말았습니다. 아버님은 이런 죗값을 어떻게 받으려고 그러십니까? 아버지의 욕심이 한 개인, 아니 한 가정을 몰락시키고 말았습니다."

"아니, 이놈아! 그놈들이 내 돈을 떼어먹고 달아나지만 않았으면 왜, 뭣 때문에 잡아와, 쌀만 축나게끔……."

"아버님! 아버님이 저지른 행동이 얼마나 참혹한 결과를 가져온 줄 모른단 말입니까? 전 이번 가출로 우리 집안이 어떤 집안인지 확실히 알게 되었습니다."

듣고 있던 김씨 부인이 돌아앉더니 더 이상 참견하려 하지 않았다.

"아버님, 피폐한 가정을 더 만들지 않으려면 당장 옥에 갇힌 사람들부터 풀어주십시오. 그들을 기다리는 처자식이 있습니다."

박속유는 대답도 하지 않고 멍하니 앉아만 있었다.

"이제부터라도 아버님께서 마음을 바꾸지 않으신다면 전 나가 평생 돌아오지 않고 혼자 살겠습니다."

"뭣이라고? 지금 네가 날 협박하는 것이냐?"

"협박이 아니라 아버지께서 잃어버린 사람의 도리를 말씀드리는 것입니다."

"토부야! 하나만 말해줄까? 세상은 내가 눈 뜨고 존재할 때 세상인 것이다. 죽으면 끝이다. 네가 밖에서 뭘 보고 들었는지는 모르지만 세상사가 녹록하지 않다는 것을 너도 이제 알게 될 것이다. 이봐라, 덕보야! 덕보야!"

박속유가 작은 사랑채의 덕보를 부르는 끈을 잡아당기자 잠시 후 덕보가 나타났다.

"가서 옥에 가둔 놈들을 풀어 주거라, 원금과 이자는 꼭 갚으라고 말하고."

"아…… 예."

어리둥절한 덕보가 머뭇거리며 돌아갔다.

"그래, 네 말대로 했다. 하지만 앞으로 많은 재산과 가문을 지키려면 세상의 무서움부터 배워야 한다. 네가 보기에는 이 애비가 야박하고 야비하게 보일지 모른다. 잃을 것이 없는 놈들은 무슨 말을 해도 무슨 일을 해도 된다. 하지만 재산을 지켜야 하는 사람들은 세상의 흐름을 벗어나는 순간 그것으로 끝이다."

"아버님. 인간은 때가 되면 다 죽게 만들어졌습니다. 죽지 않고 영원히 살 수 있다면 그럴 수 있지만 인간은 환갑도 넘기기가 어려워요. 모든 권력을 가진 조선을 건국한 이성계도 죽었고 조선 최대의 부자라 일컫는 개경의 최 부자도 죽었습니다. 그들이 죽고 난 이후 가진 것이 뭐가 있습니까? 아무것도 없다는 것이 무엇을 의미하겠습니까? 인간이 영원히 산다면 참으로 매력이 없는 인생일 것입니다. 유한한 인생, 길지도 않은 환갑 정도의 인생이니 매력이 있는 것 아닐까요?"

임진왜란을 거치면서 조선 땅의 천석꾼, 만석꾼들이 변하고 있었다.

"나이를 먹어봐라. 너에게 힘이 되는 것이 무엇인지 알 수 있을 것이다. 재산을 지킨다는 것은 생각보다 쉽지가 않아. 이런 전쟁통에는 한 번의 실수가 전체를 잃어버리기도 한다. 왜놈과 멀리하면 재산과 생명을 잃고 가까이하면 자존심과 부끄럼만 잃으면 된다. 사람이 나이를 먹으면 두려움도 없이 모든 것을 다 알 것 같지만 세상이 무섭기는 똑같다."

"그래도 아버님은 어른이잖아요?"

"어른? 난 우리 집안과 식솔들을 지키는 일이라면 양심과 자존심은 언제든지 팔 수 있다. 그것이 어른이다."

"재산과 출세에 눈이 멀면 부끄럼을 잊어버린다고 들었습니다. 자신만 부귀영화를 추구하면 혼자는 잘살는지 몰라도 그 나라의 미래는 좀이 먹어가듯 언젠가는 사라지고 말 것입니다. 그때는 모두를 잃어버리는 것입니다."

박속유는 두 달간 가출하는 동안에 생각지도 못하게 장성한 토부를 보며 뿌듯하기도 했지만 아버지로서의 자존감을 끝까지 잃고 싶지 않았다.

"이것도 어른이 되어가는 과정이란다. 왜놈에게 재산 뺏기고 딸자식 뺏기는 것이 뭐가 좋겠느냐? 가정을 지키기 위해서는 어쩔 수 없는 선택이었다. 느그 누이를 시집보낸 것은 참으로 미안하구나."

"누이한테 미안하신가요?"

"그럼, 애비로서 미안하다."

"그럼, 아버님, 어머님! 두 분에게 긴히 드릴 말씀이 있습니다."

"뭐냐? 말을 해보아라."

망설이던 토부가 방문을 열고 주변을 살피고 다시 방 안으로 들어와 고민 끝에 말을 꺼냈다.

"실은, 내일 고니시가 암살을 당할 것입니다. 누이가 술에 독을 타서 암살을 할 것입니다. 그리고 누이도 도망쳐서 나올 것입니다."

"뭐…… 뭐야?"

놀란 박속유와 김씨 부인은 말을 잇지 못하고 더듬거렸다.

"고니시가 죽고 누이가 도망치면 당연히 고니시 부대가 집으로 쳐들어와서 가족들을 모두 죽일 것입니다. 그래서 거사가 시작되기 전에 가족을 모두 피신시켜야만 합니다."

"고니시를 암살한다고? 그것도 금화가……."

머리털이 곤두선 박속유의 새파래진 입술이 떨리고 있었다.

"아들아…… 토부야, 안 돼!"

김씨 부인이 쓰러지면서 헛소리처럼 외쳤다. 그래도 토부는 말을 이어갔다.

"저희들이 모두 계획을 세웠습니다."

"저희들이라니 누구를 말하느냐?"

"실은, 제가 가출하였을 때, 임청대에서 왜군들에게 잡혀 죽을 뻔했는데 친구들이 저를 살려주었습니다."

"그래서 마쓰이가 그런 말을 했구나?"

"마쓰이라니요?"

"아니다, 계속해 보거라."

"날 구해준 친구들의 가족들은 왜놈들에게 죽어 저 세상으로 떠난……

그래서 원수 고니시를 살려둘 수가 없어 귀신 의병을 만들었습니다.”

속이 타들어간 박속유가 머리맡에 있는 자리끼(물)를 들고 꿀꺽꿀꺽 마셔댔다. 토부는 말을 이어갔다.

“그동안 감옥에 갇힌 의병들도 구하고, 왜놈들도 죽이고, 왜놈들 노리개로 고통 받던 여인들도 구하고, 방화도 일으키는 등 여러 가지 일을 했습니다.”

“뭐? 네가 방화에 살인까지…….”

“왜놈들이 눈에 불을 켜고 찾으려고 하는 조선의 영웅 ‘달빛 그림자’ 그들이 바로 나를 구해준 친구들입니다.”

“흠…… 지금까지 고니시 부대가 찾는 ‘달빛 그림자’가 너를 구해준 친구들이다, 이 말이지?”

“예, 무척 용감하고 날렵해서 내일도 성공할 것입니다.”

“그래서 너는 그 애들이 고니시를 죽일 수 있다고 생각하느냐? 왜교성은 군사들이 수천 명이 넘는 철옹성 같은 곳이다. 아무리 신출귀몰해도 몇 명이서 그 많은 대군을 상대한다는 것은 계란으로 바위치기니 꿈도 꾸지 말아라…….”

박속유는 어린 토부 또래의 아이들이 부리는 객기라는 생각이 들고 심기가 매우 불편해져 겁이 덜컥 났다.

“안 되지…… 아마 시작도 하기 전에 너희들 모두 죽고 말 것이야. 그러니, 어서 말려라. 그러지 않으면 너희들 모두는 물론 금화와 우리 가족 모두가 죽게 될 것이다.”

박속유는 애원하며 토부의 두 팔을 잡고 말했다.

“아버님, 우리가 완벽한 계획을 세웠기에 실패는 없습니다. 걱정 마시고 우리 집안 식구들을 빨리 장흥 회령포나 고하도로 피신 보내야 합니다. 거기는 이순신 장군님이 계셔서 안전하다고 했습니다."

"이놈아, 왜 이렇게 철이 없어? 이제 조선은 망했어, 망했다고……. 조선에는 백성을 구해줄 힘이 없다. 이렇게 고통 받는 백성을 두고 도망간 사람이 바로 임금이다. 임금이라는 인간이 백성보다 자기 권력을 유지하기 위해 충신을 역적으로 몰아 내친 놈이야. 이제는 백성을 구원해주고 싶어도 구할 능력도 없어! 아서라, 어서."

"아버님, 직산전투와 명량해전 이후 전세가 바뀌고 있어요."

"바뀌긴 뭐가 바뀌어? 명량해전에서 한 번 이겼다고 전쟁이 끝나기라도 한다든? 얼마 전, 울산성 전투에서 조명영합군은 참패를 했다. 벌써 칠 년 동안 조선을 왜군이 장악을 하고 있는데……."

"아버님, 우리가 이것을 따질 시간이 없고요. 당장 짐을 싸서 내일까지 도망을 쳐야만 해요!"

"우리 집의 이 많은 재산을 어떻게 옮긴다는 것이야? 그럴 수는 없다!"

"아버님은 방법을 다 가지고 계시잖아요? 식구들을 살리고 싶으면 당장 피난 준비를 하시고 그렇지 않다면 맘대로 하세요."

박속유는 답답하고 괴로운 듯 자신의 머리를 감싸 쥐고 흔들어댔다.

"일단 알았다. 어서 나가라!"

"아버님, 시간이 없습니다."

"알았으니까 나가!"

토부는 박속유에게 고니시의 암살 작전과 귀신 의병에 대해 자세하게 설명해 주어 확신을 주고 싶었다.

기철 엄마인 수원댁은 어린 기철이가 무척 보고 싶었다. 귀신 의병과 헤어지고 산속에 숨어 지내던 수원댁은 매일 새벽 용수골 당집을 가보아도 아무도 없었다. '매일 오다 보면 언젠가는 만나겠지.' 수원댁은 당집이 잘 보이는 산속 바위 뒤에 숨어 지내고 있었다.

동이 트자마자 덕보는 말을 타고 마쓰이가 있는 읍성 동헌으로 들어갔다. 마쓰이는 동헌에 없고 향청에서 어제 저녁부터 벌린 술상이 파하지 않고 술을 마시고 있는 중이었다.

"장군님, 좋은 소식입니다."

"뭐야? 이 허깨비 같은 놈아! 언제 죽을지 모르는 내 인생, 난 술이나 마셔야지……."

마쓰이는 금화가 보낸 서신을 손에 쥐고 죽음의 불안 때문에 매일 초조해하고 있었다.

"어제 집 나간 토부 도련님이 집에 왔는데, 그동안 용수골 당집에서 숨어 지내고 있었다고 했습니다. 틀림없이 당집에 차돌이, 진구 그리고 유정이 같은 폭도들이 있을 것입니다. 당장 그놈들을 잡아 고니시 장군에게 바치시고 그 공의 대가를 챙기셔야지요. 그래야 금화 아씨가 꼬드겨도 극단적인 상황은 피할 수 있습니다."

"정말이냐? 전에 추격자들이 당집에 쳐들어갔는데 당집은 텅 비어 있고 주변 산속에서 어떤 놈들이 도망갔다고 했는데 그놈들이 우리가 찾던 조선의 영웅이었다는 말인가?"

"확실합니다요."

"이제는 다 도망가고 없을 텐데……."

"아닙니다. 틀림없이 있습니다. 용수골 당집이 그놈들의 은신처입니다."

"그래 잡아야지! 가자. 한꺼번에 잡아 고니시 장군께 바치는 거다. 따져 놓고 보면 전에도 내가 잡아주었는데 고니시 장군이 놓친 것이지."

"당연하지요."

마쓰이는 추격조들 몰래 읍성 내에 있는 자기 병사들을 전원 동원시켰다. 그리고 그들을 생포할 작전을 짜고 조용히 용수골 당집으로 출동했다. 수많은 병사들이 멀리서부터 용수골 당집을 포위하고 서서히 접근해 갔다. 술이 깨지 않아 얼굴이 발그레해진 마쓰이 옆에 덕보도 따라 나섰다. 두 사람은 이미 달빛 그림자를 잡은 것이나 다름없이 즐거워 보였다.


수원댁이 용수골 당집 바위 뒤에 숨어 깜박 잠이 들고 있을 때였다. 사람들의 웅성거리는 소리가 들려 눈을 떴더니 왜놈들이 당집 주변을 포위하고 들어가고 있었다. 수원댁은 숨죽여 자세히 쳐다보았다. '그래, 마쓰이와 덕보, 네 놈은 꼭 내가 죽인다. 그것이 내 가족을 위한 마지막 일이다.' 수원댁은 왜놈들이 당집을 찾고 다닌 것을 보면서 귀신 의병과 기철이가 살아 있다고 확신했다. 당집을 눈앞에 두고 물샐 틈 없이 완전히 포위한 후, 몇 명의 첨병들이 조총과 긴 칼, 창을 들고 조심스럽게 당집 문을 열고 덮쳤다.

"꼼짝 마라! 너희는 포위됐다!"

"어? 아무도 없잖아?!"

"누군가 살았던 흔적은 있어 보이는데…….'

첨병들이 당집을 샅샅이 뒤지고 나와 마쓰이에게 달려왔다.

"장군님! 집 안에는 개미 새끼 한 마리 없습니다. 얼마 전까지 사람이 있었던 흔적은 보이는데 아무도 없습니다."

"뭣이? 다시 한 번 찾아 봐라! 틀림없이 있을 터이니……."

"샅샅이 뒤져보았습니다. 아무도 없습니다! 이미 도망친 모양입니다."

마쓰이는 옆에 있던 덕보의 뺨을 사정없이 후려쳤다.

"이런 개자식! 날 끝까지 골탕을 먹이는구나!"

마쓰이는 말머리를 돌려 읍성으로 내려갔다. 얼얼한 볼을 감싸 쥔 덕보는 화가 머리끝까지 치밀어 올랐다.


토부가 귀신 의병들이 기거하고 있는 오성산으로 당나귀를 타고 달려 갔다. 귀신 의병들이 작전 준비를 끝낸 상태로 기다리고 있는 중이었다.

"식구들은 언제 피신하기로 했나?"

"아직은 잘 모르겠어. 어젯밤에 아버님께 말씀드렸어. 다른 대안이 없으니 아마 준비하실 거야. 난 너희들과 함께 누이를 꼭 구해내고 싶어!"

"그래, 고맙다. 글면 토부 넌 차돌이를 도와줘. 끝나면 이곳에서 모이자. 조심들 해라!"

"좋아, 드디어 결전의 시간이 가까워지는구나. 가슴이 콩당콩당 떨려!"

"나는 가슴에서 뭔가 큰 파도 같은 것이 밀려오는 것 같다야."

"나도 그래."

유정이가 잠시 생각에 잠겼다.

"토부야! 혹시 선암사에 계시는 묘법 스님과 연락은 되나?"

"아니, 전쟁통에 소식을 몰라."

"내가 왜교성이 잡혀있을 때 들은 이야기인데 고니시가 묘법 스님을 쫓는 것 같았어."

"왜 그러지?"

"이유는 모르겠는데 누이를 쫓고 있는 것은 사실인가 봐."

"우리 집이 뭔 일인가 모르겠다. 한 사람은 억지로 같이 살고 있고, 한 사람은 억지로 쫓기고 있으니……."

"기다려 보자, 뭔 일이야 있겠어."


왜교성은 언제부턴가 완벽한 철옹성으로 변해 있었다. 천혜의 지형적인 구조와 성벽의 높이와 넓이, 성의 출입을 위한 하나뿐인 좁은 연륙처, 깊게 파인 해자, 500척의 전선, 천수각 5층 망해루의 전망 위치, 특히 일만 명에 가까운 규모의 고니시 부대로 왜교성은 완벽한 방어 요새로 바뀌어 있었다.

밤이 깊어지자 천수각 5층 망해루에서 불빛이 새어나왔다. 바람도 파도도 달빛도 없는 잔잔한 정적만이 흐르는 평화스러운 밤이었다. 간혹 먼 곳에서 들리는 들짐승의 슬픈 울음소리가 있을 뿐이었다. 성벽이 높아서 경비병이 전혀 없는 왜교성 동남쪽 성벽 아래에 이미 유정과 진구가 절벽에 밧줄을 매달아 놓고 과하마와 함께 대기하고 있었다.

불모팅이 바위 뒤에 숨어있는 차돌과 토부는 불모팅이를 돌아오는 누군가를 보았다. 누구인지 유심히 살펴보았지만 달빛 한 점 없는 밤인지라 확인할 수는 없었다. 그 정체불명의 사람은 왜교성 안으로 편하게 들어가고 있었다.

"아니, 무슨 일로 망해루에서 술을 하자고 했소? 그 말을 듣고 내가 부인한테 얼마나 감동을 받았는지 아시오?"

잔주름이 자글자글한 고니시가 금화의 옆에 앉으며 함박 미소를 지었다.

　"원단(설날)에 친정집에 보내주어 훨씬 안정을 찾았고 장군께서 저희 가족들을 잘 돌봐주시어 이제는……."

　"호! 부인이 이렇게 마음을 열어주니 감사할 뿐이오."

　"아닙니다. 지금까지 저에게 예의를 갖춰 대해 주셔서 많이 감사했습니다."

　"당연하지요. 내가 부인을 얼마나 좋아하는지 알면 아마 놀랄 것이오."

　왜교성 성문을 열고 들어온 그 사람은 성안으로 들어가자 우쓰노미아의 경호를 받으며 천수각 안으로 들어갔다.

　"아니, 나리께서 이 밤에 웬일인지요?"

　고니시가 들어오는 박속유를 보고 놀라며 말했다. 옆에 있던 금화는 더욱 소스라치게 놀랐다.

　"아니, 아버님, 여기는 무슨 일로……."

　"갑자기 고니시 장군과 술 한잔이 생각이 나 오는 길입니다. 저랑 한잔 어떠신지요?"

　"저야, 좋지요. 그렇지 않아도 부인께서 드디어 마음을 열어주어 참으로 기뻤는데 나리까지 와 주시니 이게 정녕 꿈인가 싶습니다."

　"그래요? 술상도 차려놓았으니 제가 술을 먼저 드리지요."

　박속유가 술병을 드는 순간 술병이 미끄러져 바닥에 깨지고 말았다.

　"아!"

　금화의 외마디 비명 소리에 박속유가 미안한 표정으로 금화를 쳐다보자 술병을 보고 있는 금화의 눈에 눈물이 핑 돌았다.

　"아니? 내가 이런 실수를! 장군 죄송합니다."

"아닙니다."

"우쓰노미아 장군! 부탁 좀 해도 되겠습니까? 내가 들고 온 새 술을 한 병 가져와 주시면……."

박속유가 일어서며 공손히 우쓰노미아에게 부탁했다.

"그래, 어서 가져 오너라."

"옛!"

고니시의 말이 떨어지기 무섭게 우쓰노미아가 문을 열고 나갔다. 박속유와 고니시는 밤새 함께 술을 마셨고 동이 트고 푸른 기운이 온 세상을 감싸고 있을 때, 고니시는 술에 취해 엎드려 자고 있었다. 박속유는 금화를 노려보며 조용히 꾸짖었다.

"다시는 이런 짓을 하지 마라! 너의 어리석은 행동 하나가 가족에게 피할 수 없는 멍에가 될 거란 생각을 왜 못 하느냐? 그렇지 않아도 가지 많은 나무에 바람 잘 날 없는데 너라도 짐이 되게 하지 말거라. 간다!"

박속유가 일어서며 자리를 떠나자 금화는 그 자리에 엎드려 소리죽여 울고 있었다. 박속유가 우쓰노미아를 불러 귀에 대고 한참 동안 뭔가를 속삭였다.

밤새 성 밖에서 기다리던 귀신 의병들은 날이 새기 전에 불길한 마음으로 무거운 발걸음을 돌렸다. 귀신 의병들은 오성산 아래 골짜기에 모여 지난밤 실패한 거사에 대해 걱정을 하고 있는데 단오가 당나귀를 타고 소리를 지르며 허겁지겁 오고 있었다.

"어서 피해! 왜군들이 곧 들이닥칠 거야."

"무슨 일이야?"

놀란 귀신 의병들은 가쁜 숨을 몰아쉬는 단오를 쳐다보았다.

"아씨가…… 아씨가 그러는데 왜놈들이…… 왜놈들이 너희들을 잡으러 갈 거라고 그랬어."

"어젯밤에 거사는? 고니시는 죽었어?"

귀신 의병들은 가장 궁금히 여기는 어젯밤의 왜교성 안의 일을 물어보았다.

"느닷없이 나리가 와가지고 모든 계획이 깨지고 말았어! 일단 어서 피해! 아씨가 빨리 가서 전하라고 했어."

단오가 어젯밤에 박속유가 다녀갔다고 말하자 토부가 주먹으로 땅을 '꽝' 하고 세게 내리쳤다.

"그래, 어젯밤에…… 아버지였어!"

토부가 격앙되어 말했다.

"그것은 다음에 따지고 우선 피하자! 박이량 의병장에게 어서 말해야 해!"

유정이 차분하게 말했다.

우쓰노미아는 병사들을 이끌고 박속유가 말한 대로 대왕산을 지나 오성산을 향해 말을 타고 빠르게 진격하고 있었다. 오성산 아래 골짜기에 있던 귀신 의병들은 말을 타고 눈앞에 닥친 왜군들을 피하기 위해 우선 계곡 아래로 숨어들었다. 오성산의 정상 훈련장까지 가려면 달려서 반경은 가야 하는데 걱정이었다.

결국 귀신 의병들의 독자적인 판단 실수로 박이량 의병장의 훈련장이 발각되고 위험에 처하고 말았다. 왜군들은 말을 타고 오성산의 정상 말터를 향해 곧바로 올라오고 있었다.

"자! 이제는 너무 늦었다. 너희들은 바로 선암사로 가라!"

유정이 차분하게 말했다.

"안 돼! 말터에는 의병들과 기철이가 아무것도 모르고 자고 있을 텐데 누군가 말을 해주어야 해."

다급해진 차돌이가 말하자 유정이 대답했다.

"나와 진구가 어찌 되었든 말터로 올라갈 것이니. 너희들은 접치재를 넘어 선암사로 가거라. 어서! 시간이 없어. 단오야 고마워, 어서 돌아가."

"대장!"

"어서 가!"

귀신 의병들은 유정의 명령에 따라 각자 헤어졌다. 유정과 진구는 촌각을 다투며 오성산 정상인 말터를 향해 달렸고 숨이 차서 죽을 만큼 헐레벌떡거렸다. 이때, 진구가 뒤를 돌아보며 팔을 내밀었다. 유정은 그 손을 으스러지도록 꼬옥 잡았다. 지친 유정이를 진구가 손을 잡아 끌어주었다. 다급한 상황에서 손끝으로 전해오는 진구의 심장소리가 그대로 느껴지고 있었다. 자신을 챙겨주는 진구를 보면서 유정은 곁에 있다는 안도감, 그 자체로 행복했다. 진구와 유정이 오성산의 중턱을 넘을 때쯤 정상에서는 이미 하얀 연기가 모락모락 피어오르고 있었다.

추운 겨울 아침이었지만 둘의 몸은 이미 땀으로 범벅이 되었다. 오성산 정상에 있는 의병들의 훈련장이 이미 모두 불타고 쑥대밭이 되어버린 것을 보았다. 의병들이 사방팔방으로 쓰러져 죽어 있었고 수십 명의 왜군 병사들이 주변을 정리하고 있었다.

유정과 진구는 누구랄 것도 없이 한마음으로 박이량 의병장과 의병들 그리고 어린 기철이가 걱정되어 수풀 속에 꼭 붙어서 꼼짝도 못하고 그 광경을 소리 죽여 바라보았다. 이미 유정의 눈에는 눈물이 가득 고여 있었다. 불현듯 진구는 유정이의 숨소리와 살 냄새가 느껴졌다. 한 번도 느껴본 적이 없는 살 냄새가 느껴지는 순간 자신의 얼굴이 붉어지며 숨이 거칠어지고 가슴이 방망이질을 해댔다.

"기철이가 다쳤으면 어떡하지? 으흐흐흐――."

"……."

유정이는 울먹이고 있었다. 유정이가 진구 가슴에 기대고 울먹이자 진구는 숨도 쉴 수가 없었다. 하지만 코끝으로 전해오는 유정이의 살 냄새가 진구를 더욱 혼미하게 만들고 말았다. 유정의 손이 진구의 어깨에 살짝 올려지자 진구는 가슴에서 커다란 북소리가 둥둥거리고 있었다. 진구는 심장이 멈추는 듯 모든 동작들이 그대로 멈추고 말았다.

귀신 의병들의 작전 실패, 정확히 말하면 유정 대장의 판단 착오로 의병들과 기철이가 죽고 의병들의 본거지인 훈련장마저 깡그리 불타 사라지고 말았다. 유정과 진구는 훈련장 가까이 가보지도 못하고 오성산을 내려와 접치재를 넘어 조계산을 타고 선암사로 가는 동안 유정이는 단 한마디도 하지 않았다. 진구는 얼마 전에 왔던 의문의 '위험한 정령' 동굴이 떠올랐다.


귀신 의병들이 선암사에 도착했을 때 선암사 대웅전 또한 불에 타 재로 변해 있었다. 잿더미로 변해버린 대웅전 앞에서 스님들은 타다 남은 불상을 들고 줄지어 염불을 외우며 올라가고 있었다. 귀신 의병들도 자연스레 스님들의 뒤를 따랐다.

즐비하게 서 있는 아름드리 은행나무 아래는 지난해 떨어진 빛바랜 노란 은행잎들이 마치 귀신 의병들의 심난한 마음처럼 수북이 쌓여 있었다.

그 사이로 푸른 야생 녹차나무의 가느다란 잎이 빛바랜 노란 폐허 속에서 살아 숨 쉬는 생명체로 빛나고 있었다.

녹차 밭에서 제일 높은 곳에는 장작들이 겹겹이 쌓여 있고 그 위에 끊임없이 콩기름을 바른 호암 큰스님이 누워계셨다. 왜군들의 칼에 쓰러진 호암 스님은 끝내 일어나지 못하고 열반을 한 것이다. 스님들은 타다 남은 불상들을 호암의 머리맡에 올려놓았고 스님들과 행자들이 호암이 누워 있는 장작더미 주변을 돌고 염불을 외우며 호암 큰스님의 마지막 가는 길을 빌고 또 빌어주었다.

한쪽에서 꺼이꺼이 울음소리가 들리기 시작하더니 겹겹이 쌓인 장작더미에 불이 붙기 시작했다. 장작더미에는 금세 큰불로 일어났고 호암 큰스님은 주변에 따뜻한 온기를 남기며 연기 속으로 사라졌다. 다비식이 끝난 이후에서야 토부는 선암사에 왜군들이 쳐들어와 호암 큰스님도 죽고 대웅전도 불탔고 묘법 스님인 소화도 고금도로 도망갔다는 이야기를 들을 수 있었다.


"우쓰노미아! 수고가 많았다. 천 마리 닭들 중에 봉이 한 마리 있다더니…… 막혀 있던 내 내장이 확 뚫린 기분이구나. 푸하하하!"

"감사합니다. 장군님!"

"일거에 이곳에서 활동하는 폭도 놈들을 싹쓸이 하다니 참으로 시원타!"

"장군님! 폭도의 우두머리, 박이량까지 죽었으니 다른 폭도들이 겁이 나서 장군님을 괴롭히지 못할 것이옵니다!"

"아니다, 아니야! 아직도 유정입네 진구, 차돌이 어린놈들이 살아 있지 않느냐? 이놈들을 없애지 않는 한 내 명대로 살 수가 없을 게야."

"죄송합니다. 곧 일망타진하겠습니다."

"추격하는 놈들에게 소식이 없느냐? 다시 한 번 재촉하여라."

"알겠습니다."

"그래도 네가 있으니 든든하구나."

"감사합니다만, 이번 작전의 공은 부인의 아버님이신 박 대감 나리에게 있습니다."

"그건 또 무슨 소리냐?"

"어젯밤, 장군님과 약주를 하고 가시면서 저에게 정보를 주신 것입니다. 오성산 정상이 의병들의 본거지라고 알려주셔서 바로 갈 수 있었습니다."

"그랬구나! 어젯밤 내가 술을 너무 과하게 먹었더니……."

"먼저 보고를 드리고 가야 하는데 워낙에 중요하고 급한 일이어서 보고도 드리지 못하고 바로 검거 작전을 펴서 죄송합니다."

"괜찮다!"

"나리에게 선물이라도 보내거라."

"네, 그렇게 하겠습니다."

"참, 이렇게 기쁜 소식을 나만 알 수 없지. 모든 장수들을 불러 연회를 벌여야겠다."

"네, 준비하겠습니다."

고니시는 앓던 이가 빠진 것처럼 기분이 좋았다. 우쓰노미야는 인근 장수들에게 통문을 보내어 왜교성으로 들어오게 했다.

고니시의 전갈을 받자 영문을 몰라 겁이 난 부읍성의 마쓰이는 통문 내용의 진실을 파악하기 위해 여러 사람을 보내 진의를 알아보고 덕보를 불렀다.

"도대체 이것이 뭐냐?"

통문 내용을 들여다보던 덕보가 생각에 잠겼다.

"글자 그대로만 보면, 고니시 대장군님께서 연회를 베푸신다는 이야기인데요?"

"누가 그걸 모르느냐?"

"왜 나에게 술을 하자고 전갈을 보냈냐 이거지. 순천부에 들어와서 처음 있는 일이다. 그것도 당장 며칠 뒤다. 매일 꿈속에 나타나 날 죽이려는 금화 년의 눈을 보면 자다가도 깜짝 놀라 벌떡 일어난다. 혹시 장군님이 안 것은 아닐까?"

"장군님, 너무 지나친 것은 아닌지요?"

"지년을 한 번도 아니고 몇 번씩이나 죽이려고 했는데, 네놈 같으면 그냥 있겠느냐? 이놈아! 매일 살 떨리는 고통 속에서 하루하루 피가 마르고 있다."

덕보가 근심어린 얼굴로 마쓰이를 쳐다보았다.

"듣자 하니 요즘 들어 고니시 장군께서 그년을 끔찍이도 챙긴다고 들었다. 이불 속에서 한 마디만 했다면 난 끝이다. 바로 모가지가 댕강 잘려 나간단 말이다!"

"장군님, 이번에 차라리 먼저 죽여 버리면 어떨까요?"

"어떻게 죽여, 이놈아. 왜교성이 어떤 성이냐?"

"그러니까 방법을 찾아야지요."

그때 마쓰이의 부관이 들어왔다.

"모두들 전갈을 받았더냐?"

"예, 가까운 광양성, 낙안성에 있는 장수들도 똑같은 통문을 받았습니다."

"그래, 나가 보거라."

목례를 취하고 마쓰이의 부관이 밖으로 나갔다.

"장군님, 우선 크게 걱정은 안 하셔도 될 것 같습니다."

"……."

"일단은 들어가시어 상황을 지켜보시지요. 저도 계획을 세워보겠습니다."

"고니시 장군이 누구더냐? 누구도 그의 속을 알기가 어렵다. 알면서도 모른 척, 모르면서도 다 알고 있는 척 할 수 있는 장군이다. 평화교섭이 실패했을 때, 대합전하의 시퍼런 칼날 앞에서도 꿋꿋하고 당당하게 버티신 분이다."

"보통 분이 아니시지요?"

"아파서 못 간다고 하면 어떨까?"

"그러면 더욱 오해를 받게 됩니다."

"일단 안에도 가죽옷을 입고 철저하게 준비해 가시기 바랍니다. 제가 보기에는 큰일은 없을 것 같습니다."

"후———."

요즘 들어서 마쓰이의 몸은 삐쩍 말라갔고 눈가의 검은 그림자가 더욱 짙게 드리워졌다. 밤마다 꾸는 악몽을 술로써 달래고 있었다.

귀신 의병들은 조계산 산속에 있는 작은 암자인 보리암에서 하루를 머물고 유정과 진구는 다시 오성산의 말터를 찾았다. 왜군 병사들은 철수하고 아무도 없었고 훈련장의 숙소도 완전히 불타버렸다. 여기저기에 의병들의 시신들이 즐비하게 놓여 있고 작은 구덩이에 기철이가 처박혀 죽어 있었다. 기철이를 부둥켜안은 유성이 서럽게 울었다.

진구와 유정은 꽁꽁 얼어붙은 땅을 파고 시신들을 모두 모으기 시작했다. 날씨가 추워서인지 부패하지는 않았지만 산짐승들이 시신을 뜯어 먹은 흔적들이 있었다. 둘은 온종일 열두 구의 시신을 땅에 묻었다. 그러나 박이량 의병장의 시신이 보이지 않아 죽었는지 살았는지 가늠하기 어려웠다. 유정이는 소리도 없이 울기만 했다.

쉽고 편안한 길이 아닌 홀로 먼 곳을 주시하고 혼탁한 세상살이에 저항하며 나라를 걱정하던 박이량 의병장의 의롭고 당당했던 모습이 자꾸 떠올랐다. 유정과 진구는 죽은 의병들의 무덤 앞에 서서 속죄하고 싶어도 속죄할 수 없는 죄책감 때문에 막막한 마음으로 하늘만 쳐다보고 있었다.

"의병장님! 의병님들! 나는 당신에게 의(義)를 빚졌습니다. 다음 생에 꼭 갚겠습니다."

진구가 울먹이며 크게 소리쳤다.

"기철아, 누나가 너무 미안해. 다음 생에는 전쟁 없는 세상에 태어나 꼭 행복해라. 누나가 큰 죄를 짓고 말았다. 기철아 좋은 세상에서 살아라."

넋이 빠져버린 유정은 무덤 앞에서 꼼짝도 하지 않고 울고만 있었다.


힘든 하루를 보낸 유정과 진구는 귀신 의병들이 있는 조계산 보리암으로 가기 위해 접치재를 넘어 가고 있었다. 진구는 '위험한 정령'이 있는 동굴이 문득 생각났다. '그래, 뭔가 있는데?' 혼잣말을 했다. 하지만 유정은 혼이 빠진 사람처럼 멍하게 걸어만 가고 있었다. 진구는 주 씨가 했던 말들이 계속 맴돌았다. 왠지 주 씨와 정읍댁의 죽음을 말해버릴 것 같아 두려웠다.

진구와 유정은 지친 하루를 보내고 보리암에 돌아와 아무 말도 하지 않고 종일 잠만 청했다. 다음 날도 둘은 말없이 방의 구석과 구석을 등지고 잠만 자다 간혹 깨어나 눈이 마주치면 어색한 기분에 고개를 돌리고 다시 잠을 청했다. 유정은 온종일 누워서 실패에 대한 두려움과 공포감이 좌절감과 자괴감으로 커져만 가는 자신을 보면서 안타까웠다.


보호용 가죽옷까지 입고 그 위에 갑옷을 단단히 착용한 마쓰이가 자신이 아끼는 소중한 검을 차고 동헌마당으로 나왔다. 왜교성으로 출발하기 위해 날쌘 부하 몇 명만을 데리고 말에 올랐다. 서서히 연자다리를 건너가는 마쓰이 모습에서 백정에게 끌려가는 늙은 소처럼 무거운 발걸음이 그대로 느껴지고 있었다.

해룡토성 아래 섶다리에 다다르자 사람들이 물 고동을 잡기 위해 손을 호호 불어가며 차가운 물 안에서 바구니를 걷어 올리고 있었다. 마쓰이는 온통 불안하고 걱정스런 저녁 연회만 생각하며 섶다리를 건너고 있었다. 그때 고개를 푹 숙이고 섶다리를 건너오는 여인이 마쓰이와 마주치자 움츠렸던 몸을 일으키며 작은 칼을 꺼내 마쓰이를 찌르려고 맹렬히 달려들었다. 그 여인은 기철의 엄마였던 수원댁이었다.

수원댁은 말을 타고 있는 마쓰이의 가슴을 칼로 공격했지만 말의 높이 때문에 닿지가 않자 마쓰이의 허벅지만 칼로 계속 찔러댔다. 갑자기 당한 마쓰이가 비명을 지르며 왜도를 뽑으려 하자 수원댁이 말머리를 잡고 섶다리 위에서 말과 함께 차가운 물속으로 몸을 던졌다. 독기만 남은 수원댁이 물에 빠진 마쓰이의 몸뚱이를 향해 칼을 휘둘렀지만 마쓰이의 두꺼운 갑옷에는 칼날이 들어가지가 않았다. 마쓰이는 수원댁의 손목을 잡고 놔주지 않았고 두 사람은 차디 찬 물속에서 허우적거리며 물살을 따라 죽음을 담보로 치열한 싸움을 하고 있었다.

"마쓰이, 넌 죽어야 해!"

왜군 병사들이 말을 타고 물속에 뛰어들어 마쓰이와 함께 허우적대며 싸우고 있는 수원댁에게 다다가 칼로 찌르며 여기저기 난도질을 했다. 설움과 분노로 맺힌 붉은 피를 쏟아내던 수원댁은 온몸에 힘이 빠지자 몸뚱이가 물결을 따라 떠내려가듯 서서히 흘러가고 있었다.

마쓰이는 말 탄 병사들의 도움으로 강가로 나왔다. 물속에 빠진 마쓰이의 말을 데리고 나온 병사가 마쓰이의 젖은 옷을 닦아주며 칼에 찔린 다리를 헝겊으로 감싸 지혈하고 있었다. 마쓰이는 불안과 공포감 그리고 추위에 온몸이 바르르 떨렸다. 또 다른 병사는 죽어 떠내려가는 수원댁의 시신을 찾기 위해 강가를 살피고 다녔다. 수원댁은 더 이상 굴욕을 당하기 싫었는지 물속에 가라앉아 보이지 않았다.

"미친년! 절대 용서하지 않겠다. 꼭 잘근잘근 씹어 줄 것이다! 어서 시신을 찾아라. 어서 찾아!"

"네."

병사들이 말을 타고 강가를 찾아다녔지만 수원댁의 시신은 어디에도 보이지 않았다. 수원댁은 여자의 마지막 자존심을 잃고 싶지 않았던 듯, 세상을 모두 삼켜버리는 물속으로 고이 잠기고 말았다.

물에 빠진 마쓰이의 갑옷은 천근만근 무거웠고 한기가 들면서 온몸이 벌벌 떨려왔다. 마쓰이는 갑옷을 벗고 가죽 옷도 벗어 옷을 짜서 털어낸 후에 다시 가죽옷을 입었다. 병사들이 마쓰이의 주변에 모여들었다.

"그년의 얼굴이 아주 익었다. 혹시 누군지 알겠느냐?"

"너무 순식간에 생겨서……."

마쓰이는 여전히 금화만 떠올랐다.

"내가 오늘 왜교성에 들어간다는 정보를 아는 사람이 누굴까? 그년의 정체가 도대체 뭐야?"

마쓰이는 점점 자신에게 다가오는 죽음의 공포를 느끼고 있었다.

"장군님! 초대한 연회 시간이 다 되어갑니다. 어서 서둘러야 합니다."

"가고 싶지 않구나. 그래도 가야지. 알았다."

척척한 갑옷을 입은 마쓰이는 대오를 정렬하고 왜교성으로 말을 몰았다. 불모팅이를 돌아 왜교성에 다다르자 성 문이 열렸다. 마쓰이는 바로 천수각으로 달려가 말에서 내려 급하게 천수각 단층에서 열리는 연회장 안으로 들어갔다.

긴 탁자에 음식들이 가득 차려져 있었다. 고니시 대장군이 중앙에 앉아 있었고 많은 장수들이 양쪽으로 쭉 늘어진 탁자에 앉아 담소를 나누고 있는 중이었다. 마쓰이가 고니시 장군 앞에 다가와 정중하게 인사를 했다.

"대장군님! 늦어서 죄송합니다."

"늦었구나. 근데 갑옷이 젖었는데 무슨 일이 있었는가?"

"아…… 아닙니다."

"자리에 가서 앉아라."

"넵!"

우쓰노미아와 마쓰이의 시선이 마주쳤다. 마쓰이는 엷은 미소를 지어 보여주었으나 우쓰노미아의 얼굴 표정에는 어떤 변화도 없었다. 마쓰이는 자리에 앉기 전 주변을 둘러보며 분위기를 살폈다. 모두들 밝아 보였고 금화는 자리에 없었다.

"각 병영에서 전투에 임하는 여러 장수들에게 나는 항상 고맙고 감사하다. 사실 오늘은 아주 기분 좋은 일이 있어서 여러 장수들과 기쁨을 함께하기 위해서 부른 것이다."

모든 장수들이 귀를 솔깃하며 고니시를 쳐다보았다.

"며칠 전 우쓰노미아가 출동하여 순천부 폭도들의 본거지를 완전 일망타진했다. 폭도의 우두머리인 박이량을 죽였고 그의 부하들도 모두 죽여 결과적으로 폭도들의 본거지가 사라지고 말았다!"

"감축드립니다."

모든 장수들이 일제히 일어서며 고니시에게 축하의 인사를 전했다.

"마쓰이!"

"네, 대장군님!"

"순천부의 폭도들을 사라지게 됐으니 네놈이 제일 좋은 게 아닌가? 넌 우쓰노미아에게 고맙다는 말을 전하거라."

"아닙니다. 정말 인사를 받을 사람은 대장님 부인의 아버님이신 박 대감입니다."

우쓰노미아가 말했다.

"부인?"

마쓰이가 의아한 시선을 보내며 작은 목소리로 중얼거렸다.

"도대체 무슨 말인지 말씀 좀 해 보시게?"

야전의 장수들이 모두 우쓰노미아에게 시선을 보냈다.

"박 대감께서 나에게 폭도들의 본거지를 알려주었습니다. 그동안 우리 부대가 그렇게 찾으려고 했는데 모두 실패했으나 그분의 정확한 정보로 폭도들을 바로 제거했으니 공은 박 대감에게 돌아가야 합니다."

"그랬지. 우쓰노미아! 너는 안에 가서 나의 부인을 모시고 오너라."

그 말에 놀란 마쓰이가 움찔하다가 앞에 놓인 술잔을 깨고 말았다.

"네, 다녀오겠습니다."

우쓰노미아는 마쓰이의 당황한 행동을 보며 천수각의 2층으로 올라갔다. 금화의 방에는 단오가 함께 있었다.

"부인! 고니시 장군께서 연회장에 나오시기를 바라고 계십니다."

"제가 그런 자리에 가지 않는다는 것을 아실 텐데 절 불렀다는 것인가요?"

"부인, 장군님의 체면을 생각해주시기 바랍니다. 많은 부하 장수들이 보고 있습니다. 부인께서 장군님의 입장을 살펴주셨으면 합니다."

"이상합니다. 제가 가지 않을 것이라는 뻔히 알면서 부하들 앞에서 절 불렀다고요?"

"사실 저도 놀랐습니다."

"제가 하나 물어보지요. 혹시 마쓰이라는 장수도 왔습니까?"

"예, 조금 늦게 방금 도착했습니다. 물에 빠졌는지 갑옷이 온통 젖어 있었습니다."

"그래요, 그자도 왔다고요?"

"혹시 제가 알아야 할 내용이 있습니까?"

"아직은 아닙니다. 나중에 말씀드리지요."

“지금 기다리고 계십니다. 저를 믿는다면 가셔야 합니다.”

“…….”

금화는 잠시 깊은 고민에 빠졌다가 결심한 듯 단오를 불렀다.

“단오야, 내려가게 준비하여라. 조금만 기다리시오.”

딘오는 깜짝 놀란 표정을 지었지만 우쓰노미아는 안도의 한숨을 내쉬며 얼굴이 밝아졌다. 금화는 조선의 화려한 한복을 입고 단아한 모습으로 우쓰노미아를 따라 천수각 1층의 연회장으로 내려갔다. 내려오는 금화를 본 고니시의 얼굴이 함박꽃처럼 환해졌다.

금화를 본 모든 장수들은 한복을 입은 금화의 아름다움과 단아함 그리고 우아함에 입이 벌어져 다물어지지 않았다. 노무라는 금화의 옷이 기모노가 아닌 한복인 것을 보고 얼굴이 굳어졌다. 금화는 장수들의 눈빛을 받으며 고니시의 옆자리에 나비처럼 앉았다. 앉으면서 금화가 힐금 본 시선에 마쓰이가 놀란 토끼 눈을 하고 바라보다가 눈이 마주치자 고개를 숙인 채 벌벌 떨고 있었다.

“여기 있는 내 부인의 어르신의 도움으로 폭도들이 제거되었다.”

금화는 고니시의 말을 듣는 순간 고민에 빠졌지만 많은 장수들 앞에서 내색하지 않으려고 웃음을 짓고 있었다.

“자! 이제 앞의 잔들을 들어라! 대합전하와 일본을 위하여 건배하자. 건배!”

“대합전하 만세! 고니시 대장군 만세!”

여기저기서 모두 잔들을 부딪치며 건배를 하고 대화를 나누며 술을 마시고 있었다. 하지만 마쓰이는 추위와 금화의 당당함에 위축되어 떨고 있었다. 금화가 마쓰이를 매섭게 쳐다보았다. 이를 앙다물고 있는 마쓰이 얼굴이 백지장처럼 하얗게 변해가고 있었다.

"마쓰이, 똥 마려운 강아지마냥 왜 그래? 어디 아픈가? 왜 그렇게 떨고 있어?"

"아닙니다. 감기가 오려는지 한기가 들고 있습니다."

마쓰이는 물에 빠지고 다리를 칼에 맞아 몸이 쑤시고 아프기도 했지만 금화의 매서운 눈빛에 더욱 떨고 있었다.

"장군님! 마쓰이가 많이 피곤하고 아파 보입니다. 오늘은 먼저 보내심이 어떨는지요?"

고니시의 뒤편에 서 있던 우쓰노미아가 귀엣말을 했다.

"그래? 마쓰이! 오늘은 먼저 가도 된다. 아마 우리는 늦게까지 주작을 해야 할 것 같다."

"괜찮습니다. 장군님!"

"어려워하지 말고 먼저 가라니까……."

"가지 않는다고 하지 않습니까? 있게 하시지요."

듣고 있던 금화가 말을 받자 고니시가 금화의 얼굴을 쳐다보았다.

"그래요?"

"마쓰이가 장군님과 시간을 갖고 싶다는데 그대로 두시지요?"

고니시는 금화의 웃으며 하는 말을 듣고 속으로 깜짝 놀랐다. 금화가 장군들 앞에서 말을 했다는 자체만으로도 마음이 기뻤다. 하지만 마쓰이의 마음에는 무서울 정도의 공포와 두려움이 밀려왔다.

"좋다! 마쓰이! 남아서 대작을 하자꾸나. 부인이 그대를 엄청나게 아끼는 모습이 보기 좋구나. 힘들더라도 부인을 봐서 참아라!"

"감사합니다. 부…… 부인."

마쓰이가 일어나 허리를 어정쩡하게 굽히며 예를 갖추었다. 금화가 그런 마쓰이의 행동을 계속 쳐다보았다. 어느 정도 시간이 지나 금화는 2층 천수각으로 올라갔다.

새벽녘이 되어서야 술자리는 마무리 되었고 마쓰이도 술 취한 장수들과 함께 새벽에 부읍성으로 넘어왔다.


고니시의 암살 작전이 실패로 돌아간 이후로 귀신 의병들은 자신감에 심한 상처를 받았다. 특히 귀신 의병 대장인 유정은 주관적인 판단으로 어린 기철이와 의병들 그리고 박이량 의병장을 죽게 만들었다는 죄책감에 시간이 흐를수록 더욱 힘들어지고 있었다.

유정은 아무것도 하지 않았다. 아니, 할 수 없었다. 먹고 자는 것도 이야기를 나누는 것도 무술 연습을 하는 것도 어느 것도 하지 못하고 자괴감에 빠져 방 안에서 나오지 않았다.

"진구야, 다시 한 번 이야기해봐."

"수도 없이 말했는데 아무 반응이 없어. 저런 건 처음이야."

"시간을 더 주어야 하나?"

"벌써 얼마인데. 저러다 폐인이라도 될까 걱정이야?"

"걱정이다. 걱정."

"……."


어느덧, 조계산에 추운 겨울이 물러가고 봄을 알리는 산야초인 복수초가 노랗게 꽃망울을 틔우며 온 천지를 형형색색 꽃망울로 만들었다. 여전히 유정은 방 안에서 나올 생각을 하지 않았다. 그러는 사이 왜군 병사들은 탈옥자를 찾고 부역자를 색출하며 군량미를 확보하기 위해 고을마다 병사를 보내 약탈과 살인의 만행을 저지르고 있었다. 또한 문화재를 도굴하고 도예공이나 화공들을 잡아 강제로 일본에 보냈으며 순천부읍성 안으로 조선 여인들을 여전히 끌어가고 있었다.

묘법과 조선왕조실록 그리고 차돌, 유정, 진구를 찾기 위해 안달이 난 추격자들은 포위망을 점점 좁혀 코밑까지 쫓아오고 있었다. 명나라에서 지원군이 조선으로 출정했다는 소문부터 이순신 장군이 전라좌수영으로 출병한다는 소문 그리고 지역 의병들의 승전 소식이 떠돌고 있었다. 그런 와중에서도 조선의 영웅 '달빛 그림자'의 영웅담은 계속해서 백성들 사이에서 회자되고 있었다. 또한 이순신 장군의 조선 수군이 고금도에 진을 치고 전투 준비를 한다고 소문이 나면서 남해안 인근에 있는 강진, 장흥, 보성, 낙안, 흥양, 돌산, 부유촌 등지에 있는 왜군의 군사들이 점차 왜교성으로 집결한다는 소문이 들렸다.

조선 천지를 빼앗긴 차가운 들판에 봄을 알리는 들꽃들이 밀려오고 있었다.

# 단오전투

"유정아! 유정아!"

헐레벌떡 거리며 유정이가 자고 있는 방 문을 진구가 급하게 확 열었다. 유정이도 진구의 부르는 소리를 듣고 슬며시 일어났다.

"유정아! 박이량 의병장님이 살아계셔, 살아계신다고."

"뭐야? 그게 사실이야?"

"그래, 사람들에게 확인하고 오는 길이야."

"으ㅎㅎㅎㅎ----."

유정은 진구의 말을 듣고 그동안 마음고생이 풀린 듯 엉엉 울었다.

"어디 계신대? 어서 가보자."

"지금?"

"그래, 어서 가보자."

"……."

유정과 진구는 박이량 의병장이 살아 계신다는 말을 듣고 죄진 마음을 안고 바로 두모마을 골짜기로 급하게 달려갔다. 유정이는 방 안에 갇혀 마음고생을 하는 동안에 자신에 대해 깊이 고민하는 시간을 가질 수 있었다.

유정이는 가는 길에 진구에게 죗값을 갚을 계획에 대해 설명해 주었다.

"그래, 역시 귀신 의병의 대장답다."

"……."

두모마을은 오성산 북사면 숲 속에 자리 잡고 있는 아주 작은 마을이었다. 집이라고 해봐야 두 채밖에 없는 마을로, 유기그릇을 만드는 곳이었다. 주변에 좋은 흙과 가마가 있어 박이량 의병장은 신분을 숨기기 위해 평상시에는 기채라는 이름으로 유기그릇을 만들고 있었다. 유정과 진구는 기채라는 사람이 운영하는 가마로 가서 박이량 의병장을 보는 순간 달려가서 껴안고 울었다. 시간이 흐르면서 마음이 진정되었다.

"그래, 그동안 어떻게 지내고 있었느냐?"

"의병장님! 저희들이야 조계산에서 숨어 지내고 있습니다만, 의병장님이 죽었다는 말을 듣고……."

"뭐라? 하하하하."

"의병장님, 죄송할 뿐입니다."

"조선 백성들이 전쟁통에 보릿고개를 넘기지 못하고 굶어 죽어가는 사람들이 너무 많아 가슴이 아플 뿐이다."

"저번에 대장님이 부유촌에 있는 왜놈들 곳간들 털어 백성들에게 나누어 주었다는 소식을 듣고 대장님이 살아 계신다는 말을 들었습니다."

"그랬구나. 하지만 지금은 곳간을 털어 나누어 주는 것도 어렵구나."

"저희들 때문에 의병들이 많이 죽게 되어 면목이 없습니다."

박이량 의병장은 근심 어린 눈빛으로 귀신 의병을 쳐다보았다.

"무슨 말이냐? 그러지들 말거라. 너희들은 나의 훌륭한 친구들이다. 감히 어른들도 생각하지 못한 일을 해왔고 시도했다. 결과보다는 너희들의 용기와 열정에 항상 감사하며 배우고 있다.”

“의병장님!”

진구와 유정은 고개를 푹 숙인 채 말을 듣고 있었다.

“진구야! 달빛 그림자가 조선 백성들에게 준 희망은 엄청난 것이었다. 아마도 그때 너희들 같은 영웅이 나타나지 않았다면 조선 백성들은 아무런 희망이 없는 우울한 나날을 보내야만 했을 것이다.”

“뭘요. 저희들만 아니었으면 지금쯤은 훌륭한 의병대가 형성되어 많은 일을 했을 텐데요.”

“아니야, 난 지금도 달빛 그림자가 조선 백성들에게 끊임없는 희망을 주는 등불이 되기를 바라고 있을 뿐이다.”

“사실, 그래서 왔는데요. 저희들이 뭘 잘해서가 아니라, 아직 완성하지 못한 일이 있어 상의하고자 왔습니다.”

“뭐냐?”

“소문에 아직도 왜놈들이 부읍성으로 조선 여인들을 끌고 간다고 합니다. 아마도 그 조선 여인들은 우리 엄마들, 기철 엄마 그리고 꽃분이처럼 위안소에서 비인간적인 저주에 고통을 받고 있을 것입니다.”

진구가 답답한 심정을 꺼내놓았다.

“그래, 나도 그 소문은 들었지만······.”

“의병장님, 그래서 말인데요. 우리가 힘을 합쳐 부읍성을 공격해서 고통 속에 살고 있는 조선의 여인들을 구하고 싶어요.”

유정은 진심이 담긴 말을 꺼냈다.

“그래, 유정아. 혹시 계획은 있는 거냐?”

“경비가 엄청 심하니 전면전은 안 되고요. 유격전을 통해서 어수선하고 혼란스러울 때 불쌍한 여인들을 구하고 싶습니다."

"그래, 그런 방법이라면 한번 해볼 만하지."

"그래서 다음 달 오일 단옷날 전면적인 공격과 방화를 해서 시선을 돌려놓고 그때 우리가 조선의 여인들을 구하면 가능하리라 생각합니다."

"방금 전면전은 어렵다고 했는데 어떻게 전면전을 한다는 게냐?"

"깜깜한 밤에 우리가 야죽불을 붙이면 아마도 왜군들은 수많은 우리 의병들이 전면전을 하는 것처럼 보일 테니 많이 놀랄 것입니다. 깜깜한 밤이라 폭음과 불빛이 일어나는 곳에 조총과 화살을 엄청나게 쏘아대면 아마도 소모되는 탄약과 화살이 대단하리라 여겨집니다. 그러면 차후에라도 전투할 때 승리의 가능성이 커지지 않을까요?"

유정이가 그동안 세워왔던 계획을 허락이라도 받으려는 듯이 털어놓았다.

"야죽불이라?"

"네, 생대나무들을 짚 다발로 묶어두고 그곳에 불을 붙이면 대나무 터지는 소리가 조총소리보다 훨씬 크게 들립니다. 그것이 바로 전면전의 야죽불이 되는 것입니다."

유정과 진구는 박이량 의병장의 입에서 무슨 말이 떨어질지 몰라 얼굴만 바라보고 있었다. 생각에 잠긴 박이량에게 유정이가 한마디 거들고 나섰다.

"그 야죽불 옆에 짚 다발로 만든 인형을 놓으면 화살도 많이 얻을 수 있습니다. 우리는 그때 조선의 여인들을 구하는 것이고요."

"그래, 아주 좋은 방안이다. 근데 왜 단옷날을 생각했느냐?"

"단옷날이라면 우리 조선 사람들이 모일 이유가 왜군들에게 이해가 될 수 있기 때문입니다. 우린 창포물에 심야 작전을 전하면 됩니다.”

“그리고, 사람들이 삼경에 다시 모여 군중의 소리를 질러주면 그것이 전면전을 위장할 수 있는 최고의 무기라고 생각합니다.”

진구가 대답하자 유정이 또다시 거들고 나섰다.

“그것 대단하구나. 단옷날 마음도 풀어놓고 저녁에는 야죽불이라? 아주 좋아. 달도 작은 날이니 우리가 잘 보이지도 않을 것 같고. 아주 좋다!”

“그러면 의병장님께서 구체적인 계획을 세워주시면…….”

“아니다. 나보다 훨씬 경험이 많으시고 의병활동을 하시고 계시는 육승복 의병장님을 비롯해 이기남 의병장, 정숙 어른 집안, 조정 집안의 후손 등 많이 계신다. 나는 그분들과 함께 연자루 쪽에서 전면전을 위장해 야죽불로 공격할 테니 너희들은 혼란한 틈을 이용해 조선의 여인들을 구하거라!”

“그렇게만 되면 군사들이 연자루 쪽으로 몰리고 북문 옆에 있는 초가에는 군사들이 적어지겠지요?”

“그래, 바로 그것이다!”

“그렇게 알고 준비하겠습니다. 그러면 단옷날 삼경에 시작하는 것으로 알고 우리는 우리가 맡은 역할을 위해 최선을 다하겠습니다.”

“역시, 너희들은 조선 백성의 영웅, 달빛 그림자 아니, 조선을 지키는 달빛 청춘이 되었구나. 장하다!”

유정과 진구는 흐뭇한 기분을 안고 두모마을에서 돌아왔다.

“진구야, 난 그날 꺽쇠가 운영하는 쌀전과 소금전을 털어서 의병장님처럼 백성들에게 쌀과 소금을 나누어주고 싶어.”

“그래 아주 좋은 생각이다. 내가 준비할게.”

보리암으로 돌아온 귀신 의병들에게 시간이 많지 않았다. 귀신 의병들은 다시는 실패하지 않겠다는 다짐을 하며 자신에게 주어진 임무에 따라 철저하게 준비를 해나갔다.

조계산에 며칠째 봄비가 계속 내렸다. 여름 장마도 아닌데 굶주리고 배고픈 조선 백성은 물론 귀신 의병들에게도 계속 내리는 비는 야속했다. 모두들 복잡한 심정으로 내리는 비를 바라만 보고 있었다. 내일이 단옷날인데 이렇게 비가 내리면 야죽불로 조선의 여인들을 구하는 일은 물거품이 되고 말 것이었다. 귀신 의병들은 어느 누구도 불안한 마음을 내색하기 싫은지 먼저 말을 하려고 하지 않았다.

빗소리를 들으며 잠자리에 누운 유정은 밤새 기도를 하면서 새벽녘이 되어서야 스르르 잠이 들었다. 유정은 눈을 뜨자마자 비가 오는지 신경을 곤두세웠다. 빗소리가 들리지 않자 방 안을 둘러보았다. 방 안이 환하게 밝게 보이자 유정의 입가에 미소가 돌았다. 벌떡 일어나 방문을 활짝 열어젖혔다. 정말 거짓말처럼 화창한 봄날이었다.

싱그러운 아침 햇살이 유정의 가슴에 그대로 들어오고 있었다. 유정은 아침 새소리를 들으며 신선한 공기의 냄새를 가슴속에 듬뿍 받아들이고 있을 때 진구가 방에서 나왔다.

"대장, 우리 계획에 차질은 없겠지?"

"응. 차질 없을 것 같아. 봐! 이렇게 하늘이 환하게 웃어주고 있잖아?"

차돌도 오랜만에 뜬 태양을 보고 반가워 유정에게 다가오다가 진구와 유정이 밝은 표정으로 이야기를 나누는 모습을 보고 잠시 걸음을 멈추었다. 차돌은 주머니에 작은 동으로 만들어진 거울을 만져보았다. 어렸을 적, 멀리 출타한 아버지가 어머니에게 사다주었던 귀한 물건이었다. 차돌이 유정이와 함께 가족들의 유해를 옮기던 날 잿더미 속에서 찾은 귀한 물건이었다. 당집에서 유정을 불러 몇 번이나 그 동거울을 주려고 망설였지만 용기가 부족한 차돌은 망설이기만 하고 말았다.

젊은 그들은 그렇게 새로운 현실을 만날 때마다 성장통을 겪고 있었다. 그리고 성장통의 아픔을 느낄 때 어른이 되어간다는 것을 차돌은 알고 있었다. 차돌은 아무 일도 없는 것처럼 유정과 진구가 있는 곳으로 갔다.

"차돌아. 이제 일어났어?"

"응, 좋은 아침이네!"

"아주 좋아."

유정은 진구에게 하던 이야기를 계속했다.

"아무튼, 나라님은 만날 백성들 걱정에 가슴이 아파 죽겠다고 하는데, 조선 천지에 가슴 아플 일들이 수도 없이 많을 텐데 가슴이 아파서 어찌 살까?"

"임금이 말하는 언어를 백성들의 언어로 해석하면 큰 오해지. 우리하고는 언어가 달라."

"허기사 같으면 진즉에 가슴이 터져 죽었을 터인데 아직도 펄펄하게 살아 있잖아?"

"조선 최고의 위선자는 나라님이야!"

"내비 둬라. 그렇게 살다가 죽어 불게."

"나라님만 생각하면 욕이 절로 나온당게."

"정말 좋은 아침이다! 아이고 시원허다."

차돌은 두 사람의 이야기를 듣고만 있었다.

옛날에는 단옷날이 되면 여인들이 창포를 들고 옥천에 와서 머리를 감았다. 지난해에도 여인들이 창포를 들고 와서 머리를 감으며 세상 살아가는 이야기를 했는데 올해는 전쟁통이라서 통행패를 가진 여인들이 얼마나 나올지 귀신 의병들은 궁금했다.

해가 지고 땅거미가 내려앉자 귀신 의병들은 모든 준비를 마치고 청수골 골태 언덕에 자리를 잡았다. 정말로 오랜만에 앉아보는 청수골이었다. 토부를 처음 만났던 장소였다.

귀신들이 먹다 버린 맑은 물이 흐르는 곳에서 창포로 머리를 감고 있는 여인들이 보였다. 청수골 샘에서도 여인들이 머리를 감으며 달빛 그림자 영웅담을 이야기하고 있었다. 해가 떨어지자 개미 새끼 한 마리도 보이지 않을 만큼 어두컴컴하고 적막한 세상이 되었다. 얼마나 조용한지 깊은 밤에 사람이 모인다는 것이 부질없는 짓으로 여겨질 정도였다. 속으로 한숨을 쉬는 유정의 가슴은 답답했다.

해시가 되어 귀신 의병들은 환선정 부근에 과하마를 묶어두고 시전 저잣거리를 한 바퀴 돌아보고 북문과 동문 사이의 성벽 아래로 접근해 갔다. 초승달이 묘죽도 위에 걸쳐 있었다.

자시가 되자 연자루 쪽에서 불길이 오르기 시작했다. 엄청난 폭음과 함께 사람들의 함성이 들리기 시작했다. 유정은 야죽불의 크기와 사람들의 함성에 놀랐다.

"자! 이제 시작이다. 잠시만 기다리고 나서 행동을 개시하자."

입가에 미소를 띤 유정이 흥분을 가라앉히지 못하고 말문을 열었다.

"야, 대단하다! 소리가 저렇게 클 줄 몰랐어?!"

소리에 놀란 차돌의 표정은 긴장감에 굳어 있었다. 진구가 입을 열었다.

"유정아! 무슨 일이 있어도 저번처럼 하면 안 돼! 우리는 항상 함께해야 해. 알았지?"

"고마워."


부읍성에서 자고 있던 왜병들은 엄청난 규모의 공격에 놀라, 혼을 잃어 버린 사람들처럼 분주하게 성 위에 올라 연자루 앞에 모여든 조선의 병사들을 향해 조총과 활을 무작정 쏘기 시작했다.

창포물에 머리를 감던 여인들이 모두 나와 함성을 지르며 도와주었다. 유정과 귀신 의병들은 성벽을 넘어 객사 뒤에 있는 초가집으로 향했다. 초가 안에 있던 가련한 조선 여인들도 소리에 놀라 모두 마당에 나와 있었다. 경비 군사들이 많지 않는 위안소 초가에 귀신 의병들이 들이닥쳐 바로 공격을 가하자 생각보자 쉽게 제압하고 말았다.

"자! 우리들은 여러분을 구하러 왔습니다. 어서 우리를 따라오세요!"

웅성거리던 여인들이 진구의 말에 모두들 따라 나섰다. 진구는 예전에 구출하지 못했던 초가로 들어가려 했으나 한 여인이 다가와 그 안에 왜놈이 한 명 있을 것이라는 말해주었다.그러나 진구는 당당하게 그 안으로 들어갔다. 그곳에서는 겁이 난 왜군 병사가 조선의 여인네를 칼로 위협하고 나가지 못하게 하고 있었다. 왜군 병사는 진구의 상대가 되지 못했다. 진구가 눈 깜짝할 사이에 왜군 병사의 목을 칼로 찌르고 베면서 초가 안에 있는 모든 여인들을 구해 성벽 위로 올라섰다. 유정과 진구는 조선의 여인들에게 횃불막대기를 나눠주었다. 여인들은 횃불을 초가지붕 위로 던졌다. 초가집은 삽시간에 훨훨 타올랐다.

연자루 앞에서는 야죽불로 인한 대통 터지는 소리와 왜놈들이 쏘는 조총 소리가 서로 자신의 힘을 자랑이라도 하듯 엄청난 소리를 내며 타고 있었다. 그 사이로 들리는 백성들의 함성 소리와 꽹과리를 치는 악기 소리들이 전쟁을 하는 전투라기보다는 한풀이 놀이처럼 흥겹게 들려왔다.

성벽을 내려간 조선의 여인들은 멀리 도망가지 않고 환선정을 돌아 연자루 앞에서 꽹과리를 치고 북을 치고 장구를 치며 소리를 지르고 있는 군중들 사이로 들어가 왜놈들을 향해 소리를 질렀다. 가련한 여인들은 울고 또 울며 창자가 튀어나오고 피를 토하듯 왜군들과 하늘을 향해 쌓인 분통을 터뜨리고 있었다.

유정과 진구 그리고 귀신 의병들은 말을 타고 사람들을 데리고 시전으로 달려갔다. 유정은 시전에 있는 쌀전과 소금전의 창고 문을 열었다. 꺽쇠를 비롯한 시전 패거리들이 칼을 들고 나왔다.

"당장 물렀거라! 그렇지 않으면 너희들의 목숨은 책임질 수 없다!"

"어이 선머슴! 이것은 내 것이다. 죽어도 못 가져간다."

"꺽쇠야! 날 죽이려 했던 것은 다 용서하마. 하지만 쌀과 소금으로 폭리를 취하고 왜놈들의 개 노릇을 하는 네놈들은 용서할 수 없다. 살고 싶거든 당장 물러나거라!"

말을 타고 꺽쇠를 혼내고 있는 유정은 너무나도 당당해 보였다.

"꺽쇠야! 전쟁이 죄지 니가 무슨 죄이겠느냐? 널 죽이지는 않을 것이다. 어서 백성들을 위한 쌀과 소금을 나누어 주어라."

"애들아! 저 시건방진 선머슴의 주뎅이를 막고 혼내 주거라."

시전 패거리들이 귀신 의병들에게 칼을 들고 달려들자 유정과 진구 그리고 차돌은 말을 타고 마당으로 들어가며 단숨에 칼등으로 그들을 제압하고 말았다. 하지만 죽이지는 않자 시전 패거리들은 도망을 쳤다. 차돌은 곡간 창고를 모두 열어 백성들의 수레에 쌀과 소금을 실고 전투를 하고 있는 연자루 앞으로 가지고 나아갔다.

육승복, 박이랑을 포함해 여러 문중의 의병장과 순천부에 있는 의병들, 조선의 백성들 그리고 불쌍한 조선의 여인들이 춤을 추고 꽹과리를 치고 함성을 지르며 싸움을 북돋우고 있던 그곳에 쌀과 소금을 실고 와서 백성들에게 나누어 주었다.

단옷날, 귀신 의병들은 백성들에게 천추의 한을 담아 덩실덩실 춤을 추게 하며 슬픔의 힘을 보여주고 있었다. 슬픔은 상대를 헤시지 않았고 슬픔에는 큰 목적이 없었다. 원통한 사람들이 죽은 후에도 슬픔은 남아있었다. 그것이 그 시절 조선 백성들의 슬픔의 힘이었다.


날이 밝았다. 연자루 건너 전쟁터에는 대나무와 짚으로 만든 인형 그리고 수없이 많은 부러진 화살들, 전쟁터라기보다는 대보름날 한바탕 불놀이를 재미나게 놀고 난 뒷자리처럼 잿더미들만 가득했다. 잿더미를 본 우쓰노미아와 마쓰이는 통탄할 현장을 보며 개탄스러웠다.

"이게 무슨 일이야? 이건 전쟁터가 아니라 마을놀이를 한 흔적이구만!"

답답한 우쓰노미아가 마쓰이를 쳐다보았다.

"깊은 밤에 아무것도 보이지 않고, 조총 소리가 어찌나 크던지 많이 놀라고 말았네!"

황당한 마쓰이가 먼 산을 보며 말했다.

"이 일은 어떻게 보고할 셈인가? 상황 판단도 없이 밤새 전투를 했는데 죽은 시체가 한 명도 없으니 이건 전투를 한 것이 아니라 귀신에 홀려 농락당한 것이 아닌가?"

"우쓰노미아? 아마 폭도들이 시신을 가지고 도망갔겠지. 전투를 밤새 했는데 한 명도 죽지 않았겠어?"

"이 사람이 아직도 정신을 못 차리고 있구만. 훑어보았지만 단 한 군데 에서도 핏자국이 없네!"

우쓰노미아의 말을 듣고 마쓰이가 두리번거리며 땅바닥을 살폈다. 대나무와 잿더미 그리고 부러진 화살 사이로 나락과 소금이 조금씩 보였다.

"······?!"

"요즘 들어 자네의 행동이 이상하다고 고니시 장군님이 직접 관리하는 밀첩원이 보고를 올리고 있네. 밤에 술도 그만 마시고······."

"내 일거수일투족이 보고되고 있다고?"

"고니시 장군님께 직접 정보를 전달하는 밀첩원이 있다는 것 정도는 알고 있지 않은가?"

"뭐라고 했다던가?"

마쓰이는 갑자기 불안이 엄습해왔다.

"그것은 나도 알 수 없네. 고니시 장군께서 어떤 분인가? 누구도 그 마음의 끝을 알 수 없는 분이네."

불안해진 마쓰이가 몸을 떨며 다정하게 물었다.

"여보게, 친구! 대장님께서 나에 대해 화를 내거나 특별히 이상한 말씀은 없으셨지?"

"마쓰이! 무슨 일인가? 나에게 말하시게. 지금 자네는 정상이 아니야. 이렇게 가다가는 죽음을 면치 못해!"

"아---악. 그년이야. 그년이라고!"

"도대체 무슨 일인지 말을 하시게, 그년은 또 누구인가?"

"자네가 정녕 몰라서 물어본단 말인가? 가서 그년에게 다 말해버려."

"마쓰이! 도대체 왜 이러는 거야? 마쓰이!"

"……."

"마쓰이!"

우쓰노미아는 내화 중에 마쓰이가 신경불안 승세를 가지고 있으며 정상이 아니라는 걸 느꼈다.

"아니야. 친구! 내가 잘못했네. 이해하시게. 어젯밤 전투로 너무 긴장하고, 아침에 속았다는 생각에 허망해서 그런 것이네. 고니시 장군에게 좋게 말해주시게. 나랑 가서 술이나 한잔 하세."

"이 사람아! 아침부터 웬 술이야."

"아니야. 내가 가슴이 답답해서 그래. 날 이해해주는 마음으로 한 잔만 같이 나누세."

마쓰이의 간곡한 청을 뿌리치지 못한 우쓰노미아는 공북당이라 쓰여진 아전으로 들어갔다. 얼마간 시간이 흐른 후, 아전에 술상이 들어가고 여인들이 뒤따라 들어갔다. 아전 주변에는 누구의 지시인지 마쓰이의 병사들이 몰려와 삼엄한 경비를 하고 있었다.

# 정왜기공도

7월 중순, 유난히도 찌는 듯한 더위가 온 세상을 덮쳤다. 그나마 간혹 불어주는 바닷바람이 군선을 만들고 있는 조선 수군들의 쾌쾌한 땀 냄새를 날려주고 있었다.

이순신 장군이 이끄는 조선 수군들은 고금도 망덕산 대밭 주변에 군영을 두고 군선을 건조하기 위해 밤낮이 없었다. 이마에서 샘솟듯이 흐르는 땀들이 널빤지에 뚝뚝 떨어졌다. 튼튼하게 건조되는 군선에 오른 이순신 장군은 바다를 바라보았다.

"드디어 오는구나!"

"명의 군선들이 들어오고 있습니다!"

"그래! 너는 군사들을 데리고 가서 그들이 군영을 구축하는 데 도움을 주거라."

"예, 알겠습니다."

진린 도독이 이끄는 명나라 전선 오백 척은 구천 명의 수군을 싣고 약산도와 고금도의 좁은 해협을 다 덮고도 남을 만큼 엄청난 규모의 군선이

151

월송대 쪽으로 들어오고 있었다. 조선 수군들은 명의 군선들을 보고 손을 흔들고 박수를 치며 그들의 입성을 진심으로 반겨주었다. 군사들을 데리고 간 송희립은 명의 수군들이 월송대 너머에 군영을 갖출 수 있도록 도움을 주기 위해 출발했다.

월송대 주변에는 작은 섬들이 많아 군영의 진지로는 요새와 같은 곳이었다. 진린 도독은 부총병 등자룡과 부관 계금을 데리고 고금도의 지리적 정세에 대해 조선의 송희립 장군에게 자세한 설명을 듣고 주변의 경관을 살펴보았다.

"등 장군! 월송대 건너 저 숲이 아주 좋아 보입니다. 저곳에 우리 군사들의 건승을 기원하기 위해 관운장을 모시는 관왕사당을 짓도록 하면 어떻겠소?"

"예, 운기(運氣)가 일어날 터로 보입니다. 당장 시작하겠습니다."

"참으로 조선은 아름답군요."

"그렇습니다. 아기자기한 지형이 천혜의 요새입니다."

등자룡은 진린 도독의 명에 따라 계금, 등소림과 함께 관왕사당을 짓는 일에 착수했다. 등소림은 그림 솜씨도 뛰어났지만 절의 건축에 관해서도 잘 아는지라 관왕사당의 설계도면을 그리고 있었다. 이때 진린 도독이 들어왔다.

"등 화공! 지금 무엇을 그리고 있느냐?"

"예, 도독님! 관왕사당의 설계도를 그려보고 있습니다."

"고생하는구나, 하지만 네 본연의 임무가 있음을 기억해라."

"예, 우리 명나라가 참전한 명의 전쟁 역사를 꼭 담아내겠습니다."

"그래, 명의 역사를 위한 시작이다! 앞으로 전투가 벌어지면 생과 사를 넘나드는 위험이 닥쳐올 것이다. 하지만 그런 위험 속에서 살아 있는 역사가 나오는 것이니, 대국의 자존심을 가지고 명나라의 역사를 담아주기 바란다."

"예, 명심 또 명심하겠습니다. 제게 한 가지 청이 있습니다."

"무에냐?"

"관왕사당에 도움이 되고자 조선 사찰과 탱화를 보기 위해 가까운 절에 다녀오고 싶습니다."

"그래, 좋은 생각이구나. 그러나 너도 먼 길을 왔으니 쉬어야 하지 않겠느냐?"

"괜찮습니다. 내일 하루만……."

"명나라 군사들은 긴 여정으로 인해 당분간 전투는 없을 것이다. 다녀오거라. 정보에 의하면 우리 명군이 들어온다는 소식을 듣고 왜놈들이 고금도 인근에서는 철수했다고 들었다마는 왜놈들이 있을 수 있으니 병사들을 데리고 가거라."

"예, 감사합니다. 그럼 몇 명의 군사만 데리고 다녀오겠습니다."


다음 날, 등소림은 작은 배를 타고 고금도를 떠나 인근에서 가장 큰 장흥 천관산으로 향했다. 그는 조선 내륙의 땅을 처음 밟아 보는 것으로 감개가 무량했다. 해안가의 산세가 부드럽고 포근하게 느껴졌다. 작은 포구에 배를 대고 내륙으로 길을 걷다 보니 웅장하게 버티고 있는 천관산이 눈에 들어왔다.

평소에도 화구를 챙겨들고 며칠씩 집을 떠나 산행을 하곤 했던 등소림은 조선의 묵직한 그 산세를 보고 놀라지 않을 수 없었다. 왠지 천관산만

넘으면 새로운 세상이 있을 것 같은 느낌이 들었다. 등소림은 끓어오르는 흥분을 억제하며 막연한 기대감을 가지고 천관산의 능선을 따라 천관사에 도착했다. 얼마 전까지도 왜군들이 휩쓸고 갔는지 천관사에는 스님이나 행자들이 보이지 않고 왜군 병사들이 파괴하고 방화해버린 흔적들만 쉽게 찾아볼 수 있었다. 등소림은 고즈넉하고 아담한 천관사대웅진을 돌며 사찰 벽에 그려진 탱화에 푹 빠져들고 있었다.

"어디서 오셨는지요? 복장을 보니 조선 사람은 아닌 모양입니다."

이때, 다가온 묘법이 등소림을 보고 합장을 하며 물었다. 물음에 당황한 등소림도 스님의 합장에 맞춰 합장으로 답례를 했다.

"예, 저는 명나라에서 온 진린 도독 휘하에서 일하고 있습니다. 탱화에 심취되어 스님이 오신 줄도 모르고 있었습니다. 혹시 제가 누가 되지는 않는지요?"

"아닙니다. 누라니요? 멀리서 조선을 도와주기 위해 오셨는데 저희들이 감사하지요. 저도 이 절의 객일 뿐입니다."

등소림은 묘법 스님의 다정한 미소가 해맑아 보였다.

"그동안 왜군들에게 많은 고통을 당했다는 소리는 들었습니다."

"지난해 명량해전 이후 왜군들이 인근 주민들에게 처절하게 보복을 하는 바람에 엄청난 피해와 상처를 당했는데 며칠 전에 왜놈들이 모두 떠났습니다. 근데, 탱화를 아시는지요?"

"예, 저도 그림을 그리고 있습니다."

"그러시군요. 살생을 하지 않는다고 하니 다행입니다."

"미천하지만 저도 온화한 부처님 그림을 좋아합니다."

그때 목개가 대웅전 모퉁이를 돌아 헐레벌떡 가쁜 숨을 몰아쉬며 묘법에게 달음질쳐왔다.

"스님! 어서 피해야 합니다, 추격자들이 일주문까지 왔습니다. 어서요!"

목개의 말을 듣고 겁에 질려 다리가 풀려버린 묘법이 비틀하더니 그 자리에 주저앉고 말았다.

"아니, 스님 왜 이러십니까? 일어나세요. 추격자들이라고 했습니까?"

등소림이 묘법을 일으켜주며 물었다.

"날 잡으려는 왜놈들입니다."

묘법이 힘들게 일어나며 대답했다.

"왜놈들이라고요?"

"아이고, 정신 하나도 없는디…… 당신도 살고 싶으면 어서 도망가시오!"

목개가 등소림을 밀치며 묘법을 부축했다.

"화공께서도 어서 피하시오. 어서요!"

묘법이 등소림에게 손짓까지 하며 말하자 등소림이 명나라 병사를 불렀다.

"항저야! 이리 오너라."

등소림이 부르자 명나라 병사들 다섯 명이 등소림 앞에 달려왔다.

"화공! 무슨 일이십니까?"

"지금 왜군들이 스님을 공격하러 온다고 하니 가서 막아주면 좋겠다."

등소림도 왜군이 온다는 말에 긴장되기는 마찬가지였다.

"그렇게 하겠습니다!"

묘법은 의아했지만 등소림의 배려가 고마웠다.

"묘법 스님! 어서 피하셔야 합니다. 제가 추격자들을 막겠습니다. 제 역할은 여기까지인 모양입니다. 더 이상 함께하지 못해 죄송합니다."

"아니에요. 같이 가요."

"안 됩니다. 둘 다 잡히면 호암 큰스님에게 누가 됩니다. 어서 떠나세요! 제가 최대한 막아서고 있을 테니……."

"그럼…… 그동안 고마웠습니다."

"행자님도 꼭 살아야 합니다."

목개는 추격자가 오는 방향으로 떠나면서 등소림을 향해 당부했다.

"뉘신지는 잘 모르오나 우리 스님을 고금도까지 데려다 주시기 바랍니다. 부탁드립니다."

목개는 묘법을 향해 손을 들어주며 추격자들을 막기 위해 나아갔다. 둘의 모습을 지켜보던 등소림이 수행하던 수군 병사들을 바라보았다. 수군 병사의 우두머리가 나서며 말했다.

"등 화공! 걱정하지 마시오, 우리도 함께 싸우겠소."

명의 수군들도 목개를 뒤따라 추격대가 오는 방향으로 달려갔다. 등소림은 묘법의 손목을 잡고 천관사의 뒷산으로 숨어들었다. 대웅전 앞에서 목개와 몇 명의 명나라 군사들 그리고 추격자들 간에 한판 싸움이 벌어졌다. 그들이 싸우는 사이에 등소림과 묘법은 추격대의 눈을 피할 수 있었다.

싸움은 쉽게 끝나지 않았다. 하지만 기마병인 추격대는 말 위에서 긴 칼을 이용해 목개와 명나라 수군 병사들을 쓰러뜨렸다. 추격자는 유혈이 낭자한 목개를 줄로 말에 묶어 대웅전 마당을 끌고 다녔다.

"묘법, 나오라! 나오지 않으면 이자는 바로 죽는다. 어서 나와라!"

"스님, 어서가세요. 내 걱정은 마시고…… 멀리……."

땅바닥에 질질 끌려가던 목개가 죽을힘을 다해 외쳤다.

"묘법! 어서 나와! 나오면 이자도 너도 살려줄 것이다!"

끌려가는 목개는 있는 힘을 다해 줄을 당겨 스스로의 목에 걸었다. 말이 달릴 때마다 조여 오는 목줄이 목개의 눈알이 튀어나올 듯 커지며 얼굴은 붉어졌고 손발의 힘이 풀리더니 온몸에 맥박이 끊어지고 말았다.

추격대는 천관사 주변과 뒷산을 뒤지며 묘법을 찾으려고 애를 썼다. 등소림과 묘법은 아주 작은 돌 틈에 딱 붙어서 꼼짝도 못하고 숨어있어야만 했다. 둘의 시선에 천관산을 넘어가는 아름다운 낙조가 보였다. 등소림은 명나라에서 화폭에 담으려고 수없이 많은 석양을 가슴에 품고 다녔지만 천관산에서 바라보는 이 낙조만큼 아름다운 낙조는 본 적이 없다는 생각이 들었다. 둘은 말없이 그 낙조를 바라보며 서로 묘한 인연임을 느끼고 있었다.

여름이라 얇은 가사적삼의 옷을 입은 두 사람은 맨살을 맞댄 거나 마찬가지로 짧은 여름밤을 꼬박 새어야만 했다. 그날, 묘법이 낯선 사내의 몸에 기대고 있어 보기는 태어나서 처음 일이었다. 어색한 모습의 등소림과 묘법은 천관산 숲에서 하룻밤을 보내고 일출을 바라보고 있었다.

"이 천관산에서는 매일 아름다운 일출과 일몰을 볼 수 있지요."

묘법이 어색함을 깨려고 먼저 말을 걸었다.

"그렇군요. 영원히 잊지 못할 일출과 일몰이었소!"

등소림이 진심 어린 말투로 대답했다. 이때, 등소림을 부르는 명나라 수군들의 목소리가 들려왔다.

"등 화공! 등 화공! 어디에 계시오?"

명나라 수군들의 안내로 대웅전에 내려온 묘법은 밧줄에 묶인 채 앞마당에 피를 토하고 만신창이로 죽어있는 목개의 시신을 보고 고개를 돌렸다. 그 옆에는 어제 보았던 명나라 수군들의 시신들도 있었다.

　묘법은 등소림과 명의 수군들의 도움을 받아 목개를 양지바른 곳에 묻어주었고 명나라 수군들은 고금도로 향하는 배에 죽은 명군을 싣고 들어갔다. 산을 수없이 올랐던 등소림은 새삼 산이 주는 무서움을 느꼈다. 교만 없이 올랐을 땐 마음의 안식처였지만 준비 없이 올랐을 땐 공포의 대상된다는 것을 그는 오늘 다시 느꼈다. 등소림은 산을 보면 사람들이 먼 길을 돌아왔을 뿐 산은 항상 변함없는 모습으로 그 앞에 있었던 것처럼 묘법 스님이 변함없는 산처럼 느껴졌다.


　드디어 묘법은 호암 큰스님이 원했던 고금도로 들어가게 되었다. 고금도에 정착해 있는 명의 군선들과 병사들의 규모를 보고 묘법은 입이 떡 벌어졌다. 그리고 이순신 장군이 통솔하는 조선의 수군들도 이곳 고금도에서 출정을 준비하고 있다는 사실을 처음 알게 되었다.

　묘법이 도착할 때, 진린 도독은 인근 지형을 숙지하기 위해 군선을 이끌고 항해 중이어서 막사에 없었다.

　등소림이 자기 숙소 근처에다 묘법의 숙소를 마련해 주었다. 그날 밤 두 사람은 불교 그림과 종군 화가 그리고 명나라와 조선의 역사 이야기를 하면서 날이 새는 줄 몰랐다. 등소림은 묘법의 그림 솜씨가 예사롭지 않음을 알게 되었고, 묘법은 새로운 세상에 대한 호기심으로 명나라의 화풍을 들으며 즐거움에 푹 빠져 있었다.

　다음 날 저녁, 지형 숙지를 마치고 돌아온 진린은 명나라 수군 몇 명이 죽었다는 사실과 등소림이 비구니를 데리고 들어왔다는 사실을 보고 받았다. 진린이 등소림을 불렀다.

"너는 어찌 누군지도 모르는 사람을 우리 막사에 들인단 말이냐?"

"미처 말씀드리지 못해 죄송합니다. 왜군의 공격을 받아 위험에 처해 있는 가녀린 스님을 그냥 둘 수 없었습니다. 그런 과정에서 우리 병사들이 왜군에 의해 죽고 말았습니다. 저의 부주의가 아까운 목숨을 잃게 만들어 송구스럽습니다."

"명의 군사들이 백성을 구하려다 생긴 일이니 그것은 탓하지 않겠다. 하지만 신분이 확인되지도 않은 비구니를 막사에 들인다는 것은 경솔하구나."

"묘법이란 스님으로 아주 어려서 절에 들어가 오로지 부처님의 얼굴만 그렸다고 합니다. 스님의 그림 솜씨가 귀신의 손끝과 같습니다. 차분하고 안정감이 있으며 부처님의 말씀이 그대로 그림에 녹아 있었습니다. 감히 저는 흉내도 낼 수 없는 솜씨입니다!"

"그래? 너도 절강성에서는 최고의 화공이 아니더냐?"

"스님에 비하면 제 그림은 그림이라고 할 수 없을 정도입니다."

"그래? 네가 그러하다고 하니 대단한 모양이구나! 그러나 신분 확인도 안 된 자를 진지 안에 두는 것은 경솔하구나."

"……."

"너의 본분을 잊지 않도록 해라. 혹여 본질을 망각하면 용서치 않으리라. 알겠느냐?"

"예! 알겠습니다. 좋은 그림으로 보답하겠습니다."

"잊지 말거라!"

월송대 솔바람이 뜨겁게 느껴지는 한여름, 등소림은 관왕사당을 짓기 위한 설계도와 관운장의 초상화를 그리며 새벽부터 늦은 밤까지 몰두하고 있었다.

어느 날, 등소림이 묘법의 손에 붓을 쥐어주었다. 어색해하던 묘법은 늘 그린 사람처럼 고금도 바다에 떠 있는 명나라의 군선을 그리기 시작했다. 그동안 부처님의 얼굴만 그려온 묘법은 아름다운 산수와 사람들의 모습을 그리며 강을 떠나 바다로 나온 물고기처럼 새로운 기쁨이 그림에 그대로 녹아내리고 있었다.

여름비가 한줄기 확 내린 어느 날, 등자룡 장군과 부관 계금을 데리고 막사를 순시하던 진린 도독이 등소림의 막사 안에 걸려있는 그림을 보았다. 등소림은 장군들이 들어오는 것도 모르고 관운장의 초상화를 그리고 있었고 묘법은 한쪽에서 새근새근 자고 있었다. 장군들의 인기척에 일어난 묘법이 평소처럼 담담하게 합장을 하며 인사를 했다.

"참으로 대단하구나! 그림의 가치가 그대로 보이는구나. 훌륭해. 참으로 훌륭한 작품이다. 등자룡 장군! 아들의 솜씨가 이 정도인지는 몰랐습니다."

그림을 본 진린이 기쁨에 푹 빠져있었다. 등소림은 빙긋이 웃으며 듣고만 있었다.

"섬세한 붓 처리! 살아 숨 쉬는 색채감, 그리고 사실적인 현장감은 보는 이를 감동시키기에 부족함이 없구나. 대단하다. 대단해. 명의 기운이 느껴지는구나."

"도독! 이 그림에 이름을 붙여주심이 어떨는지요?"

등자룡도 기쁨을 감추지 않았다.

"그거 좋은 생각입니다!"

진린이 그림을 노려보며 잠시 고민에 빠졌다가 입을 열었다.

"정왜기공? 어떻습니까? 왜군들을 징벌하기 위해 고금도 바다에 떠 있는 명나라 군선의 위용이 그대로 보이고 있으니……. 역사를 담는 첫 그림!"

"훌륭한 제호입니다. 이 그림과 너무나도 잘 어울립니다!"

등자룡이 만족해하며 말했다. 듣고 있던 등소림이 미소를 머금고 너스레를 떨며 조용히 말했다.

"으———, 도독이 보신 이 그림은 묘법 스님께서 그린 그림입니다."

"무에야? 스님께서 이 그림을 그렸다고?"

진린 도독은 몹시 놀랐다.

"네, 그것도 하루 만에. 아니, 잠시 동안……."

"잠시라고? 그러면 네가 그린 것은 어디에 있느냐?"

"예, 여기에 있습니다."

등소림이 자신의 그림을 보여주었다. 주변 사람들이 모두 그림을 쳐다보았다. 훌륭한 그림이었지만 누구도 감탄하지는 않았다. 주변 사람들의 표정을 본 등소림이 머쓱한 표정을 지었다.

"좋구나, 하지만 오늘 스님이 그린 그림은 내가 가져가겠다. 그리 알거라."

"도독! 그것은 스님의 것입니다. 차라리 제 것을……."

"무슨 말이 많으냐?"

등소림이 묘법을 쳐다보았다. 묘법은 어떤 표정도 짓지 않고 담담히 그들의 대화를 지켜보고 있었다.

"소림아! 난 명나라의 역사를 보고 싶은 것이다. 명의 역사란 명나라 손으로 이루어져야 한다는 것을 의미한다. 알았느냐?"

진린의 말을 듣고 있던 묘법은 충격을 받은 듯 머리가 띵해지고 가슴이 먹먹해지는 것을 느꼈다.

"아…… 예."

등소림이 진린의 강압에 억지로 대답했다.

"내가 말하는데 앞으로 스님은 그림을 그리지 말거라."

"……."

미안함을 숨길 수 없는 등소림은 무덤덤하게 서 있는 묘법을 보았다. 진린 도독은 묘법이 그린 그림을 가지고 장수들과 함께 나가버렸다.


생각에 잠긴 묘법은 등소림에게 혼자 있고 싶다는 말을 하고 막사를 나와 월송대 주변을 걷다가 작은 포구마을에 도착하게 되었다. 마을 사람들이 옹기종기 모여 이야기를 하고 있었다.

"워메, 이순신 장군께서 드디어 출병을 했다네, 그려! 얼마 만인지 모르겠구만?"

"왜놈들이 고금도를 공격한다는 정보를 알아채고는 먼저 금당도로 가신 거래!"

"역시 이순신 장군님이셔! 만일 모르고 있었으면 우리 고금도가 전장터가 되었을 것인디, 다행이구만, 다행이여!"

"참말로, 큰일 날 뻔했구먼!"

"아니, 근디 명나라 수군들은 어째서 출병을 안 한당가? 전장하러 온

거 아니여?"

"금매말씨, 폼만 잡고 댕김시롱 주민들만 괴롭힌다고 하드라고……."

"그러다가 이순신 장군한테 혼났다고 하던디?"

"그 담부터 조심한다고 하대."

"그거야 우리는 모르지. 어찌됐거나 우리 수군만이라도 먼저 가서 다행이네."

마을 사람들의 이야기를 조용히 듣고 있던 묘법이 물었다.

"혹시, 이순신 장군님이 왜군들과 싸우기 위해 금당도에 갔다는 것인가요?"

"그라지라, 왜놈들이 쳐들어온다는 말을 듣고 우리 조선 수군만으로 싸우러 간 거지라."

"그래요. 언제 갔나요?"

"그러니께, 이경 정도 지났겄는디?"

"저기, 어르신. 제가 돈을 드릴 테니, 내일 아침에 배를 댈 수 있겠습니까?"

"돈만 주시면야 가야지라."

"내일 인시에 여기로 올 테니 그때 뵙도록 하지요."

"그랍시다."

묘법은 마을 사람들을 만나고 막사로 돌아오는 길에 소나무가 즐비하게 서 있는 작은 백사장으로 갔다. 하얀 모래밭에 맑다 못해 청아한 바닷물이 지난날의 기억을 쓸어내리듯 잔잔한 파도소리를 만들고 있었다.

진린이 말한 '명의 역사는 명의 손으로 이루어져야 한다.'는 말이 묘법의 뇌리를 떠나지 않았다. 평생을 산속에 사셨던 호암 큰스님의 모습이 물 위에 잔상처럼 언뜻 비춰졌다. 묘법은 큰 스님을 향해 합장을 하고 고금도로 가라 하셨던 의미를 느낄 수 있었다.

묘법의 숙소는 밤새 불이 꺼지지 않았다.


다음 날 이른 새벽, 밤새 미안했던 능소림이 묘법 숙소에 왔을 때 묘법은 없었다. 겁이 난 등소림은 묘법을 찾기 위해 막사 주변부터 찾기 시작했으나 묘법은 없었다. 등소림은 묘법을 찾다가 어느덧 망덕산 아래 이순신의 군영에 도착했다. 이순신의 군영은 경비 군사만 있고 텅 비어 있었다.

'도대체 군사들은 어디로 간 거지?' 하며 이순신의 군영을 돌아본 후, 등소림은 바닷가 마을에 도착했다. 그때, 등소림의 시야에 묘법이 화방 도구를 들고 작은 배에 타려는 모습이 보였다. 등소림이 급하게 묘법이 있는 곳으로 달려갔다.

"스님, 어디 가시는지요?"

"죄송합니다. 제가 오늘 꼭 할 일이 있어서…… 며칠만 지내고 다시 올 테니 기다려 주십시오."

"어디를 가신다는 것입니까?"

"아닙니다. 제 일입니다. 저도 왜군을 물리치고 싶습니다."

"스님처럼 연약한 분이 무슨 싸움을 하신다고 그럽니까?"

"저는 힘이 없어 싸울 수는 없지만, 등 화공처럼 그림으로 조선의 역사를 그리고 싶습니다. 큰스님이 죽음으로 저를 살리신 이유를 이제야 깨달았습니다. 왜 고금도로 가라 하셨는지도 말입니다."

"스님! 위험해서 안 됩니다!"

"죽음에 대한 두려움은 없습니다. 저 때문에 죽은 사람이 너무 많습니다. 가게 내버려두세요."

묘법의 말을 들은 등소림이 잠시 고민했다.

"그럼, 저도 함께 가겠습니다."

두 사람은 어부의 작은 배를 타고 푸른 새벽 기운을 담아 돛을 올렸다. 돛은 바람을 안고 이순신 장군의 전선이 갔던 좁은 해협을 빠져나와 거친 파도가 일렁이는 큰 바다로 나왔다. 싱그러운 새벽 바람을 가득 담은 돛은 빠른 속도로 약산도를 돌아가고 있었다. 약산도를 빠져나오자 명나라의 전선 몇 척이 보였다.

명의 수군을 뒤로하고 돛의 방향을 살짝 틀어서 큰바람을 타고 달려가자 저 멀리 바다 끝에 금당도가 보였다. 푸른 기운은 점점 사라지고 밝은 동살이 주변을 환하게 밝힐 무렵, 금당도에 도착했다. 금당도 뒤쪽에 이순신 장군의 전선들이 매복해 있었다.

묘법과 등소림은 바닷가에 배를 대고 금당도에 있는 산 위로 올라갔다. 해가 절이도 쪽에서 환하게 떠오르고 밤새 우울했던 세상이 기지개를 펴자, 일본 군선인 안택선들이 나타났다.

조선의 판옥선은 절이도에서 나오는 왜선을 향해 대포를 쏘아대기 시작했다. 천지가 들썩거리는 천둥소리와 함께 포탄들이 안택선을 향해 날아가 정확히 관통하자 불꽃을 일으키며 연기가 뿜어져 나왔다. 금세 화염에 휩싸이더니 부서진 왜선들이 바닷물에 침몰하거나 불타고 있었다.

묘법은 절이도에서의 전투 과정을 미친 듯이 그려나가기 시작했다. 처음 들어보는 대포 소리는 엄청나게 컸지만 묘법에게는 전혀 들리지 않는 듯 손끝이 바쁘게 움직였다. 묘법의 손끝에 녹도 만호 송여종과 조선 수군들의 치열한 전투가 그대로 펼쳐지고 있었다. 치열했던 절이도전투는 해가 저물어지면서 끝이 나고 조선의 판옥선들은 의기양양하게 고금도로 되돌아가고 있었다. 묘법과 등소림도 서둘러 화방 도구를 챙겨 작은 배에 몸을 싣고 노을이 지는 붉은 파도를 타고 고금도로 돌아왔다.

등소림은 이순신과 진린이 군사회의를 하고 있는 막사로 화방 도구를 들고 급하게 달려갔다. 막사 안에는 긴장감이 흐르고 있었다. 조선 수군으로 이순신과 송희립, 그리고 명나라 수군으로 진린과 등자룡이 서로 마주 보고 앉아 있었다. 늦게 도착한 등소림은 부관 계금의 눈치를 보며 한쪽으로 가서 섰다.

"도독께서는 어찌 이번 전투에 참여하지 않으셨는지요?"

이순신이 진린에게 물었다.

"우리 수군의 피로가 풀리기도 전에 전투가 벌어지고 말았소. 그래서 우리 수군 일부만 보내 후방에서 전투를 지켜보며 조선 수군의 전투력을 보았소."

"그래요? 피곤할 때 적군이 쳐들어오면 안 해도 되는 전쟁이 있단 말이오!"

이순신 장군이 입가에 미소를 지으며 차분하게 말했다.

"그야, 그렇지만. 아직 지형도 파악이 안 된 터라…… 이해를 하시오."

"조선 수군이 진린 도독에게 작전 계획의 전문을 보냈소."

"그래서, 우리가 후방에서 명의 전선이 대비를 했던 것이오."

"전투에서 약속은 목숨과도 같소. 한 치 차이로 전투의 승패가 바뀌고 그것이 죽음을 결정하오. 특히 연합작전은 상대에 대한 신뢰와 믿음이 없이는 전투에 임할 수가 없는 중요한 것이오. 오늘과 같이 약속이 이행되지 않으면 결국은 모두가 죽게 될 것이오."

염치가 없는 진린 도독이 등자룡 장군을 쳐다보자 등 장군이 말했다.

"감히, 대명나라의 진린 도독에게 훈계를 하는 것이오? 무례하오."

"훈계를 들을 일을 했으면 들어야 하지 않겠소? 육십 먹은 노인도 세 살 아이에게 배울 것이 있으면 배우는 법이거늘 어찌 장수로서 정정당당하지 못한단 말이오."

"하룻강아지 범 무서운 줄 모른다더니, 이자가 하루살이 장수가 되고 싶은 게요?"

"감히, 조선의 삼도수군통제사에게 이자라니? 어디서 배운 말버릇이오."

듣고 있던 송희립이 탁자를 치고 일어나며 말했다. 그러자 등자룡 장군도 탁자를 치고 일어나 칼집을 탁자에 바로 세웠다. 갑자기 싸늘한 한기가 감돌고 말았다. 진린 도독이 웃으며 말을 이었다.

"자, 등 장군 참으시오. 오늘은 우리가 전투에 승리한 날이오. 승리의 축배를 들어도 부족한데 언성을 높여서야 되겠소."

"송희립 장군도 참으시오."

이순신 장군이 송희립의 손을 잡고 자리에 앉히자 진린 도독이 말했다.

"약속을 지키지 못한 것은 장수로서 사과하오."

"밀자에 의하면 명의 수군이 고금도에 도착하자마자 여정도 풀기 전에 명군을 박살낼 욕심으로 공격했다고 들었소."

"그렇습니까?"

"그것도 순천의 왜교성에 있는 고니시가 직접 전투 지시를 내렸다고 들었소."

"고니시가 그랬단 말이지요?"

등자룡은 고니시라는 말에 얼굴이 붉어지고 있었다.

"풍신수길의 최종 목표는 명의 황제가 있는 북경이라는 사실을 모르지는 않겠지요?"

"아, 그렇습니까? 금시초문이라서……."

진린 도독이 모르는 척 태연하게 대답했다.

"전쟁이란 누구의 공을 세우기 위해 싸우는 것은 아니오. 멀리 광동성에서 이곳까지 왔으니 이제는 한 가족처럼 목숨을 나누는 사이가 되었소, 정말 고맙소. 이번 전투에서 얻은 왜선 6척과 수급 수십 개를 드릴 테니, 황제에게 진린 도독의 용맹성을 잘 알리도록 하시오."

"그래요…… 감사하오."

"뭘요. 머나먼 이곳까지 와주신 것도 감사하지요."

"이번 절이도전투를 보면서 조선 수군들의 용맹함과 장군의 기지를 들었소!"

"아닙니다. 전 많이 부족합니다."

"진린 도독과 함께 계시는 등자룡 장군의 용감함과 강직함을 잘 알고 있습니다. 많은 지도편달을 부탁드립니다!"

"아니……."

진린 도독은 이순신에게서 뜻밖의 선물을 받았다. 이순신은 송희립을 데리고 조선 수군이 있는 군영으로 돌아갔다. 진린 도독은 이순신의 인격과 그릇 크기에 크게 감동을 받았다. 이 일을 지켜본 등자룡과 등소림도 이순신이 보통 사람이 아님을 느끼고 깨닫게 되었다. 이순신이 돌아가자 진린이 등소림에게 다가와 물었다.

"도대체 어디에 갔다 왔기에 아침부터 안 보이더냐?"

"죄송합니다."

"어디에 갔었는지 말해 보거라!"

"……"

"어서 말씀 드리거라. 한 번도 이런 적이 없는 네가 무슨 일인 게냐?"

등자룡이 근심 어린 눈빛으로 말했다.

"보고도 안 드리고 자리를 이탈해 죄송합니다."

"어서 말해 보라니까?"

진린은 조금 격앙되었다.

"절이도전투를 참관하고 돌아왔습니다."

"뭣이라고? 조금 전에 끝난 절이도해전을……. 네가 뭣 때문에 갔느냐?"

"저…… 조선 수군의 능력을 보고 싶었습니다."

"등소림, 너! 대단하구나. 그래, 어찌하더냐?"

"이순신 장군의 전략과 조선 수군의 용맹함이 대단했습니다. 또한 조선의 판옥선은 엄청난 위력을 가진 군선이었습니다. 배가 튼튼하고 높아서 화포를 쏘아도 흔들림이 적었고 화포의 포거리가 길어 왜놈의 안택선이 조선의 판옥선을 이긴다는 것은 불가능해 보였습니다. 조선 수군은 희생도 없이 왜선 수척에, 죽은 왜군의 수는 헤아릴 수 없이 많았습니다."

등소림의 막힘없이 내뱉는 말에 진린 도독은 질투를 느끼며 다시 물었다.

"네가 보기에 그 첫 번째 이유가 뭐라고 생각하느냐?"

"판옥선의 위대함과 명령에 따라 일사분란하게 움직이며 목숨을 걸고 싸우는 이순신의 수군들이었습니다!"

"그래? 하지만 우리는 그럴 수 없다! 아까운 내 병사들의 목숨을 지켜주어야 하고 여기는 우리의 전쟁터가 아니니라. 우리의 목적은 명나라를 지키는 것이다. 왜군이 수군을 이끌고 바로 북경을 공격할 수 있기에 우리는 왜군이 물러나게 해서 조선이 명나라의 전초기지가 되면 된다. 여기가 목숨 걸고 싸울 곳은 아니란 말이다!"

"도독! 전쟁은 자기의 이득만 챙길 수 없습니다. 신의와 믿음이 더 중요합니다."

화가 난 진린 도독이 말했다.

"등자룡 장군! 당신은 집안의 원한이 있어 왜군들에게 분노한다는 것은 잘 아오. 하지만 난 내 나라와 병사의 목숨이 더 중요하오. 등 화공! 절이도해전의 상황을 자세히 설명해 보거라. 혹시 그림으로 그렸느냐?"

"……."

"왜 말이 없느냐?"

"……"

"바로 말하지 못할까?"

"도독, 해전을 그려 놓은 것이 있기는 합니다만 제가 그린 것이 아니라……."

"그럼 누가 그렸다는 것이냐?"

"묘법 스님이 자세하게 그려 놨습니다."

"뭐야? 그러면 함께 갔다는 것이냐?"

"예, 저희는 전쟁을 기록으로 남기는 사람들이기에……."

"저희는? 내가 그자에게 그림을 그리지 말라고 했거늘…… 가서 당장 그 그림을 가져오너라!"

얼마 후 등소림이 묘법을 데리고 왔다. 진린 도독 앞에 선 묘법은 담담하고 차분한 모습이었다. 묘법의 손에 든 다섯 장의 그림을 진린 도독이 한 장 한 장 펼쳐보았다. 그림을 본 진린 도독의 얼굴이 겁에 질린 것처럼 굳어졌다.

"그래. 이것 말고 더는 없는 것이냐?"

"예, 없습니다."

묘법이 차분하게 대답했다.

"넌 나와 약속을 지키지 않았다. 당장 저 스님을 가두어라!"

진린 도독이 화를 내며 그림을 촛불에 태워버렸다. 순식간에 벌어진 일이었다. 묘법은 불에 타고 있는 그림을 보고 당황했다. 갑작스러운 상황에 등소림도 놀라기는 마찬가지였다.

"도독! 이러시면 안 됩니다! 이것은 스님이 목숨을 걸고 그린 것입니다."

"듣기 싫다! 당장 끌고 나가거라. 그리고 내일 스님을 처형할 것이니 준비하도록 하여라."

병사들이 묘법을 끌고 나가고 등소림은 어찌 할 줄을 모르며 따라 나갔다. 끌려가는 묘법이 등소림보다 담담하고 편안해 보였다. 묘법이 나간 뒤에 등자룡이 진린 도독에게 물었다.

"어찌 그림을 태워 버린 것인지요?"

"절이도해전은 우리가 승리한 해전이라고 황제에게 보고해야 하는데, 그림에는 명나라 수군이 한 명도 없었소. 혹여나 그 그림이 외부에 알려지면 우리의 거짓이 알려지고 말 것이요.”

“이순신 장군께서 그 공을 우리에게 돌려주기로 약조를 하지 않았습니까? 그림 한 장이 뭔 문제가 된다고 굳이 그렇게까지…….”

“등 장군! 내가 하나 알려주지요. 큰불은 항상 아주 작은 불씨부터 시작되는 법이오. 사람들은 엄청난 재앙의 결과를 미리 알지 못하기 때문에 처음 일어나는 작은 불씨에 대한 두려움을 모르는 것이오. 결정을 해야 하는 사람은 처음 작은 불씨가 어떤 결과를 만들 수 있는지를 판단할 줄 알아야 하는 것이오. 아시겠소?”

“그럼, 처형까지 할 생각이신가요?”

“처형까지 할 생각은 없소. 하지만 지금 정확히 알려주지 않으면 이후에 참담한 결과가 생길 것이오. 그런 결과가 생기지 않도록 사전에 예방하려고 하는 것이오. 아마 내일이 되면 내가 한 말이 무슨 뜻인지 알게 될 것입니다.”

“알겠습니다.”


등소림은 하루 종일 구금되어 있는 묘법을 구할 생각뿐이었다. 철창으로 된 감옥도 아니기에 막사를 지키는 경비병의 눈만 피하면 되었다. 등소림이 모두 잘 아는 경비병들이기에 구할 방법이 있을 것이라고 생각했다. 새벽녘 그들이 졸고 있는 사이에 묘법을 어렵지 않게 꺼낼 수 있었다.

“스님, 죄송합니다. 저 때문에…….”

“등 화공의 죄가 아닙니다.”

“제가 선창가에 배를 준비해 놨습니다. 어서 육지로 도망가셔야 해요.”

“아닙니다. 전 이순신 장군님이 계시는 군영으로 가고 싶습니다.”

"그것은 안 됩니다. 진린 도독의 명을 어기고 도망간 자를 조선 수군이 받아주면 명과 조선의 관계가 불편해질 수 있습니다. 그것은 안 됩니다. 그러니 어서 육지로 도망가셔야 합니다."

"제가 없어지면 등 화공이 난처해질 것입니다."

"전 걱정하지 마세요. 죽이기야 하겠습니까? 어서 가시지요."

"……."

묘법은 대답을 하지 않았다. 등소림이 묘법의 손을 잡고 선창가로 달려갔다. 다급하게 도망치던 등소림과 묘법은 결국 쫓아오는 진린의 군사들에게 다시 잡혔다. 등소림과 묘법은 무릎을 꿇고 앉아 날이 샐 때까지 진린을 기다렸다.

평상시에는 일찍 일어나는 진린이 해가 중천에 떠서야 막사 밖으로 나왔다.

"그래, 도망가면 어디로 가려고 했느냐?"

진린 도독이 웃으며 말했다.

"……."

"왜 말이 없느냐? 도망을 하려고 했을 땐 계획이 있을 것 아니냐?"

등소림이 고개를 들고 말했다.

"특별한 계획도 없었습니다. 단지 저 때문에 스님이 죽어야 하는 상황이 너무나 죄송했을 뿐입니다. 그래서 배를 태워 육지로 보내려 했습니다."

"스님은 억울하지 않소?"

"제 인생은 사는 것 자체가 덤으로 사는 인생입니다. 아무런 미련도 후회도 없습니다. 단 하나, 저 때문에 많은 사람이 죽어갔는데 그 사람들을 위해 이렇게 죽는 것은 예의가 아니라는 생각뿐입니다."

"예의가 아니라? 죽음에도 예의가 있단 말이지?"

"도독! 도망을 가려고 했던 것은 죽을죄이나 한 번만 용서해 주신다면 그 은혜 죽어서도 절대 잊지 않겠습니다."

"죽어서도 잊지 않는다? 그러면 너희들의 목숨이 내 것이 되었다는 것이냐?"

"예, 여부가 있겠습니까?"

"좋아, 그러면 내가 너희들을 좀 더 두고볼 것이다. 하지만 스님이 그림 그리는 것은 다시는 용서하지 않을 것이다."

"감사합니다! 감사합니다!"

등소림은 진린 도독에게 연신 감사의 인사를 올렸으나 묘법은 그 모습을 바라볼 뿐 아무런 표정도 내색도 보이지 않았다.


얼마 후, 더위가 한풀 꺾여갈 무렵, 진린 도독은 등자룡과 계금 그리고 등소림을 데리고 고금도를 떠나 말을 타고 한양으로 달렸다. 왜군의 병영을 피하여 길 안내자를 따라 호마를 타고 쏜살같이 올라가고 있었다.

천조대장군 형개의 명을 받고 중요한 작전 회의를 하기 위해 한양으로 가는 길이었다. 등소림은 조선의 산수와 풍경을 정확히 볼 수 있는 기회를 가졌다. 하지만 늘 함께 있던 묘법과 잠시 떨어진 시간이 무척 길게 느껴졌다. 묘법 또한 등소림이 떠나자 끈 떨어진 연의 신세처럼 답답한 마음이 부초(浮草)같아 지루한 시간을 보내고 있었다.

진린 도독이 한양에 있는 천조대장군 형개가 주재하는 중요한 군사 회의에 참여함으로써 등 화공은 명나라 장수들의 작전 회의 장면을 세세하게 그릴 수 있었다. 진린이 이름 지어준 정왜기공의 그림이 조금씩 채워지고 있었다. 명의 대장군 형개는 명나라 장수들에게 군사작전 계획을 설명했다.

"우리 천조의 군사들은 왜군들을 바닷가 해안까지 밀어냈소. 그동안 조선 땅에서 많은 어려움에도 수고한 그대들의 공로를 치하하오."

"감사합니다. 형개 대장군!"

"이제 조선의 전쟁을 우리의 손으로 끝내려고 하오. 정확하지는 않으나 우리 밀자(密子)들의 첩보에 의하면 풍신수길이 큰 병이 들어서 곧 죽을 것이라고 하오."

"그 악랄한 풍신수길이 죽는단 말입니까?"

"아직 정확하지는 않으나 죽은 것으로 판단해도 무방할 것이오."

"그 교활한 놈이 죽다니……."

진린 도독이 말을 거들며 나섰다.

"드디어 전쟁이 끝나는구만."

회의에 참석한 마귀 장군도 안도의 한숨을 내쉬었다.

"왜나라의 본국에서는 풍신수길의 죽음을 알리지 않고, 조선에 있는 왜군 장수들에게 풍신수길의 이름으로 철수하라는 명령이 곧 내려질 것이오."

"전쟁이 정말 끝나는군요."

동일원 장군의 얼굴에도 미소가 돌았다.

"그래서 우리는 대대적인 소탕작전을 개시하려고 하오! 어떻소?"

"그렇게 하시지요."

"그럼 지금부터 조선의 전쟁을 끝낼 마지막 전투 '사로병진 작전'을 발

표하겠소. 전투일은 9월 20일로 정하고, 지난 울산성 전투를 거울삼아 왜
군들이 서로 도와줄 수 없도록 동시에 공격할 것이오!"

"알겠습니다. 대장군!"

모든 장수들이 동시에 대답했다.

"마귀 장군의 동로군은 가토가 수둔하고 있는 울산성, 동일원 장군의
중로군은 시마즈가 주둔하고 있는 사천성, 유정 제독의 서로군은 고니시
가 주둔하고 있는 왜교성을 공격하오. 이번 전투의 승패는 순천부 왜교성
에 달려 있소! 그래서 바다에서는 진린 도독이 함께 왜교성을 공격하기로
했소!"

"예, 알겠습니다. 그러면 조선 군사들과는 어떻게 할까요?"

유정 장군이 물었다.

"조선의 도원수 권율 장군과 이야기했소. 각 전투의 작전권은 우리 명
군이 가질 것이며 조선군과 의병들도 사로군으로 나누어 우리와 함께하
기로 했으니 잘 활용하도록 하시오. 우리 명나라의 국내 상황도 좋지 않
아 더 이상 조선 땅에서 전투를 하기가 어렵다고 천조께서 판단을 했소.
그러니 이번에 꼭 전쟁을 끝내도록 하시오!"

"잘 알겠습니다."

형개를 비롯한 명나라 장수들은 이번 전투의 승패는 순천도호부에 있
는 왜교성에 달려 있다는 것을 잘 알고 있었다.

"이번 전투의 승패는 순천도호부에 있는 왜교성에 달려 있소. 왜교성에
서 승리하지 못하면 이 전쟁은 다시 원점으로 돌아가거나 아니면 우리가
패하고 말 것이오. 조선도 군수물자가 바닥나 더 이상 전쟁이 어려운 상
황이오. 그래서 우의정 이덕형과 도원수 권율은 육지에서 유정 제독과 그

리고 이순신은 진린 도독과 함께 바다에서 싸울 것이오."

옆에 있던 등자룡이 형개에게 묻는다.

"그러면 수군들의 작전권도 진린 도독이 갖는 것입니까?"

"그건 아니오. 삼도수군통제사 이순신은 독자적인 지휘권을 가지고 전투에 임할 것이오. 잘 들으시오. 만일 이순신의 조선 수군이 뚫렸다면 우리는 조선 땅이 아니라 명나라의 영토에서 왜놈들과 싸우고 있었을 것이오. 우리는 그자 덕분에 큰 피해를 줄인 것이오."

"생각만 해도 끔찍합니다."

"그렇소. 생각도 하기 싫은 일이오. 그래서 왜교성이 중요한 것이오. 유정 제독과 진린 도독은 내 말을 명심하기 바라오."

"예, 명심하겠습니다."


등소림은 조선의 한양 시전의 저잣거리를 둘러본 후 고금도로 돌아왔다. 고금도 병영에 도착할 무렵 해는 서해로 뉘엿뉘엿 지고 있었다. 그동안 묘법이 잘 지냈는지 궁금해 곧바로 막사에 갔으나 묘법이 없었다. 등소림은 두리번거리다가 전선갑판에 있는 묘법을 보고 묘법 옆에 조용히 앉았다.

바다는 노을로 인하여 온통 붉은 물결로 변했고 두 사람은 갑판에 앉아 황혼에 물든 까치놀을 바라보며 앉았다. 등소림이 묘법의 손에 머리빗을 쥐어 주었다.

"등 화공, 이게 뭔지요?"

"한양 시전거리에서 하나 샀습니다. 법복을 걸치고 있으나 머리가 많이 길어 머리빗이 필요해 보여 하나 산 것입니다."

"그러네요, 난리통이라 스님이 되어 머리도 정갈하게 못했으니 참으로 부끄러운 일입니다."

"지금은 난리통이니 부처님께서도 이해하시라 생각합니다."

"그럴까요?"

"참, 저의 작은 소원입니다마는 스님의 법복을 벗으시면 어떨까 하는데?"

"스님이 법복을 벗다니요? 그건 어렵습니다."

"죄송합니다. 제가 주제넘게……."

"아닙니다."

"근데, 스님의 속명은 무엇인지요?"

"예, 저를 소화라고 불렀습니다."

"소화라?! 이름이 참으로 예쁩니다."

"언제부터 속명을 버리고 법명을 쓰셨는지요?"

"저도 잘 모릅니다. 제 동생 돌 잔칫날, 큰스님이 저를 데리고 선암사로 갔는데, 그날부터 산에서 살았습니다. 제 스스로의 결정이라는 것을 한 번도 해 본 적이 없이, 오로지 큰스님이 하라는 대로 지금까지 부처님 얼굴만 그렸습니다."

"가족은 보고 싶지 않으신가요?"

"예전에는 모르고 살았는데, 난리가 터지니까 걱정도 되고 보고도 싶어집니다. 요즘 들어 엄마가 꿈에 자주 보여요. 처음 산으로 들어와 엄마가 보고 싶어 울 때도 생각나고……."

"이제는 보고 싶으면 보고 사세요."

"……."

"누군가 보고 싶으면 보는 것이 죄는 아닙니다."

"……."

"스님! 제가 앞으로는 소화 아씨라고 부르면 안 될까요?"

"……."

묘법은 말이 없었다.

"제가 괜한 말을 했네요."

"아닙니다. 편하게 부르세요."

등소림이 묘법의 말을 듣고 기뻐 일어나 뱃머리에 서서 바다를 향해 나지막이 불러보았다.

"소화 아씨! 소화 아씨."

묘법은 등소림의 짓궂은 모습에 실로 오랜만에 소리 내어 웃었다.

# 한을 품고 날아가다

　덕보가 당나귀를 타고 급하게 왜교성 천수각으로 들어왔다. 금화가 숨을 몰아쉬는 덕보를 보고 물었다.

　"아니, 집사가 웬일로 여기까지…… 집에 무슨 일이라도 있어요?"

　"아씨! 아씨!"

　단오가 물을 떠와 내밀었지만 덕보는 물을 마시지도 못하고 울고 있었다.

　"집사! 어서 말해 봐요!"

　"그만 마님께서……."

　"어머니가 어쨌다는 거예요?"

　"마님이 어젯밤에 돌아가셨습니다."

　"뭣이라고요? 엄마가요?"

　금화가 그 자리에 풀썩 주저앉아 널브러졌다.

　"아씨!"

　단오가 다가와 금화를 부둥켜안았다.

　"나리께서 아씨를 모시고 오라고 해서 달려왔습니다."

"단오야! 어서 가서 우쓰노미아를 불러오너라!"

"예."

단오가 우쓰노미아를 데리러 나간 후, 금화는 옷을 갈아입기 시작했다. 곧바로 우쓰노미아가 들어왔다. 금화의 이야기를 들은 우쓰노미아가 부하들을 불러 가마를 대령시켰다.

"부인, 대장군은 시마즈 장군과 함께 경상도 지역의 우리가 만든 성들을 둘러보고 계십니다. 아마도 수일이 지나야 오시리라 생각됩니다. 떠나시기 전에 저보고 부인을 잘 모시라고 당부를 하셨습니다. 제가 모시겠습니다."

"저야, 장군이 계시면 든든하지요. 그러면 어서 챙겨주시오."

"예, 바로 출발하도록 하겠습니다."

우쓰노미아는 금화와 최소한의 호위무사를 데리고 왜교성을 빠져나와 친정집으로 출발했다. 주변을 두리번거리며 가마를 뒤따르는 덕보는 불안한 표정이 역력했다. 우쓰노미아가 그런 덕보를 자주 쳐다보며 무사들에게 말했다.

"나의 무사들은 들거라! 고니시 장군님의 부인께서 가시는 길이다. 안전에 최선을 다해야 한다!"

"네, 알겠습니다."

호위무사들이 주변을 경계하며 칼집을 바짝 당겼다.

섶나리를 건너 박속유의 집에 도착하자 대문앞에 작은 멍석이 놓여 있고 그 위에 꽃신 한 켤레와 가득 담은 쌀 위에 엽전 한 량씩이 놓인 놋쇠 밥그릇 세 개가 있었다. 금화는 그 자리에서 주저앉고 말았다. 순천도호부 최고의 부잣집 초상답게 마당에 큰 천막들이 여러 개 세워져 있었지만 가내 식솔을 제외하고는 문상을 온 사람들은 보이지 않았다.

얼굴을 천으로 가린 미부가 상복을 입고 안채 마루에 혼자 앉아있었다. 금화는 마루에 차려진 제사상 위에 '顯妣孺人金海金氏神位(현비유인김해김씨신위)'라고 쓰인 신위를 보고 오열이 터져 나왔다. 김씨 부인의 초상집에는 우쓰노미아를 제외한 외부 사람은 단 한 명도 없었다. 김씨 부인의 친정에서조차 아무도 오지 않았다.

김씨 부인은 유명한 의병장을 배출한 뼈대 있는 가문의 자손이었다. 그동안 박속유의 처갓집은 박속유와 의절하고 살았기에 김씨 부인은 여러 가지로 마음의 상처가 깊었다.

첫째 딸 소화는 어릴 때 갑자기 절로 떠나버렸고, 큰아들 미부는 화상으로 평생 얼굴을 가린 채 살아가야만 했다. 둘째 딸 금화 역시 조선의 원수인 고니시에게 시집을 가야 하는 기구한 팔자였다. 작은아들 토부는 집을 가출하여 죽었는지 살았는지도 모른 채 김씨 부인은 박속유에게 시집와서 속 편한 인생을 살아보지도 못하고 끝내 화병으로 죽고 만 것이다. 아니 가슴속이 새까맣게 타버려서 죽었는지도 모른다. 살아서도 외로웠던 김씨 부인은 저 세상으로 가는 마지막 죽음 자리까지도 문상객 하나 없는 쓸쓸하고 외로운 생을 마감해야만 했다.

한여름 밤은 깊어만 가고, 김씨 부인의 죽음을 위로라도 하듯 김씨 부인이 죽은 그날은 낮에만 울던 매미들이 깊은 밤까지 소리 내어 울어댔다. 매미의 울음 사이로 간혹 들리는 풍경소리가 처량함을 더해 을씨년스럽기까지 했다.

여명이 밝아왔지만 문상객 없는 마당을 우쓰노미아가 이곳저곳을 돌아다니며 살피고 다녔다. 박속유가 머물고 있는 사랑채도 아무런 인기척이 없었다. 가내 식솔들이 우쓰노미아와 함께 온 몇 명의 호위무사들에게 아침밥을 내왔고 그들은 마당에 세워진 천막 아래에서 많은 음식을 맛있게 먹었다.

아침 일찍 어딘가를 다녀온 덕보는 집안을 한 바퀴 돌아보고 사랑채로 들어갔다. 사랑채 방에는 술병들이 널브러져 있었고, 박속유는 술에 취해 잠에서 깨어나지도 못하고 있었다. 아침부터 찜통 더위가 찾아오더니 해가 중천에 뜨자 가만히 앉아있어도 온몸이 땀으로 흠뻑 젖었다.

사랑채 안에서 박속유가 깨어나는 인기척 소리가 들리자 하인들이 준비한 속풀이 국물이 있는 밥상을 들고 들어갔다. 하지만 박속유는 술상을 다시 가지고 오라고 성화를 부렸다. 더위에 찌든 제사상 앞에 놓인 향불이 그나마 쾌쾌한 냄새를 지워주고 있었다. 어제처럼 오늘도 문상 오는 사람은 아무도 없었다.

금화는 물론 미부도 아무 말도 하지 않았고 가내 식솔들 중 누구도 입을 열고 이야기하는 사람이 없었다. 밥때가 되면 우쓰노미아의 무사들만 눈치 없이 고봉밥에 돼지고기를 허겁지겁 먹어댔다.

눈물도 말라버린 금화는 미부와 함께 김씨 부인의 죽음 앞에 멍하니 앉아 있을 뿐이었다. 해가 지고 또다시 밤이 찾아왔다. 하지만 더위는 가시지 않고 지난밤처럼 매미만이 쉼 없이 울어댔다. 금화는 문상객이라고는 아무도 없는 집에서 그나마 울어주는 매미가 오히려 고마웠다.

총총한 별들 사이로 달이 뜨자 집사와 하인들이 제사상의 메밥을 새로 바꾸려고 들어왔다. 금화와 미부는 메밥 바꾸고 있는 사람들을 쳐다보았다.

"집사! 장지는 어디로 했는가?"

"어제 아침에 나리께 말씀드렸는데, 마님이 좋아하시는 곳으로 하겠다고 했습니다."

그 말을 들은 금화는 잠잠해졌던 설움이 울컥 솟구쳤다.

"엄마! 난, 엄마가 어디를 좋아하는지도 모르는 무심한 딸이에요. 미안해요! 엄마! 너무 미안해요!"

"아씨, 마님께서는 가슴이 답답하시면 혼자 저녁놀이 예쁜 용산에 올라가 바다를 보시곤 하셨는디…… 아씨가 시집가는 그날도 마님은 혼자서 용산에 올라가서 하염없이 우시다가 왔어라."

"으――흑―――, 난 몰랐어요! 엄마! 용서해요."

금화가 다시 펑펑 울었다.

"그래서 바다가 잘 보이는 용산에 장지를 만들려고 다듬어놨어라!"

"고생하셨네요. 고마워요. 우리 엄마가 죽어서는 외롭지 않아야 하는데……."

"마님이 살아생전에 좋아했던 자리라서 외롭지는 않을 것이구만요!"

"……."

"근데, 내일 상여꾼들이 없습니다. 제가 마을 사람들에게 말을 해도 모두 피해버리니…… 그래서 우쓰노미아의 무사들에게 부탁을 해야 할 것 같습니다요."

"우리 엄마가 왜놈들을 징그럽게도 싫어했는데, 저세상으로 갈 때까지 그들의 도움을 받아야만 하는가요?"

"저도 그러고 싶지는 않은디…… 사람이 부족해서……."

"알았어요. 단오야!"

단오가 금화 앞에 다가왔다.

“가서 우쓰노미아 장군을 오라고 해라.”

“예.”

단오가 나가서 우쓰노미아를 데리고 들어왔다.

“부인, 무슨 일이라도 있습니까?”

“예, 내일 우리 엄마 상여 좀 메주세요.”

“상여를요? 저희들은 안전을 책임져야 하기에 경호를 하는 것이 좋을 것 같습니다.”

“아무 일 없어요. 그러니 오늘은 군사들을 일찍 재우고, 내일 부탁해요.”

“……”

“우쓰노미아 장군?”

“알겠습니다. 그렇게 준비하겠습니다.”

“아씨, 감사합니다. 큰 걱정을 덜었습니다.”

옆에서 듣고 있던 덕보가 좋아하며 말했다.

“뭘요. 당연히 해야지요. 내 엄마 일인데…….”

“아씨, 집에서 일하는 우리 일꾼들이 많은데 우리 식솔들이 상여를 메야 하는 것 아닌가요? 굳이 왜놈들까지 할 이유가 없는데 이상해요.”

“일들이 많으니 그렇겠지.”

단오가 나가는 덕보를 보고 투덜거렸지만 슬픔에 빠진 금화는 단오의 말을 무심결에 흘려버렸다.

밤이 깊어 매미소리도 사라지자 상갓집은 여전히 외롭고 적막했다. 박속유는 술에 찌들어 사랑채에서 나오지 않았고 간혹 들리는 신음 소리와 지친 곡소리가 박속유가 사랑채에 있음을 알려 주었다.

자시가 지나가고 축시가 되자 무사 몇 명과 미부만이 마루에 앉아 졸고 있었고 김씨 부인이 지내던 안채에서는 금화의 흐느끼는 소리가 새어나왔다. 그때였다. 복면을 한 자객들이 살며시 뒷담을 넘어 빨간 왜개초가 주렁주렁 열린 밭을 지나 마구간으로 잽싸게 몸을 숨겼다. 사람의 발소리에 민감한 말들이 놀라 움직이자 짚 다발을 스치는 소리가 밤공기를 타고 들려왔다.

　경비를 서는 무사가 인기척에 마구간으로 발길을 옮기자 매복해 있던 자객들이 순식간에 무사에게 달려들었다. 무사는 칼 한번 제대로 쓰지 못하고　외마디 비명 소리만 남긴 채 쓰러지고 말았다. 잠깐 졸던 우쓰노미아가 비명 소리들 듣고 칼을 빼들고 뛰쳐나와 무사들을 불렀다. 적막했던 상갓집에 긴장감이 흘렀다. 안채에서 칼 부딪치는 소리가 들려왔다.

　"넌, 사랑채의 나리를 지켜라! 그리고 나머지는 안채로 간다."

　우쓰노미아가 뭔가 직감한 듯 재빠르게 안채로 향했다. 이미 안채마당에서 무사들과 자객들이 현란한 칼솜씨를 보이며 한바탕 칼싸움을 하고 있었다. 우쓰노미아가 안채로 들어가는 자객을 보고 재빨리 따라 들어갔다. 방 안에 켜져 있던 불빛이 커지더니 방문을 열고 자객이 들어갔다. 하지만 어두운 방 안은 뭐가 있는지 가늠하기가 어려워 자객이 잠시 혼동을 느끼고 있을 때 우쓰노미아의 칼이 자객을 향해 날아들었다. 미처 도망가지 못한 금화는 어두운 방구석에 숨죽이고 있었다. 일합, 일합 주고받는 대결 속에 일본 최고의 무사와 자객은 한판의 결투가 시작했다.

　"도대체 넌 누구냐?"

　"……."

　"도대체 무슨 원한으로 상갓집까지 와서 이런단 말이냐?"

"……."

우쓰노미아가 자객에게 묻지만 자객은 아무런 말도 없었다. 안채 방에서 밀려난 자객은 마루와 마당을 오가면서 한 치의 양보도 없는 치열한 칼싸움을 이어갔다.

"검 쓰는 솜씨가 넌 일본의 무사이구나!"

자객과 몇 합을 교환한 우쓰노미아는 자객이 일본의 무사임을 금방 알 수 있었다.

"도대체 우리의 무사가 무슨 원한이 있어 박대감 댁에 침입을 한 게냐? 어서 말을 해라!"

"……."

"넌, 필시 날 아는 놈이구나."

자객은 또다시 우쓰노미아를 공격해 왔다. 밀고 밀리는 싸움이 온 집안 전체에서 벌어지고 있었고 단오는 자객들의 칼날을 피해가며 금화를 찾기 위해 발을 동동거리며 안채를 찾고 다녔다.

덕보를 비롯해 가내무사들도 합세해 자객들을 향해 공격을 하자 자객들이 한 명씩 죽어나가고 우쓰노미아와 싸웠던 우두머리 자객이 남은 자객들과 함께 재빨리 뒷담을 넘어 줄행랑을 쳤다. 우쓰노미아는 안채로 바로 들어갔다. 병풍 뒤에 금화가 숨어있었다.

술에 취한 박속유가 사랑채 대청마루로 나와 가누기 힘든 몸을 기둥에 기대며 그 광경을 바라보고 있었다.

"더—— 덕보야! 더—— 덕보야! 게 있느냐?"

"네, 나리!"

취한 박속유가 덕보를 부르자 엷은 미소를 띠며 덕보가 다가왔다. 비틀거리는 박속유를 모시고 방 안으로 들어간 덕보가 한참 만에서야 밖으로 나왔다.

"나리는 주무시는 거요?"

"예."

"부인, 괜찮으신가요?"

"예, 전 괜찮습니다. 범인은 잡았습니까?"

"우두머리는 도망가고 죽은 자들만 몇 명 있습니다. 죽은 자들은 조선 자객들이었습니다."

"조선인이라고요?"

"혹시 짐작이 가는 사람이라도 있는가요?"

우쓰노미아가 묻자 금화가 덕보를 쳐다보았다. 덕보는 금화의 시선을 피해 다친 사람들을 부축해 작은사랑으로 가버렸다.

미부가 금화를 쳐다보더니 가고 있는 덕보를 손가락으로 가리켰다.

"집사가…… 집사가…… 이상해!"

금화가 미부를 데리고 안채로 들어가면서 우쓰노미아를 보고 또 신세를 졌다는 듯이 목례를 올리자 우쓰노미아도 빙그레 웃으며 목례로 답했다.


어젯밤 난리에 박속유의 식솔들은 잠도 이루지 못하고 날이 밝았다. 여름 햇살이 아침부터 따갑게 비추었다. 김씨 부인이 누워있는 관을 들고 마당에 놓여 있는 꽃상여에 태웠다. 만장을 들어줄 사람도 없고 죽은 사람을 위해 만가(輓歌)를 불러 줄 소리잡이도 하나 없었다. 만장 하나 없이 가내무사들과 왜군 무사들만이 상여를 들고 바다가 훤히 보이는 용산으로 올라갔다.

따갑다 못해 불타는 듯한 더위를 품은 바다의 쾌쾌한 갯냄새가 바람결에 풍겨왔다. 땀을 비 오듯이 흘리는 상여꾼들이 김씨 부인이 죽어서는 외롭지 않을 용산에 시신을 묻어 주었고 금화와 미부는 해가 지고 저녁놀에 물들어 온 세상이 벌게질 때까지 그 자리에서 울고 또 울었다.

"소화 언니! 토부야! 엄마가 죽었어. 불쌍한 우리 엄마. 어떻게 해!"

금화가 통곡을 하며 김씨 부인의 죽음을 온 누리에 알리고 있었다.


부르는 소리에 잠에서 깬 묘법이 놀라며 일어났다. 등소림이 소화가 있는 막사 안으로 들어왔다.

"묘법 스님! 어서 가야죠. 낙성식에……."

"어찌 그리 멍하니 앉아만 계신지요?"

"방금 꿈에 어머니를 보았어요."

"그래요?"

"생시처럼 선명하게 보였어요."

"어머니가 어찌 보이던가요?"

"제가 어딘가를 걸어 올라갔는데 도착한 곳이 관왕사당이었이요. 제가 문을 열고 사당을 보자 그 안에 어머니가 밝게 웃고 앉아 계셨어요. 반가워서 '어머니' 하고 부르자 어머니가 날 오라고 손짓을 해서 들어갔더니 절 꽉 안아주시더라고요. 그때 등 화공의 목소리에 잠을 깨었어요."

"오늘이 관왕사당 낙성식이라 그런 꿈을 꾸었나 봅니다. 어머니가 밝은 얼굴로 안아주었다고 하니 좋은 일이 있을 것 같아요. 어서 가요! 우리의 생명을 지켜주는 관운장을 모시는 곳이니 어서 갑시다!"

등소림은 묘법을 안내하며 월송대 숲 속에 있는 관왕사당으로 올라갔다.

# 부끄러움을 모르는 사람

조계산을 점령해 끝도 없이 울어대던 매미소리도 사라지고 장군봉에서 부터 울긋불긋한 나뭇잎들이 하나둘씩 물들어가는 어느 날, 진구가 선암 사 보리암으로 급하게 달려왔다.

"이순신 장군이 절이도 해전에서 엄청나게 큰 승리를 했대!"

"그게, 참말이여!"

"오메, 얼마 만에 들어보는 승전보야?"

"우와! 이순신 장군 만만세! 난 이순신 장군님 한 번 보는 게 소원인디, 인자 봐질란가 모르겠다."

누워있던 차돌이가 벌떡 일어나며 한마디 외쳤다.

"이순신 장군의 화포를 맞은 왜선 수십 척이 박살나 바다에 침몰했고 왜놈들도 헤아릴 수 없이 빠져 죽었대!"

"수십 척이나?"

"그래, 왜놈이 수천 명이나 죽었다는 소문도 있어…… 저녁노을이 질 때 싸움이 끝났는데 금당도하고 절이도 사이가 완전 피바다였다는디!"

진구의 말을 듣고 있던 토부가 끼어들며 말했다.

"절이도면 아주 가까운 곳이잖아? 절이도 옆이 나로도이고 그 옆이 좌수영이고…… 그러면 왜교성도 금방인데, 이제 우리가 집에 갈 날도 머지 않았네!"

"명나라 수군도 오백 척인가? 일천 척인가? 아무튼 엄청난 군선이 들어왔고 고금도에서 공격할 날짜만 세고 있다던디? 이순신 장군이 이끄는 우리 조선 수군도 백 척이나 된대."

"뭐, 백 척? 언제 다 만들었대? 명량해전 때 열세 척밖에 없어 힘들게 싸웠는데, 대단하다!"

"합하면 바다를 다 덮어 불겄다야!"

차돌이 말했다.

"바다를 어떻게 덮나?"

"그러게, 내가 조금 과했나?"

차돌이가 머리를 긁적이자 한바탕 모두 웃었다.

"내가 부읍성 주변을 돌아봤는데, 읍성에 왜군들이 보이질 않아. 대부분 왜교성으로 들어갔다고 하더라구…… 부읍성에서 선암사까징 오는 도중에 왜군들을 한 명도 못 봤다니까……."

"참말이여? 그 많던 왜군들이 왜교성으로 들어가 버렸다고?"

토부가 의아하다는 듯 머리를 갸웃했다.

"소문에는 왜놈들이 도망가려고 하면서 조선의 기술자들을 강제로 끌고 가고, 이미 많은 도공이나 화공들을 일본으로 보냈다고 하더라고……."

"도망을 가? 왜 그러지……."

진구가 말하자 유정의 눈초리가 매서워졌다.

"육지에서도 명나라 군사들 수만 명이 한양에서부터 내려오고 있대. 우리야 정확한 이유는 모르지만 전세가 바뀌고 있는 것은 사실이야."

"며칠 전에도 인근 송광사에서 탑과 탱화들을 가지고 도망쳤다고 그랬는디……."

"송광사에서?"

"응."

"송광사는 임진년부터 수인, 의능, 삼혜, 옥형 스님 등 승병장이 많은 곳으로 왜놈들이 정말 싫어했는데…… 치사하게 송광사의 문화재를 훔쳤단 말이지. 도둑놈들……."

"내가 왜교성에 갇혀 있을 때, 고니시가 직접 한 말인디 묘법 스님을 잡으려고 안달이 났드라고……."

유정은 갑자기 옛일이 생각났다. 토부가 짜증스레 입을 열었다.

"나도 들었는데 보성에서 도자기 굽는 도예공들을 많이 잡아갔다고 했어."

"그래! 그들이 철수하려고 하는 것이 맞는 것 같다. 그러면 우리가 여기서 편안하게 있을 때가 아니다. 고니시가 쉽게 도망가게 해서는 안 되지!"

모든 이야기를 듣고 있던 유정 대장이 말했다.

"그래, 쉽게 보낼 수는 없어!"

"고니시! 그 원수 놈을 그냥 좋게 보낼 수 없다. 우리 누이도 구해야 하고. 자 내려가서 상황을 알아보자."

토부가 목에 힘을 주고 말했다.

귀신 의병들은 작은 짐 보따리를 챙겨 과하마를 타고 부읍성으로 내려갔다. 왜군 병사들을 만날까봐 조심스럽게 주변을 살피며 내려갔으나 단한 명의 왜군 병사도 만나지 못했다.

며칠 사이에 세상이 이렇게 바뀔 것이라고는 상상할 수 없었다. 부읍성에 들어가기 전에 오리정에 도착하자, 사람들이 오리정 정자에 옹기종기 모여 웅성거리고 있었다. 마을 사람들 주변에서, 조선의 영웅인 달빛 그림자가 입었던 검은 복장에 검은 두건을 쓰고 칼싸움 놀이를 하는 아이들이 보였다. 유정과 진구는 그런 복장을 하고 놀고 있는 아이들을 보자, 서로 시선을 마주치며 피식 웃었다.

귀신 의병들은 조선 백성들이 편안하게 오순도순 모여 있는 것 자체만으로도 뛸 듯이 기뻤다. 참으로 오랜만에 보는 풍경이어서 사람들이 모여 있는 오리정 정자 가까이 다가가 보았다.

"소문에 명나라 유정 장군이 남원까지 오만의 병사를 데리고 왔다네?"

한 남자가 사람들을 모아 놓고 이야기를 하고 있었다.

"아저씨, 명나라 장군 이름이 유정이여요?"

차돌이가 궁금했는지 물었다.

"그래, 명나라 총대장의 이름이 유정이래. 유정! 여자 이름 같지?"

"우와, 유정 대장! 너하고 이름이 같네."

차돌이가 유정을 보며 작은 소리로 말했다.

"조용해, 들어보게."

유정이 손가락으로 조용히 하라며 차돌이의 입을 막았다.

"아니, 왜교성으로 내려오는 명나라 군사가 오만 명이나 된다고요?"

옆의 사람이 궁금했는지 놀란 눈으로 반문했다.

"그래요, 분명히 오만이라 들었당께요! 명나라 부대가 네 군데로 나눠

서 9월 하순에 전부 공격을 하기로 했다네. 동로군은 울산성을 중로군은 인근 사천성을 그리고 서로군은 왜교성을 공격하기로 약속했대요.”

“세 군데만 오는데, 왜 네 군데라고 했대요?”

궁금해진 유정이 물어보았다.

“오메, 생긴 것은 곱상하게 생겼슴서 솔찬히 성질머리가 급하네!”

“아니, 이상해서요.”

“들어봐라! 그래서 한 군데가 어딘고 하면, 바로 바다여!”

그랬다. 보리암까지 퍼진 소문은 틀리지 않았다. 왜교성 공략을 육지에서는 유정 장군과 권율 장군이 함께 진격하고, 바다에서는 진린 도독과 이순신 장군이 합동하여 수륙양면으로 고니시를 박살내고 왜군들을 바다 속으로 몰아넣어 죽일 계획을 세웠던 것이다. 중요한 것은 군사작전권이 명나라 장수에게 있었다는 것이다.

“글면, 이순신 장군이 왜교성까지 와서 싸우겠네요?”

신이 난 차돌이 마을 어른에게 물었다.

“당연하지! 이순신 장군이 누구냐? 열세 척으로 수백 척을 박살낸 장수 아니냐고? 왜교성을 아주 장작 패듯이 박살내고 말 것이구만!”

“아저씨, 그러면 왜교성을 공격하는 군사가 제일 많겠구만요?”

흥분한 차돌이 연이어 물어봤다.

“그러제! 그만큼 왜교성이 중요한 것이여. 근데 고니시가 어떤 놈이냐? 왜군 병사들을 왜교성에 다 모아놓은 숫자가 어마어마헌갑드만! 그 놈들이 왜교성 안을 가득 메워서 이제는 성 밖에 나무로 경계를 하고 대비를 하고 있당께.”

“그래라! 그라고나 많타요?”

동네 아낙들도 오랜만에 신이 나서 입을 다셔가며 물어보았다.

"고놈들이 백성들의 코며 귀를 얼마나 많이 베어 갔소. 죽인 사람들이 또 얼마고…… 그놈들은 인간도 아니랑께!"

험상궂게 생긴 한 남자가 눈에 쌍심지를 켜고 나섰다.

"고니시가 사람이 아니고 정말로 사람 피만 빨아먹는 귀신이라는 소문도 있당께요!"

"워메, 뭔 귀신 씻나락 까먹는 소리여! 사람이 귀신하고 어떻게 산단가? 박속아지 딸이 고니시하고 살고 있는디 글먼 그 아씨가 귀신하고 산다고?"

"하───하하하. 고것이 또 그렇게 되는구먼."

"고니시보다 더 독한 놈은 박속유인가 박속아지인가 하는 놈이제. 어떻게 지 자식을 팔아먹고 지만 배띠아지 뜨뜻하게 살 수가 있다는 거여, 금화 아씨만 불쌍해."

"아! 글시, 아씨가 아직까지도 합궁을 안 했디야?"

"워메, 뭔 일이단가? 시집간 처자가 아직까지 합궁을 안 하다니?"

"고니시가 고잔갑네?"

"우와, 고자래?"

마을 사람들은 모두 한바탕 배꼽을 잡고 웃었다.

"얼마 전에, 마을 사람들과 함께 낫과 괭이를 들고 박속아지 집에 쳐들어 갔었지라?"

"그래서라?"

"아니, 그 박속아지 놈이 왜놈들한테 재산을 다 빼앗겼다고 올해는 소작료를 작년보다 1할을 더 달라는 거야."

"워메, 8할이요! 아니 그런 도적놈이 어디 있대요?"

"칼만 안 들었지 도적 중에 상도적이여."

"전쟁통에 남들은 쌀 한 톨이 없어 굶어 죽어 가는데, 그놈은 수천 석의 쌀을 가지고 있음서 그런 구두쇠 짓을 허니…… 정읍에 있는 김 부자는 큰 가마솥을 걸어 함께 나누어 먹었다고 하던디."

"그래서 사람이라고 다 사람이 아닌 거여."

들고 있던 사람들이 모두가 혀를 차며 한마디씩 했다. 그러자 누군가가 나서며 말했다.

"아니, 난 이해가 안 간당께?"

"뭐가요?"

"우리가 고통 받고 힘들어서 아무런 희망도 없을 때, 우리의 영웅 '달빛 그림자'가 있었잖여?"

"그래, 조선의 영웅이며 우리의 희망 '달빛 그림자' 말만 들어도 기분 좋네, 근디 뭐가 이상해?"

"그렇게 신출귀몰한 우리의 영웅이 더 위험헌 상태에서도 왜놈 장수들을 죽였는디 왜 박속아지 집은 그냥 뒀을까? 나쁜 짓을 따지면 저승에 일등으로 가야 할 놈인디?"

"자네 말 들어보니 그것도 그렇네! 참으로 이상한 일이그만……."

"아 그건 그렇고, 하던 이야기나 계속 해보시오."

"그려. 그날 박속아지가 우리보고 뭐라고 그런지 아요?"

"뭐라고 했는디요?"

"'낫 들고 괭이 들고 나타나니께 자네들이 배고픈 승냥이처럼 보이는구만.' 글더라고. 하도 어이가 없어서……."

"아니, 그놈을 그냥 두고 왔어요? 나 같으면 죽더라도 한번 붙어 부렀을 것인디."

"우리도 그러려고 했제, 갈 때는 그냥 갔겄어? 박속아지 콧구멍이라도 쑤셔서 똥구멍에 든 쌀 한 톨이라도 빼내 불라고 갔제."

"근디요?"

"창고를 가 봤는디 생각보다 쌀은 없더라고…… 왜놈들이 많이도 뜯어 갔더라고. 그래도 남아 있던 쌀가마니를 들고 나오려고 하는데, 아니 왜놈들이 들이닥치더라고. 정확히 말하면 박속아지 사위 쫄다구들이 온 거지."

"워메, 어찌 알고 왔다냐?"

"그거야 뭐, 살라고 바로 연락했겠지. 왜놈들 칼 앞에서 아무 소리 못하고 모두 나왔는데, 얼마 후에 왜놈들이 여러 대의 수레에 쌀을 가득 싣고 가더라고……."

"없던 쌀이 어디서 생겼는지 모르겠드라고? 열불 나서 속이 터져 불더라고. 우리는 쌀 한 톨 못 가지고 돌아왔는디. 어디서 없던 쌀을 계속 싣고 나가는 것을 보니까 가슴에서 요만한 화딱지가 서꾸로 막 솟아 기어오르더라고. 그날 내가 안 참았으면 여럿 줄초상 났을 것이구만."

"참지 말아야지, 왜 참어. 조선 사람들은 참지 말아야 할 때 참드라고……."

"워메. 그 쌀을 우리가 가지고 왔어야 하는데, 박속아지 그놈은 좀 당해도 싸당께."

유정이가 토부의 얼굴을 살피고 있었다.

"그 이야기 못 들었어요?"

"뭔 이야기?"

"박속아지가 남원에 와 있는 명나라 유정 장군한테 그동안 고니시한테 받은 선물이랑 쌀 그리고 큰아들까지 바치고 왔대요."

"어릴 때 화상 입어 평생 얼굴 가리고 산다는 그 아들을?"

"그래, 참으로 비정한 놈일세. 지 목숨 붙이려고 또 자식을 팔아?"

"사람은 뭔 사람이야, 개만도 못한 놈한테."

"박속아지하고 비교하면 개도 멍멍하고 서운할 것이네."

"아하하하ーー."

그곳에 같이 있던 토부는 고개를 숙인 채 한숨만 푹푹 내쉬며 서 있었다.

"왜놈들 세상에서 인자 명나라 시상이 되어갈까 무섭네…… 쳇!"

"사나운 개 콧등 아물 날 없다더니 조선 백성들만 요리 물리고 저리 물리는 것 아니여…… 워메 답답한 거!"

"왜놈 세상에서 명나라 세상이 되니, 바로 바꿨네, 바꿨어. 더러운 놈! 대단해, 대단해, 자, 박속아지를 위해 박수!"

마을 사람들은 박수를 치며 십 년 묵은 체증이 내려가기라도 하듯이 깔깔대며 크게 웃었다. 그 말을 듣던 유정의 마음속이 아릿했다. 토부는 고개도 들지 못하고 어비골 향림사까지 달려가 버렸다.


토부는 향림사 대웅전에 앉아 있었다. 유정과 진구 그리고 차돌은 토부 옆에 가만히 앉아서 해가 질 때부터 다음 날 이른 아침까지 있다가 나왔다.

귀신 의병들은 인적 없는 을씨년스러운 새벽길을 따라 부읍성으로 내려갔다. 북문을 열고 읍성으로 들어가니 관아 건물들이 즐비하니 보였다.

하지만 폐허 건물처럼 인기척은 들리지 않았다.

조선의 여인들이 매일 고통에 시달렸던 대나무밭 초가도 진구 엄마를 죽게 만든 향청도 주 씨가 불을 질러버린 곡간과 내사 그리고 유정이 태워버린 감옥도 앙상한 잔해만을 간직하고 있었다.

유정은 공북당이라 써진 동헌 안이 늘 궁금했었다. 인자함이라고는 전혀 없어 보이는 무섭게 생긴 늙은 호랑이가 가운데 '턱' 버티고 앉아 기침이라도 한 번 하면 온 천지가 흔들릴 것 같은 그런 곳이었다. 유정은 한 번도 들어가 본 적이 없는 공북당 안으로 들어갔다. 텅 빈 공간에 구멍이 숭숭 뚫린 병풍에 의자는 한쪽 구석에 처박혀 있고 문짝도 바람에 덜컹대고 있었다. 의자를 들어 가운데에 세워놓고 그 자리에 앉아보았다. 늙은 호랑이가 아닌 초라한 벌거숭이가 앉았다고 생각하니 마음이 쓸쓸해 아파왔다.

동헌을 나와 아버지 주 씨가 있을 것 같은 감옥으로 갔다. 한쪽이 불타버린 감옥은 수리가 되어 다시 감옥으로 사용할 수 있게 되어 있었다. 유정은 쓸쓸한 기분을 안고 성벽 위 연자루에 올라 사람이라고는 살았을 것 같지 않은 초라하고 황량한 술도가, 유정이 집을 바라보았다. 유정은 자신의 어린 시절 행복과 추억까지도 모두 사라져 버린 것 같아 자신도 모르게 눈물이 주르륵 흘러 내렸다.

진구는 연자다리를 건너 옥천으로 내려가 바위에 앉아 멍하니 물속을 바라보았다. 억새가지를 꺾어 흐르는 물속에 넣고 이리저리 흔들며, 흐르는 맑은 물을 살포시 어루만져 주고 있었다. 유정은 그런 진구를 쳐다보며 가슴이 먹먹해져 왔다.

귀신 의병들은 폐허로 변해버린 유정의 집을 함께 치우고 바로 진구 집으로 들어갔다. 진구가 자신의 집을 한참 동안 말없이 둘러보다가 한쪽 처마 끝에 불을 붙이자 불길은 순식간에 활활 타올랐다. 진구는 멍하니 바라만 보았다.

귀신 의병들은 용수골 당집에 올라가 누구랄 것도 없이 진주댁과 차돌의 가족묘에 절을 하고 멍하니 앉아만 있었다. 당집도 깨끗이 치우고 나서야 비좁은 당집 방에 예전처럼 널브러져 누웠다. 누군가 "고니시가 도망가기 전에 금화 아씨하고 단오를 구해야 하는데." 하고 중얼거렸다. 그 소리는 귀신 의병들이 잠시 잊고 있던 고니시에 대한 복수심이 샘솟듯 끓어오르는 기폭제가 되었다.

# 토부의 고니시 생포 작전

무술년 9월 중순, 단풍이 점점 산 아래를 향해 내려오고 있었다. 귀신 의병들은 향림사 뒷산에서 겨울 땔감에 쓸 나무들을 하고 있었다, 어디선가 나발 소리가 들리는가 싶더니 누군가가 "명나라 군사들이 오리정에 들어온다!"라고 소리쳤다.

귀신 의병들이 오리정 정자 옆에 있는 다리로 달려가니 이미 고을 사람들이 웅성웅성 모여 손을 흔들고 있었다. 수없이 많은 깃발과 나발 사이에 하얀 말을 탄 유정 장군, 그 뒤로 부하 장수들이 대오를 맞춰 들어오고 있었다. 얼굴을 얇은 천으로 가린, 박속유의 큰아들 미부도 말을 타고 들어오고 있었다. 토부는 형 미부를 한눈에 알아보았다.

천조황군의 위세와 당당함에 겁이 난 귀신 의병들은 북문 입구까지 따라 내려갔다. 이미 북문 입구에는 많은 사람들이 줄을 서서 기다리고 있었다. 그 무리 속에 도망간 관아 관리를 포함해 꺽쇠와 시전 패거리들이 모두 나와 유정 장군을 맞이하고 있었다. 순천도호부 부사는 이순신 장군과 함께 수년 동안 바다에서 전쟁을 하며 힘든 나날을 보내고 있었던지라 그 자리에는 보이지 않았다.

귀신 의병들은 도망가고 숨어버리거나 왜군들의 앞잡이를 했던 관아 아전들을 보니 주먹으로 귀뺨을 죽을 만큼 때려주고 싶어졌다.

밤이 되어 토부는 미부를 만났다. 얇은 천으로 얼굴을 가리고 있는 미부는 유정 제독의 옆에서 통역관으로 일한다고 했다. 어려서부터 명나라와 왜나라 말을 배웠던 것을 요긴하게 활용하고 있었다.

미부가 어렸을 적 기름에 덴 얼굴 화상 때문에 얼굴을 얇은 천으로 가리고 있는 것을 볼 때마다 토부는 항상 미안한 마음을 가지고 있었다.

"토부야, 머지않아 전쟁은 끝나. 유정 제독은 명나라 군사들 피해 없이 전쟁을 끝내고 싶어 해! 그래서 고니시를 꾀어 생포하고 싶어 하는데 방법을 못 찾고 있다."

"그래요, 우리 귀신 의병들도 고니시를 죽이고 싶어 안달이 났어요. 고니시가 도망가기 전에 누이를 구해야 해! 우리 귀신 의병은 절대 고니시를 살려 보낼 수 없어요!"

"귀신 의병?"

"예, 친구들과 함께 귀신 의병대를 결성해 그동안 많은 공을 올렸어요."

"그래, 대단했구나!"

"고니시를 꾀어 낼 수 있는 사람은 딱 한 사람밖에 없어요."

"누군데?"

"금화 누이밖에 없어요. 단오를 만나 금화 누이에게 우리의 계획을 전달하고 고니시를 잡을 방법을 생각해 볼게요."

"그래 줄래? 좋아, 그렇게 하자."

"그러면 형님은 유정 장군에게 이야기하고 나는 귀신 의병들과 함께 논의할게요."

며칠이 지나 미부가 귀신 의병들을 객사로 불러들였다. 토부를 포함한 귀신 의병들이 유정 제독 앞에 섰다.

"그래, 네가 통역관의 동생이라고?"

"예, 제가 통역관을 하고 있는 미부의 아우, 토부라고 합니다."

당찬 성격인 토부의 목소리가 맑고 낭랑하게 들렸다.

"그래, 좋은 계획이란 뭐냐?"

"그동안 우리 친구들이 고니시를 죽이기 위해 여러 가지 방법을 동원해 봤습니다. 하지만 쉽지 않았습니다. 먼저 장군께서는 사자(使者)를 보내 중간 지점에서 만나자고 제안하시면 됩니다. 조건으로 고니시가 나올 수밖에 없는 철수에 관한 평화교섭 조건을 보내면 나오리라 판단합니다."

토부의 말을 듣고 있던 차돌이 유정에게 귓속말을 했다.

"무서운 사자(獅子)를 보내면 고니시가 열 받을 텐데……."

"그러게, 명나라 군사들은 사자도 데리고 다니는가 보네?"

"말로만 듣던 사자야. 신기하지?"

둘은 사자라는 말에 놀라 귓속말로 진지하게 이야기를 속삭이다가 토부가 둘을 노려보자 재빨리 말을 멈추었다.

유정 제독이 토부에게 물었다.

"고니시가 만약 나온다면 그 다음은?"

"고니시는 의심이 많은 사람이라 확인하고 또 확인할 것입니다. 유사시를 대비해 군사들이 언제라도 출동할 수 있도록 준비를 시킬 것입니다.

또한 교섭 장소에 군사가 얼마나 있는지도 미리 확인할 것입니다. 그래서 매복은 하되, 철저하게 해야 의심 없이 나타날 것입니다. 안전하다고 믿게 만드는 것이 중요합니다.”

“그래, 믿게 만드는 것이 중요하지. 근데 왜놈들도 군사를 대기시켜 유사시에 출병을 할 텐데 그것은 어떻게 막을 수 있단 말이냐?”

“오는 길목에도 매복을 시켜두어야 합니다. 그래서 고니시가 성문을 열고 나오면 연기를 자연스럽게 피워 서로 간에 신호 깃발을 볼 수 없게 만들어 지원병을 막아야 합니다.”

“그것 참 좋은 생각이구나.”

“근데 제일 중요한 고니시가 밖으로 나와야 하는데, 어떻게 나오게 한다는 것이냐?”

“고니시가 나오게 꾈 수 있는 사람이 한 사람 있습니다.”

“그게 누구더냐? 그런 사람만 있다면 성공이나 다름이 없지.”

“고니시가 제일 좋아하는 그의 부인입니다.”

“부인이라? 우리가 그녀를 어떻게 만난단 말인가? 만난다 해도 우리의 말을 들어줄 이유가 없지 않느냐?”

토부는 미부의 얼굴을 보고 담담하게 말했다.

“불행하게도 저의 누이가 고니시의 부인입니다.”

“뭣이라고, 너의 누이가? 그러면 통역관의 누이가 고니시의 부인이라고…….”

유정 제독이 미부와 토부를 쳐다보았다.

“그래, 알았다. 모두 물러가거라.”

유정 제독이 갑자기 이야기를 중단하고 아이들을 돌려보냈다. 미부를 포함해 귀신 의병들은 모두 나가고 부총병 오광만이 남아있었다.

"아니, 통역관의 누이가 고니시의 부인이라니? 믿을 수 없구나. 우리의 비밀 정보가 고니시에게 모두 들어갈 수 있다는 소리잖아?"

"그러게요. 전혀 모르는 일이었습니다. 미부의 품성으로 봐서 정보를 빼돌리는 사람처럼 보이지는 않았습니다마는……."

"어찌됐든 조심하거라. 그리고 박 대감에 대해 자세하게 알아보거라."

"그놈이 직접 와서 재물도 주고 통역관도 준 사람 아닙니까?"

"그러니까 말이다. 어쨌거나 보통 놈은 아니구나. 자신의 자식을 힘을 가진 권력자에게 주다니? 자세히 알아보거라."

"예, 알겠습니다."

막사를 나온 토부는 유정 제독의 갑작스러운 행동을 보고 불안해졌다.

"내 계획이 별로였을까?"

뒤따르던 차돌이 뭔가 생각난 듯 토부에게 물었다.

"토부야, 근데 왜 무서운 사자를 보내?"

"무서운 사자라니? 무슨 말이야?"

토부가 의아해 차돌의 얼굴을 쳐다봤다.

"조금 전에 니가 고니시한데 먼저 사자를 보내야 한다고 했잖아?"

차돌이가 되묻자 듣고 있던 유정도 거들었다.

"나도 들었어. 니가 사자를 보낸다고 하니 유정 장군도 당연한 듯이 고개를 끄떡이더라고……."

"아! 이런 무식한 놈들을 봤나? 그 사자(使者)는 '어-흥' 하는 짐승 사자(獅子)가 아니고 이편의 말을 전달하는 사람을 사자(使者)라고 하는 거야! 요런 무식한……."

진구가 차돌과 유정의 이마에 꿀밤을 주자 토부가 웃었다.

"아, 그런 거였어? 우리는 무서운 사자를 왜 보내나 했네."

걸어가면서 모두는 한바탕 크게 웃었다.


왜교성의 천수각에 밝은 아침 햇살이 비추고 있었다. 고니시는 아무런 말도 없이 관음포의 먼 바다만을 바라보고 있었다. 눈앞에 비치던 부드럽고 포근한 햇살이 처마를 넘어 머리 뒤에서 붉은 노을이 아름답게 비추고 별과 달이 떴어도 고니시는 아무런 말도 없이 망해루에서 그대로 서 있었다. 우쓰노미아가 망해루로 올라왔다.

"장군님! 이제 그만 안으로 드시지요?"

"……."

고니시는 아무런 대꾸도 없었다.

"장군님, 안으로 드셔야 합니다."

"우쓰노미아, 술상을 보거라, 술이나 한잔 하고 싶다!"

천수각 2층에 있는 금화도 하루 종일 꼼짝하지 않던 고니시가 걱정되었는지 망해루에서 내려가는 고니시의 뒷모습을 지켜보고 서 있었다. 잠시 후, 고니시와 우쓰노미아가 조촐한 술상 앞에 마주 앉았다.

"우쓰노미아, 네가 본 조선은 어떤 땅이더냐?"

"무슨 연유에서인지요?"

"연유는 없다. 네가 그동안 느낀 대로 말해 보거라!"

"예, 제가 본 조선은 참으로 복 받은 땅이었습니다."

"그렇구나, 너도 나와 비슷하구나."

"그런데, 어찌?"

"조선을 정벌해서 일본 땅으로 만들면 일본 열도로 가고 싶지 않았다. 이 조선 땅이 참 좋았다."

"그렇게 좋았습니까?"

"그래. 그래서 난, 조선의 여인을 부인으로 삼지 않았느냐? 물론 예쁘기도 했지만 조선이 그만큼 좋았던 것이다."

"조선의 땅이 고니시 장군님의 손에 들어오는 것은 시간문제인데, 어찌 고민을 하시는지요?"

"우리는 지금 왜교성에 고립되고 말았다. 하지만 난 두렵지 않다. 우리 병사와 함께라면 싸울 의지가 없는 명나라 군사 따위는 걱정의 대상이 아니다. 하지만 나를 끊임없이 괴롭히고 자존심을 뭉개버리고 의지마저도 짓밟아버리는 조선의 의병들과 그 아이들 그리고 짓밟아도 또 짓밟아도 죽지 않고 일어나는 조선의 민초들은 쉽지가 않구나. 내가 조선 땅을 가져도 그들의 마음은 절대 얻을 수 없으니……."

"장군님! 힘은 창끝에서 나온다고 했습니다."

고니시는 아니라는 듯 머리를 크게 저었다.

"나도 지금까지 그렇게 알고 살았다. 그래서 수없이 많은 사람들이 내게 무릎을 꿇었고 죽임을 당했지. 그 힘은 창끝 앞에서만 가능하다는 것도 알게 되었다. 모든 인간은 조금씩 차이는 있지만 나와 비슷한 생각을 하고 산다는 것도 최근에 알았다. 창끝만 벗어나면 자기 판단을 하고 자기 행동을 한다는 것이지."

"잘 모르겠습니다. 저는 조선을 정벌하라는 대합전하의 명을 받고 충실하고자 합니다."

"대합전하! 그래, 우리의 법이고 우리의 힘이지. 하지만 인간은 시간이 지나면 다 내려놓아야 한다는 것이다. 대합전하 만세! 으하하하."

고니시가 갑자기 벌떡 일어나 만세를 부르며 호방하게 껄껄껄 웃어 재꼈다. 두 사람의 그림자가 막사천막에 투영되어 비치고 있었다.


9월 열닷새, 아름다운 고금도에 변함없이 아침 해가 떠올랐다. 9월 스무날, 정유재란을 끝내기 위한 사로 병진작전의 총공격의 날을 맞추기 위해 조명연합군은 왜교성을 향해 고금도를 출발했다.

조명연합수군 전선에는 긴장감이 감돌고 있었다. 조선 수군의 배 팔십 척 그리고 명나라 수군의 배 오백 척은 그 자체만으로 엄청난 위용을 갖추어 위압감을 주고 있었다. 고금도를 떠나서 이순신 장군이 조선 백성들에게 희망을 주었던 절이도를 거쳐 저녁에 나로도에 도착했다. 바람이 거칠어지자 조명연합함대는 잠시 나로도에 머물렀다. 이틀이 지나 바람이 잔잔해지자 오후에 나로도에서 함대는 출발했다. 돌산 방답까지 금세 도착했다.

유정 장군의 통역관 미부로부터 연락이 왔다. 고니시에게 스무날 아침에 교섭 막사에서 만나자고 마지막 사자(使者)를 보냈다는 것이다. 귀신 의병들이 고니시가 교섭 장소에 나올 수 있게 해달라고 했다. 이제 귀신 의병들의 역할에 따라 고니시를 잡을 수 있게 되었다.

고니시를 생포할 수 있는 유일한 방법은 고니시의 부인인 금화가 도와주어야만 가능한 것이다. 그러기 위해서는 단오를 만나 계획을 설명해주어야만 하는데 단절된 왜교성에 연락할 방법이 없었다. 답답한 진구는 급하게 박이량 의병장을 찾아갔지만 역시 왜교성에 들어갈 방법은 없었다.

하룻밤을 돌산 방답에서 머문 조명수군함대는 9월 스무날에 왜교성 앞 묘도에서 만나기로 약속하고 이순신의 조선 수군은 전라좌수영에 도착했다. 전라좌수영은 왜군의 피해가 생각보다 커보였다. 이순신 장군은 밤에 군선을 하개도로 옮겨 최종 정비를 마치고 새벽에 왜교성을 향해 묘도로 출병했다.

조선 수군은 고니시 부대의 전진기지인 장도 뒤편에 있는 묘도에 도착하여 진린 도독의 명나라 수군과 합류했다.

드디어, 길게는 칠 년의 임진왜란과 짧게는 이 년의 정유재란을 끝내는 마지막 전투, 왜교성전투를 향해 조명연합수군은 깃발을 높이 들어올렸다.


한편, 고니시 생포 작전을 세운 교섭 날짜가 내일로 다가오자 귀신 의병들의 마음은 다급해졌다.

"이번에는 내가 직접 나서고 싶어! 유정이와 차돌이 그리고 진구는 얼굴이 너무 많이 알려져서 불가능하다고 생각해. 방법이 없어! 혼자 간다는 것이 겁도 나지만 그래도 가장 현명하고 성공 가능성이 높은 판단이라고 생각해."

토부가 귀신 의병들을 모아 놓고 말했지만 아무도 대답을 하지 않았다.

"그래도 혼자서는 힘들고 겁도 많이 날 텐데……."

유정이 걱정스러운 표정을 지으며 말했다.

"그래, 난 혼자서 귀신 의병의 일을 해 본 적이 없잖아. 항상 말이나 지키고 있었으니까. 그래서 떨리지만 이번에는 내가 해야 된다고 생각해. 성공하기 위해서는 이것밖에 없어."

토부의 말에 누구도 다른 대안을 내지 못했다. 결국 귀신 의병들은 고민 끝에 박속유의 집에서 음식을 보낸 것처럼 수레를 끌고 토부 혼자서 왜교성 안으로 들어가기로 결정했다.

음식을 실은 수레가 왜교성으로 향해 가고 있었다. 성 밖은 두 겹의 목책으로 첫 번째 목책을 통과하면 다시 한 겹의 목책 사이에 포혈을 설치해 두고 있어 마치 벌집처럼 보였다. 목책을 지나 좁은 연륙처 통로를 건너 성문 입구에 다다랐다. 보름달에 가까운 달이 구름 속에 묻혀 있어 죽음의 성에 다다른 것처럼 음산한 기운이 감돌았다. 토부는 간이 콩알만 해졌지만 얼굴은 너스레를 떨고 있었다.

"장군님! 계신가요?"

"누구냐?"

성 위에서 긴장한 감시 경비병이 물었다.

"예, 저는 박속유 나리 댁에서 일하는 일꾼입니다. 나리께서 고니시 장군님과 금화 부인에게 맛있는 음식과 술을 보냈습니다."

토부가 떨리고 두근거리는 가슴을 숨기고 차분하게 대답했다.

"그래, 우리 것도 있느냐?"

"그럼요, 많지는 않아도 조금은 있습니다."

"그래? 음식은 조선 음식이 최고지. 잠시만 기다려라!"

왜군 경비병들이 성문을 열고 나와 주머니에서 방을 꺼내 토부의 얼굴과 비교하며 자세히 쳐다보았다.

"그놈들은 아니군!"

"조선 놈들이 박 대감만 같으면 좋을 텐데…… 참, 우리 것은 어디 있느냐?"

경비병이 수레를 쳐다보며 묻자 토부는 수레에서 대바구니 한 상자와 술 한 병을 꺼내어 건넸다. 음식과 술을 받은 왜군들은 수레를 꼼꼼하게 살펴보고 음식 수레인 것을 확인한 후 안으로 들어가라는 신호를 보냈다.

"얼른 건네주고 오너라."

쿵덕거리며 조마조마했던 토부의 벌렁거리는 심장은 조금씩 안정감을 찾아갔고 자신이 수레를 끌고 왜교성 안으로 가고 있다는 것이 스스로 믿어지지가 않았다. 왜교성은 토부가 생각했던 것보다는 훨씬 크고 견고한 성이었다.

"우와! 무슨 놈의 왜군들이 이렇게 많냐? 누가 보면 여기가 왜나라인 줄 알겠네. 쳇!"

토부가 혼잣말로 중얼거리며 한참 만에 천수각 앞에 도착했다. 토부가 처음 본 천수각의 5층 망해루는 백토로 칠해졌는데 지붕에 기와와 벽돌을 덮어 올린, 마치 날아가는 새의 날개와 같이 날렵해 보였다. 마침 천수각에서 나오는 단오를 만났다. 단오는 토부를 보고 소스라치게 놀랐지만 태연한 척 조심스럽게 음식을 들고 금화가 있는 방으로 들어갔다.

금화가 동생 토부를 보더니 껴안고 울었다. 토부도 금화 누이의 품에서 그동안의 그리움을 토해내고 있었다.

"누이, 고생했지?"

"아니야, 너에게 실망만 주어서 미안하다. 아버지의 뜻을 거역하면 우리 가족이 죽는다고 생각하니 다른 도리가 없었어. 미안해."

"그런 말 이제 그만해. 나도 다 알아! 누이의 뜻이 아니라는 것을……."

"토부야, 못난 누이를 이해해줘. 아니 그냥 없다고 생각해줘."

"그런 게 어디 있어. 우리가 누이를 구하려고 그동안 얼마나 고생했는데……."

"뭐, 너희들이 날 구하려고?"

금화가 토부를 다시 껴안고 복받쳐 오른 설움을 터뜨렸다.

"이제 그만 울어! 내가 누이를 얼마나 좋아하는데."

"으———흐———."

금화는 계속 울었다.

"누이! 지금은 울 때가 아니야."

"뭔 일 있어?"

"내가 짧게 설명을 할 테니 잘 해주어야 해! 그게 우리 모두가 살 수 있는 길이야."

토부는 금화에게 내일 아침에 있을 고니시 생포 작전을 상세하게 설명했다. 고개를 끄덕이며 진지하게 듣던 금화의 눈망울이 어느새 초롱초롱해졌다.

"아씨, 고니시 장군님이 오십니다!"

단오의 다급한 소리가 들리자 금화와 토부는 아무 일도 없었다는 듯 조용히 토부가 가져온 음식을 꺼내놓았다. 고니시가 천수각 2층 금화의 방 안으로 들어왔다.

"아니, 누가 온 것인가요?"

"……."

금화는 입을 굳게 다물었다.

"친정에서 장군님과 아씨를 위해 음식을 보내왔습니다."

단오가 고니시의 옆에서 끼어들며 대신 대답을 했다.

"어머님도 돌아가시어 챙겨줄 사람도 없었을 것인데, 감사하군요."

그 말을 듣고 토부가 깜짝 놀랐다. '어머니가 죽다니?' 놀란 토부가 중얼거린 소리를 들은 고니시가 힐끔 쳐다보았다.

"방금 뭐라 했느냐?"

"아……, 나리께서 안부 전하라고 해서요."

토부의 얼굴이 점점 흙빛이 되며 굳어졌다.

"그래, 고맙구나. 나리 혼자 있어 적적할 텐데, 가서 내 안부를 전하거라!"

"예, 전하겠습니다."

"부인! 집에서 일하는 놈이 대답도 잘하네요."

"가…… 감사합니다."

놀란 토부가 말을 얼버무렸다.

"그렇지 않아도 내일 아침에 중요한 일이 있는데 좋은 징조야!"

고니시가 음식 하나를 집어 먹으며 웃었다.

"맛있구만. 넌 나리 댁에서 일하는 애라고?"

"예, 그렇습니다."

"근데, 한 집에 살아서 그런지 부인과 많이 닮았구나."

고니시가 토부를 쳐다보며 싱글거리자 금화는 당황했다.

"얘야, 늦었으니 그만 가 보거라."

금화가 토부를 보고 근엄하게 말했다.

"예, 전 이만 물러가겠습니다."

"가면 아버님께 감사하다고 전해주거라."

"예, 아씨! 알겠습니다."

토부가 뒷걸음질로 물러서고 있었다.

"잠깐만!"

고니시가 토부를 붙잡자 단오와 금화는 심장이 멎는 듯했다. 고니시가 토부의 얼굴을 잡고 요리조리 살펴봤다.

"볼수록 많이 닮았구나! 부인의 동생이라고 해도 좋을 것 같지 않소? 생각해 보니 부인 남동생이 둘이라고 했는데, 지금까지 한 번도 본 적이 없으니 안타까운 일이오."

고니시가 토부에게 옆에 있던 담배통을 통째 건네주었다.

"가면 나리에게 음식 고맙다고 전하고 이것을 선물로 전해드리거라. 그리고 그동안 고마웠다고 전하고 건강하게 오래오래 사시라고 전해주거라!"

겁에 질려 간이 콩알만 해진 토부는 안도의 한숨을 내쉬었다. 금화는 고니시의 말에 이상한 느낌이 들어 고니시의 얼굴을 빤히 쳐다보았다.

"예, 그렇게 하겠습니다."

토부는 고니시가 준 선물을 들고 천수각 2층을 빠져나왔다. 단오가 뒤따라 나오자 토부가 단오에게 물었다.

"무슨 소리냐? 어머니가 돌아가시다니……."

"얼마 전, 한참 더운 날에 마님께서 돌아가셨어요."

"왜? 무슨 사고라도 당했더냐?"

토부의 눈은 이미 눈물이 그렁그렁 맺혀 있었다.

"사고는 아니고요. 병명도 없이 시름시름 앓다 돌아가셨다고 합니다."

"다, 나 때문이야!"

"도련님, 그런 것은 아닙니다. 그때 도련님이 어디 계신지를 모르기에 부고를 연락할 수도 없었습니다."

"어머니! 으———."

토부가 울음을 삭이며 말했다.

"아마 내일부터 육지와 바다에서 총공격을 할 것이다."

"내일부터요?"

"그래, 그러니 꼭 성공해서 도망가야 한다. 또한 고니시가 죽게 되면 누이의 생명이 위태로워질 것이니 누이를 잘 모시고 도망갈 계획을 잘 세워 두거라."

"여기는 걱정 마시고 잘 가세요. 제가 말씀 전달하겠습니다."

토부는 김씨 부인이 죽었다는 슬픔에 걸을 때마다 울음이 터져 나왔다. 어머니에게 자식은 생명줄이나 마찬가진 것을…… 자신의 행복은 모두 버리고 오직 자식과 지아비 걱정만으로 외롭고 힘들게 살았던 어머니를 생각하니 이 세상에 기쁨도 살아야 할 이유도 없어져버린 것 같았다. 토부는 커다란 슬픔을 안고 왜교성을 빠져나왔다.

진린의 수군함대는 묘도에 오백 척의 군선을 정박하고 야전군영막사를 지으며 전투 준비를 하고 있었다. 수백 척의 군선과 막사에서 새어 나오는 아기자기한 불빛들이 섬과 바다에 은하수처럼 넓게 퍼져 있었다. 은하수처럼 반짝거리는 무수히 많은 작은 불빛 중 소화와 등소림이 있는 군선에서도 불빛이 새어 나오고 있었다.

"등 화공! 내일이면 바다와 육지에서 왜교성을 총공격한다면서요?"

"예, 물때가 있어 내일 미시 이후에 공격한다고 들었습니다."

"그러면 이번 싸움으로 전쟁은 끝이 나겠네요?"

"예, 내일 왜교성이 함락되면 사천성과 울산성에 있는 왜군들도 모두 물러가고 말 것입니다. 그러면 아씨의 조선도 기나긴 전쟁이 끝나는 것이 지요."

"그렇군요."

"조명연합군이 화포에서 불이 솟구치면 왜교성은 금세 불바다가 되고 말 것입니다."

소화는 말없이 흔들리는 기름등을 한참 동안 바라보았다.

"등 화공! 지금 왜교성이 한눈에 보이는 곳에 저를 데려다 주세요."

"이 오밤중에 어찌 간다는 것입니까? 전쟁을 눈앞에 두고……."

"등 화공! 난 왜교성이 보이는 곳으로 꼭 가야만 합니다."

"왜 간다는 것입니까?"

"정말 보고 싶은 사람이 왜교성 안에 있습니다."

"보고 싶은 사람이 저 안에 있다고요?"

"예, 꼭 보고 싶은 사람이 있습니다. 내일 왜교성이 불바다가 되면 다시는 볼 수 없는 사람입니다. 먼발치에서 한 번만이라도 보게 해주세요."

"꼭 봐야만 하는 사람이오?"

"예!"

"근데, 위험해서……."

"왜교성이 무너지면 평생 후회하고 살 것입니다. 죽기 전에 꼭 한 번만 이라도 보고 싶어요."

"……."

등소림은 난처한 표정을 지으며 한숨을 내쉬었다.

"저 혼자서라도 갈 것입니다. 다시는 볼 수 없는 사람을 마음에 담아야 합니다.”

“진린 장군께서 내일이면 우리들을 찾을 것입니다. 우리 수군들도 바닷물이 들어오는 미시부터는 전투를 해야 하기 때문에…….”

“오시까지는 돌아올게요. 등 화공만 모른 척해 주시면 됩니다.”

“…….”

“저는 가야만 합니다.”

“그러면 잠시만 기다리시오”

등소림이 소화의 굳은 의지를 보고 부리나케 어디론가 뛰어나가더니 화방 도구를 들고 다시 들어왔다.

“자, 갑시다! 나에게 한 가지만 약조해 주시오.”

“…….”

“무슨 일이 생겨도 절대 저를 떠나지 않겠다고 약조해 주시오!”

“……?!”

“약조해 주시오”

등소림이 소화를 똑바로 쳐다보며 말했다. 소화는 순간 등소림의 간절한 눈빛을 보며 목숨보다 더한 사랑을 느꼈다.

“알겠습니다. 그리하겠습니다.”

두 사람은 밤중에 배를 몰아 바닷가에 대고 걸어서 왜교성의 천수각이 보이는 불모팅에 어슴푸레한 새벽녘에 도착했다.

스무날 아침, 먼동이 터오자 왜교성이 서서히 보이기 시작했다. 아침 여명 속에서 서서히 드러나는 왜교성을 처음 가깝게 본 등소림과 소화는 놀라고 말았다. 성의 크기와 규모 그리고 수많은 깃발들을 보면서 왜교성을 왜 철옹성이라 하는 이유를 알 수 있을 것 같았다.

한편, 유정 제독이 지휘하는 명나라 군사들은 권율과 함께 왜교성에서 십 리 정도 떨어진 검단산성 띠두루봉에 머무르며 고니시의 동태를 살펴보고 있었다. 그 시각, 귀신 의병들도 검단산성에서 왜교성을 바라보고 있었다. 토부는 아무런 말도 없이 그저 망연자실하니 바라보고만 있었다.

"말수가 전혀 없는 것을 보면 토부도 많이 긴장하고 있나 봐?"

차돌이 장난치듯 한마디 툭 던졌지만 토부는 대꾸도 하지 않았다.

"그렇지, 토부가 이 모든 작전 계획을 세웠는디 얼마나 긴장되겠어. 말 시키지 말고 넌 가만있어!"

예민해진 유정도 차돌에게 한마디 던지며 왜교성을 바라보았다. 교섭 막사 앞에는 명나라 군사 몇 명만이 서 있었고 고니시가 눈치 챌 수 없도록 교섭 막사 주변과 오는 길 중간에도 명군들이 매복하고 있었다. 고니시가 5층 망해루에 나타났다. 소화가 멀리 보이는 왜교성 망해루를 보고 말했다.

"등 화공, 망해루에 누군가 나타났어요!"

"그러게요, 보아 하니 왜군 장수 같아 보입니다!"

"그러면, 혹시 고니시가 아닐까요?"

"아니, 아씨께서 고니시를 어찌 아는지요? 아마도 천수각은 아무나 올라가는 곳이 아니므로 그럴 가능성이 커 보입니다."

"다른 사람은 없나요?"

"예, 혼자인데요."

한참을 지켜본 소화는 다소 낙담했다. 고니시가 혼자 올라와서 주변을 둘러보는 그 자리에 금화는 보이지 않았다. 망해루를 내려간 고니시는 유정 장군에게 줄 선물을 싣고 한 무리의 병사들과 함께 성 문을 열고 천천히 주변을 살피면서 교섭 막사로 출발했다.

"저기 누군가 말을 타고 성 문을 열고 나오는데요!"

"그러게요! 누굴까요?"

가리온을 탄 고니시가 한 발 한 발 교섭 막사를 향해 오고 있었다. 어느덧 고니시의 병사들이 명군이 숨어 있는 중간 매복 지점을 막 넘어섰다.

"그래, 걸려들었어! 으흐흐흐."

고니시를 지켜보고 서 있는 유정 장군과 권율 장군의 입가에 미소가 번졌다.

"말 장식과 투구를 보니 고니시가 분명해 보입니다."

부총병 오광이 꿀꺽 침을 삼키며 말했다.

"그래, 언젠가 고니시를 직접 본 적이 있지. 당당함이 느껴지는구나."

"쉽지 않았을 텐데…… 어리석게도 우리 꾀에 속은 것 같습니다."

유정 장군의 말을 듣고 부총병 오광의 얼굴에도 미소가 번졌다.

"그래, 조선의 아이들이 큰일을 한 것이다!"

고니시가 어느새 교섭 막사와 가까워지고 있다.

"자, 그러면 서서히 연기를 피우도록 신호를 보내라."

"예, 알겠습니다."

오광이 깃발을 흔들며 신호를 보냈다. 그러자 고니시가 오던 길 주변에 자연스럽게 연기가 피어오르기 시작했다. 고니시 일행은 잠시 멈칫거리더니 주변을 살핀 후에 다시 앞으로 천천히 나아갔다. 등소림과 소화는 왜군들이 지나가는 과정들을 유심히 보고 있었다.

"아니, 왜놈들이 왜 나오는 거지요?"

소화는 등소림에게 의아해서 물었다.

"그러게요! 말의 생김새로 보아 고니시 장수로 보이는데, 조금 전 천수 각 위에 있던 장수 같습니다. 흰말에 검은 갈귀, 그리고 말 얼굴의 화려한 장식, 얼굴을 알 수 없는 가면을 쓴 게 고니시 같아요!"

"고니시요?"

고니시의 병사가 주변을 살피며 조심스럽게 교섭 막사를 향해 오다가, 어느새 막사 앞 백 보 정도로 가까워지자, 유정 장군은 오광에게 막사로 들어서면 곧바로 생포하라는 신호를 보내게 했다. 오광은 매복조들에게 막사로 들어가면 바로 생포하라는 신호를 보냈다. 그런데 중간에 매복해 있던 매복 군사들이 신호를 잘못 이해하고 소리를 지르며 뛰어나와 고니 시를 잡으려고 활을 쏘며 그물망을 들고 달려들었다.

"함정이다! 어서 피하라!"

고니시의 병사들이 말머리를 돌려 고삐를 잡아챘다. 고니시가 타고 있는 가리온은 앞발을 치켜들고 검은 갈기를 휘날리며 콧구멍에서 힘찬 기운을 내뿜었다. 명나라 군사들이 들고 오는 그물망 정도는 고니시의 가리온은 쉽게 뛰어넘어 도망갈 수 있었다. 하지만 활을 맞고 쓰러진 몇 명의 고니시의 병사들은 그 자리에서 고꾸라졌다. 화살을 뚫고 하얀 물안개 속을 달려오는 고니시를 본 왜교성 망루의 군사들이 성문이 열고 나와 고니 시를 경호하고 곧바로 왜교성으로 들어갔다.

"도대체 누구야! 어떤 바보 같은 놈이 신호도 못 알아먹는 거야?"

유정 장군은 버럭 화를 내며 군사들을 족쳤다.

"당장 그 멍청한 놈을 잡아 목을 쳐라! 아휴, 분통터져!"

"당장 잡겠습니다!"

부총병 오광이 띠두루봉에서 급하게 교섭 막사로 내려갔다. 화가 난 유정 장군은 권율 장군과 함께 본부의 막사 안으로 들어가 버렸다. 멀리서 지켜보던 토부를 비롯한 귀신 의병들도 크게 낙망하여 그 자리에 풀썩 주저앉고 말았다.

다급한 위기 상황을 모면한 고니시가 막사에 앉아 차를 마시며 한숨을 돌리고 있을 때, 우쓰노미아가 고니시에게 물었다.

"장군님, 그렇게 말렸건만 어찌 교섭 막사에 나가셨습니까?"

고니시가 손으로 탁자를 톡톡 치며 말했다.

"그래, 내가 내 꾀에 넘어가고 말았다."

"무슨 말씀이신지요?"

"어젯밤, 부인의 친정집에서 보냈다며 음식이 도착했다."

"들었습니다. 그것과 이 사건이 무슨 관계가?"

"음식을 가져온 아이는 부인의 동생이었어!"

"아니, 알고 계셨는지요?"

"그럼 너도 알고 있었단 말이냐?"

"예, 그래서 제가 극구 말렸던 것입니다. 그 아이는 장군님에게 시집가는 누이가 싫어 집을 나갔다고 들었습니다. 저도 처음에는 몰랐는데 천수각 기단에서 단오와 이야기하는 것을 보았습니다."

"그래서 네놈이 그렇게 날 말렸던 것이구나. 우리는 지금 본국으로 안전한 철수를 해야 하는데 보다시피 바닷길도 막혀버렸다. 나는 명의 유정을 잘 안다. 그자는 뇌물이면 언제나 우리에게 길을 열어 줄 수 있는 작자이다. 그래서 지금까지 수없이 많은 재물을 주지 않았느냐."

"그렇습니다."

"난 그자가 정말로 안전한 길을 줄 수도 있다고 생각했다. 하지만 누가 봐도 오늘 아침 일은 함정이라고 판단할 수밖에 없었지. 그래서 최종적으로 나가지 않는 것으로 결정했다."

"그런데 어찌 나가셨습니까?"

"그게 신기하지. 어젯밤 부인이 나에게 함정이니 교섭 막사에 나가지 말라고 당부를 했다."

"네? 부인께서요? 이해가 안 됩니다. 아직까지도 부인께서는 장군님에 대한 적대감이 있는데……."

"바로 그것이다! 어젯밤, 그것도 어젯밤에 부인의 동생이 왔는데 나에게 동생이 아니라고 했다. 그 사람들은 자연스럽게 날 속였다고 생각했지만 내 눈에는 다 보이더구나."

"……."

"부인은 일본으로 들어가는 것을 죽는 것보다 싫어하고 있다. 그런데 우리가 일본으로 무사하게 철수하는 것을 원하겠느냐? 부인의 성격으로 어떻게든 본인이 일본으로 들어가는 것을 막고 싶었을 것이다. 일본으로 가야만 한다면 아마도 죽음을 택할 것이다."

"그건 그렇습니다."

"그런 부인이 나에게 교섭 막사에 나가는 것을 함정이라고 했으니 내가 준 뇌물이 안전한 철수를 보장한다고 생각했다."

"들어보니 그렇습니다."

고니시는 지금까지의 금화를 봐서 자신들의 안전한 철수를 막기 위한 술책이라고 판단했던 것이다.

"아! 그런 사정이 있으셨군요."

"여기서 정말로 혼동이 오는구나. 부인이 진정으로 날 생각해서 그런 것인지 아니면 이미 그런 생각까지 할 나를 알고 한 수 위의 판단을 한 것인지……."

"제가 보기에는 부인은 순수하고 맑은 사람입니다. 어쩌면 이제는 장군님을 위해 말씀하셨을 가능성이 더 크다고 생각합니다."

"내가 너에게 말을 못했지만 부인의 신변이 걱정될 만큼 우여곡절이 많은 여자라는 것을 다 알고 있다."

"밀첩원들을 통해 다 알고 계셨군요? 부인이 스스로 해결한다고 강하게 비밀을 요구하는 바람에 장군님을 속여 정말 죄송합니다."

고니시의 표정이 잠시 굳어지고 말았다.

"네놈은 나의 부관이다! 어떤 이야기도 나에게는 해야 한다. 부인과의 약속을 넘어 넌 나에게 모든 것을 알려줘야 하는 나의 분신이다. 알겠느냐?"

"명심하겠습니다!"

"부인이 너에게 말하지 말라고 한 이야기를 해 보거라."

"……."

"어서! 나에게 말 못하겠단 말인가? 이놈이 죽어봐야 말을 할 것이냐?"

"사실은…… 부인이 세 번이나 자객의 습격을 받았습니다."

"뭐야? 그게 무슨 말이냐?"

고니시는 진심으로 처음 듣는 말에 무척 놀랐다.

"장군님께서 말씀하신 우여곡절이 이것 아닙니까?"

"어서 말해 보거라. 어서!"

"네, 언젠가 마쓰이가 박 대감의 딸이 대장군님의 부인 될 사람이라는 말을 들었다고 제게 확인하러 온 적이 있습니다.”

“그래서 기분 좋게 너와 술을 한잔 하지 않았더냐?”

“그렇습니다. 그날부터 부인의 신변을 보호하기 위해 병사를 보냈는데 부인이 자객에게 쫓기다가 우리 병사들이 구해준 일이 있었습니다. 그리고 두 번째는 왜교성 낙성식 전날, 즉 시집오기 전날 박 대감 집에 자객이 들어 제 부하들이 물리친 적이 있었습니다. 그리고 부인의 어머니 초상날 새벽에 자객이 들어 그때는 제가 그 자객을 물리쳤습니다!”

“뭐야? 네놈이 그러고도 나에게 보고를 안 했단 말이냐?”

“죄송합니다. 부인의 간곡한 부탁이 있어서…… 죽여주십시오.”

“이놈이 날 속여! 용서할 수 없다.”

“대장님, 죽여주십시오.”

우쓰노미아는 바로 일어나 무릎을 꿇었다.

“그건 둘째 치고 도대체 누가 나의 부인을 살해하려 했다는 것이냐? 세 번씩이나 했다는 것은 깊은 원한이 있다는 이야기인데…… 용서할 수 없다. 짐작이 가는 자가 있느냐?”

“세 번째는 제가 직접 자객과 상대했는데, 우두머리가 도망가고 죽은 자객들을 봤는데 조선 놈들이었습니다. 근데 도망간 우두머리는 일본 무사였습니다.”

“뭐? 우리의 무사가. 봤더냐?”

“복면을 해서 보지는 못했지만 검술로 봐서 우리 무사가 확실합니다!”

“그러면 칼끝의 실력을 너는 알고 있다는 소리인데, 누구냐?”

“정확하지 않아…….”

“네놈도 한 패더냐? 칼끝이 얼굴보다 더 정확한 법인데 어찌 알면서 모른다고 하느냐? 죽어볼 테냐?"

"순천부읍성을 관리하는 마쓰이였습니다."

"뭐라? 마쓰이!"

"장군님! 제가 그 후로는 부인의 경계를 철저하게 하고 있습니다. 저도 정확하지 않기에 조심만 하고 있던 것입니다. 제발 부탁드립니다. 제 판단 실수로 좋은 장수를 잃을 수 없습니다. 신중에 신중을 기해주시기 바랍니다."

"이후부터는 어떤 일도 나에게 숨기면 네 목숨은 없다. 알았느냐?"

"네, 감사합니다."

고니시는 이야기를 다 듣고 난 이후에 주변을 서성거리며 생각했다.

"넌 부인을 항상 잘 지켜야 한다. 지금 마쓰이는 어디에 있느냐?"

"목책 성벽을 담당하는 최전방에 배치되어 있습니다. 제가 가능한 천수 각에서 멀리 배치했습니다."

"그래, 잘했다. 중요한 것은 왜, 마쓰이가 부인을 죽이려고 하는 가이 다."

"저도 그것 때문에 마쓰이라고 단정하지 못하고 있습니다. 이유가……."

"우리가 모르는 뭔가 있겠지."

고니시는 멀리 보이는 검단산성에 있는 조명연합군을 쳐다보았다.

"지금쯤 유정이란 놈이 엄청 화가 났을 것이다. 내가 성 문을 나올 때는 날 잡았다고 생각했겠지. 바보 같은 놈! 그들의 실수로 내가 살기는 했지만 아마도 바로 공격해 올 것이다. 철저하게 대비를 해야 한다!"

"정보로는 미시부터 바다와 동시에 공격한다고 합니다."

"미시라? 물이 들어오는 시각이구나. 대비를 단단히 하라."

그때 경계 병사가 천수각으로 달려왔다.

"장군! 적들이 총공격 신호를 내려 쳐들어오고 있습니다."

"대장군님! 이제 시작입니다."

"그래, 시작이다!"

포탄이 왜교성에 '꽈——앙' 하고 떨어지기 시작했다.

"어서 나가자!"

고니시를 비롯한 모든 장수들이 전쟁터로 향해 나아갔다.

# 치열한 왜교성 공방전

극도로 화가 난 유정 장군은 총공격의 명령을 내린 후, 제일 먼저 왜교성을 향해 수십 발의 대포를 쏘아 올렸다. 조명연합군의 육상공격이 작전보다 일찍 시작되고 있었다. 불을 뿜고 하늘로 날아가는 포탄 소리를 처음 들은 귀신 의병들은 그 소리의 크기와 충격에 놀라고 말았다. 조명연합군의 군사들은 수백 발의 포탄으로 엄청난 화력을 과시한 후에 왜교성으로 진격해 들어갔다. 기마 부대와 보병 부대가 왜교성를 감싸고 있는 높은 목책을 향해 다양한 무기를 동원해 공격을 하자, 금세 왜교성 한쪽이 함락되고 전쟁은 끝날 것처럼 보였다.

불모팅에 있던 등소림과 소화도 포탄 소리에 놀랐다. 등소림은 바로 화방 도구를 꺼내 왜교성의 전투 장면을 종이 위에 그리기 시작했다. 조명연합군이 운제(雲梯), 비루(飛樓), 포차(砲車) 등 공성장비를 가지고 왜교성의 목책 앞까지 진격해 싸우는 장면을 그렸다. 하지만 시간이 흐를수록 왜군의 반격이 강해 좀처럼 앞으로 나아가지 못했다.

"소화 아씨! 저기 보세요. 웬 여인이 망해루 위에 서 있습니다. 이 전쟁중에 왜 나와 있을까요?"

"망해루요?"

정신없이 그림만 그리던 소화가 일어나서 망해루를 쳐다보았다.

"예, 저기 보세요. 멀리서 봐도 아름다움이 느껴지네요. 아마도 고니시의 부인인 모양입니다. 고니시의 부인이 미인이라는 소문은 들었는데 사실이었던 모양입니다."

"……."

"아름다운 모습이네요!"

"금화야!"

소화의 눈에서 한 줄기 눈물이 주르륵 흘러내렸고 소화를 본 등소림은 더 이상 말을 하지 않았다. 망해루의 여인을 그림에 담기 시작했다. 망해루에 서 있던 아름다운 여인은 짧은 미모만 보여주고 어디론가 사라지고 없었다. 소화는 사라져 버린 금화를 기다렸지만 더 이상 나타나지 않았다. 촉박한 등소림은 아쉬움을 남기고 오시에 명의 수군 막사로 돌아왔다.


이순신 장군의 조선 수군들은 왜교성의 전략적 요충지이며 고니시 부대의 전진기지인 장도를 목표로 삼아 공격했다. 판옥선에서 날아가는 포탄은 왜군의 진지와 왜선들을 정확히 가격했다. 기세에 눌린 왜군들은 장도의 진지를 버리고 군선을 타고 왜교성으로 줄행랑치기에 바빴다. 하지만 이순신 장군의 조선 수군들은 도망가는 왜선을 그냥 보내주지 않았다. 화포와 불화살로 도망가는 왜선들을 공격해 침몰시키거나 불태워버렸다.

장도에 남아 있는 왜군들을 섬멸하기 위해 조선 수군들은 장도에 닻을 내리고 일제히 육상공격을 하기 시작했다. 결국 조선 수군들의 칼날과 조선 백성들의 화난 몽둥이는 그들을 섬멸시켰다. 장도에 포로로 잡혀 있던 조선 백성 삼백 명을 구해내고 군량미 삼백 석 그리고  말과 소 등을 전리품으로 얻었다.

　육지에서는 아침부터 명나라의 유정 장군과 조선의 권율 장군이 이끄는 조명연합군이 공격을 퍼붓고 있었고, 바다에서는 밀물이 들어오는 미시부터 진린 도독의 명나라 수군들과 이순신 장군의 조선 수군들이 왜교성에 본격적으로 화포를 쏘며 공격을 가했다.

　등소림은 진린 도독의 지휘선 갑판 위에서, 포탄과 불화살이 눈앞에서 날아다니며 옆에 있던 병사가 고통스러운 비명을 지르며 죽어가는 참혹한 전투의 실상을 보면서 공포와 두려움에 휩싸였다. 하지만 소화는 미동도 하지 않고 담담하게 전투 상황을 지켜보며 전쟁의 역사를 그림 속에 담고 있었다. 두 사람은 군사들의 치열한 전투 장면을 붓 끝에 정성을 담아 해가 저물 때까지 섬세하게 그리고 있었다.

　그림 속에 두 사람이 바라보는 시선은 완전히 달랐다. 등소림의 눈에는 진린의 명의 수군이 보였고 소화의 눈에는 멀리 떨어진 이순신의 조선 수군이 보일 뿐이었다. 막사로 돌아온 등소림과 소화는 밤새도록 그림을 다듬고 또 다듬었다. 그들의 화폭에서는 작은 기름등 불빛이 바람에 흔들릴 때마다 포탄과 불화살들이 날아다니며 전쟁이 진행되고 있었다.

　다음 날에도 진린 도독과 이순신 장군의 연합 수군은 서로 의지하고 격려해가며 해상에서 왜교성을 향하여 총공격을 가했지만 웬일인지 육지에 있는 유정 장군의 부대는 공격을 하지 않았고 철옹성 같은 왜교성은 포화를 견뎌내고 있었다.  며칠이 지나 시마즈의 왜군 부대가 있는 사천성을 공격했던 조선과 명나라 연합군이 대패를 했다는 소식이 들려왔다.

"유정 장군은 왜, 전투를 하지 않는 거지?"

차돌이가 보며 물었다.

"그러게 말이야? 바다에서는 연일 대포와 불화살을 쏘며 성을 함락하기 위해 고생을 하고 있는데 정작 육지에서는 먼 산만 쳐다보고 있으니……."

진구도 답답하기는 마찬가지였다.

"근데 토부야, 며칠 동안 넌 왜 말이 없나? 무슨 일 있어?"

근심 어린 눈으로 쳐다본 유정이 물어왔다.

"예전의 토부가 아니야?"

고개를 흔들며 차돌이가 혼잣말처럼 중얼거렸다.

"……."

그래도 토부는 아무 말도 하지 않았고 유정은 토부를 편안하게 앉혔다.

"토부야, 너 왜교성에서 누이를 만나고 난 뒤로 말이 없어졌어. 전에도 말수가 적었지만 그것과는 달라. 말을 해줘야 우리가 도울 수 있잖아?"

"……."

"토부야, 너처럼 현명하고 판단력이 좋은 친구가 이럴 때는 무슨 이유가 있는 거야?"

"아니 그냥 답답해서 그래. 그리고 이 전쟁에서 우리가 할 수 있는 것이 없다는 게 화가 나. 내가 다른 사람의 아픔을 이해한다고 해도 그것도 모두 거짓 같기도 하고……."

"그거야?"

"내가 위선자처럼 보이기도 하고…… 사실 내가 뭐 때문에 이러고 있는지도 헷갈려. 죽고 죽이는 순환의 고리에 내가 왜 서 있는지도 혼란스러워."

"아니야, 넌 그동안 아주 잘해왔어."

"……."

토부는 사랑하는 김씨 부인의 죽음으로 삶의 가치 기준이 흔들리고 있었다.

"너 아니면 우리가 언제 양반의 아들, 그것도 순천 최고 부자의 아들과 친구를 할 수 있겠냐? 상상도 할 수 없는 일이제. 넌 모르겠지만, 나는 너를 통해 우리가 그동안 몰랐던 조선이 얼마나 부조리한 사회였는지 알게 되었어. 너를 통해 삶의 희망과 미래의 가능성을 찾아가고 있는 거야!"

"난, 잘 모르겠다. 나에게 있었던 가치 있는 중요한 것들을 잃어버리고 있다는 생각이 들어."

"너에게 무슨 일이 생긴 것이 사실이구나."

"나, 이제 너희들 곁을 떠날까 해."

토부의 말에 귀신 의병 모두는 놀랐다. 토부는 태연스럽게 말을 이어갔다.

"산속에 있으니 산을 볼 수가 없어. 이제 잠시 산 아래에 내려가서 너희들이 있는 산을 보고 올게……."

어느 누구도 말을 꺼내려 하지 않고 긴 침묵이 흘렀다.

"곧 다시 볼 거야."

"그럼, 내 말을 타고 갈래? 아님 같이 가 줄까?"

"아니야, 혼자서 다녀올게."

"그래, 마음정리 잘하고 와!"

마음이 혼란스러운 토부는 귀신 의병들에게 어머니의 죽음을 말하지 않고 자신의 집으로 향했다. 사실은 말을 해서 위로를 받고 싶었지만 꺼낼 수 없었다. 유정, 진구, 차돌이 부모님들이 죽었을 때 토부는 덤덤하게 그들의 상처를 이해하기만 했지 아무런 위로도 해준 적이 없었다.

집 앞에 다다른 토부는 몇 달 만에 가는 집이라 모든 게 어색하게 느껴졌다. 한참 동안 대문을 두드려도 나오는 사람이 없다가 늦게 덕보가 나왔다. 토부는 대문을 열고 무덤덤하게 맞이해준 덕보를 따라 마당으로 들어갔지만 어느 누구도 달려 나와 반겨주는 사람이 없었다. 버선발로 나와 줄 어머니도 없었고 혼을 내고 달래주던 아버지도 나오지 않았다. 집안의 문짝들이 떨어지고 부서지고 장독대의 항아리들도 여러 개가 산산조각이 나서 깨져 있었다.

"다 어디 가셨어요?"

"나리가 아파서 누워 계십니다. 마님은……."

"됐어요."

"아셨군요. 미부 도련님도 없고 마님 돌아가신 후로 가내에서 일하는 사람들도 폭도들의 난동에 살려고 많이 나갔습니다."

"근데, 집이 왜 이렇게 부서졌어요?"

"얼마 전에 폭도들이 들이닥쳐 집을 부수고 곡식을 몽땅 가져가고 말았습니다. 그때 나리도 다친 것입니다. 예전 같으면 고니시……."

"그만 하세요. 아버님은 사랑채에 계신가요?"

"예."

토부는 천천히 마당을 지나 사랑채로 들어갔다. 사랑채 안에서 앓아누워 있던 박속유가 토부가 들어오는 것을 보고 어렵사리 몸을 추스르며 일어나려고 했다. 토부는 박속유의 앞에 앉아 그를 쳐다보았다. 그리고 고니시가 준 담배통을 내려놓았다.

"그래, 왔구나! 고맙다. 얼마나 기다렸는데. 왜 이제야 왔어?"

"……."

"토부야! 니 애미가 죽기 전까지 널 찾다가 죽었다. 으———흐흑———. 이제는 가지 마라. 이제는 정말 너밖에 없어!"

토부는 이제 노인네가 다된 박속유가 우는 모습을 보며 측은했다.

"아버지! 왜 그러셨어요. 한 치 앞도 못 보고, 왜 누이를 시집보냈어요?"

"그게, 내가 그런 것이냐?"

"우리 집안의 불행은 누이의 혼인부터 시작되었는데 왜 그러셨어요. 으흐흑———."

"그것이 고니시 고놈의 강압 때문이지, 내 잘못이 아니야."

"더 이상 어떤 큰일이 생겨야 잘못했다고 인정하시겠어요. 아버지!"

"……."

"큰누이는 생사를 모르고, 작은누이는 죽음 앞에 서 있고, 형은 낯선 명나라 군사들 밑에서 개 노릇이나 하고 있고, 어머니는 화병으로 죽었어요. 무슨 일이 더 생겨야 잘못한 것을 인정하겠어요. 아버지!"

토부가 큰 소리로 외쳤다.

"그래도 남들 다 피난 갈 때 우린 피난 가지 않고 밥 먹고 잘살았다."

"그게 잘산 거예요? 백성들 모두가 뿔뿔이 흩어져서 죽음과 직면하고 왜놈들과 싸울 때 밥 먹는 게 그렇게 장한 일인가요?"

"……."

"아버지는 가족을 살린다는 명분으로 세상과 정정당당하게 맞선 적이 없는 것을 당연하게 생각했어요! 항상 권력에 빌붙어 권력이 있는 곳에 재물을 주고 목숨을 구걸한 비열한 아버지였어요. 결국 가족을 다 죽였고 아버지 혼자만 살아남았잖아요!"

"그래도 난 너에게 땅과 목숨을 지켜주었다."

"땅과 목숨을 주셨다고요? 대신 평생 고개를 들고 다닐 수 없는 부끄럼과 수치심도 주었어요."

"……."

"권력만 쫓던 집안의 비참한 종말이 뚜렷이 보입니다. 여기 있잖아요!"

토부가 벌떡 일어나 고니시가 준 담배통을 박속유 앞에 내려놓고 사랑채를 나오자 박속유는 토부를 애타게 불렀다. 토부는 두 눈을 질끔 감았다. 안에서 덕보를 부르는 힘 없는 박속유의 목소리가 들려왔다. 토부가 나오자 마당에 덕보가 서 있었다.

"어머니 묘는 어디 있습니까?"

"용산 끝자락에 있어요. 가시면 알 것입니다. 마님이 답답하면 노을 보러 갔던 그곳입니다."

"……."

토부는 대문을 열고 나와 용산으로 향했다. 토부의 뒷모습을 지켜보던 덕보가 사랑채로 들어갔다.

용산을 향해 걷는 토부의 마음은 무거웠다. 용산에 올라서니 바닷바람이 시원하게 불어왔다. 용의 허리를 밟고 용의 꼬리산에 도착하자 바다가 한눈에 들여다보였다. 바로 그 아래 김씨 부인의 묘가 소박하게 자리 잡고 있었다. 토부는 살아 있는 어머니를 만난 것처럼 울컥 설움이 올라왔다.

"엄마……, 엄마! 엄마! 미안해요! 죄송해요. 어머니……."

아들에게 어머니란 눈물이었다. 무덤 위에 엎드려 울다 지친 토부는 넋을 놓고 멍하니 바다만 바라보았다. 한 무리의 새떼들이 서로를 희롱하며 갯벌 위를 훨훨 날아 저 멀리 똥 덩어리 모양의 외딴 섬으로 날아가고 또 다른 무리의 새들이 이리저리 날아다니고 있었다. 토부가 자세히 쳐다보니 어미 새가 움직이는 방향으로 무리들이 따르고 있었다. 혼돈 속에 헤매는 새떼들에게 질서를 찾아 길라잡이가 되어주는 어미 새를 보니 그들이 부러웠다.

어느새 해가 떨어지더니 하늘에 떠 있는 구름들이 각양각색의 옷으로 갈아입고 서로서로 자신을 뽐내고 있었다. 구름떼들은 입은 옷이 맘에 안 드는지 어느새 다른 옷으로 갈아입고 또 다른 옷으로 갈아입기를 수도 없이 반복하며 예쁘게 갈아입더니 결국에는 온 세상을 금빛으로 덮었다.

너무나도 화려하게 빛나던 하늘이 극도의 아름다움인 금빛으로 온 세상을 품어주더니 순간 사라지고 있었다. 극도의 아름다움은, 너무나도 짧게 보여주고 다시 볼 수 없는 김씨 부인처럼 서운함만 남긴 채 어둠 속으로 사라지고 말았다.

토부는 저녁놀에 변해가는 세상 풍경을 보며 사람의 인생이 저녁놀과 같다는 생각이 들었다.

"도대체 어디서부터 다시 되돌려야 하지? 그래, 금화 누이를 찾는 것부터야! 꼭 찾아서 되돌려야 해."

토부는 금화를 구해야만 불행의 시작점을 찾을 수 있다는 생각이 들었다.

며칠간을 집에서 보낸 토부는 다시 귀신 의병이 있는 불모팅이로 돌아왔다. 금화 누이 걱정 때문에 불모팅이 바위에서 한뎃잠을 자며 왜교성을 지켜보던 차돌이가 크게 하품을 하자 유정과 진구 그리고 토부도 따라서 하품을 하며 서로를 바라보며 웃었다.

왜교성 망루에서 흘러나오는 불빛을 제외하고는 깜깜하고 조용한 밤이었다. 그때 정적을 깨는 수레 끄는 소리가 들리더니 어둠 속에서 수레 한 대가 나타났다. 사람이라고 해 봐야 고작 세 사람이 수레를 끌며 지나가고 있었다. 수레 한쪽에는 나무판자가 세워져 있었고 화살이 가득 실려 있었다. 화살을 가득 실은 수레가 왜군들이 지키고 있는 망루 가까이 가더니 왜군을 향해 어둠속에서 불화살을 쏘기 시작했다. 왜군들도 소리치며 공격했다.

"적이다. 공격하라!"

"적이 나타났다!"

왜군들의 외침 소리와 함께 수레를 향해 일제히 화살과 조총을 쏘아댔다. 조용했던 밤하늘이 조총 소리와 불화살의 불빛으로 순식간에 전쟁터로 변하고 말았다. 왜교성 안은 병사들이 무기를 들고 분주하게 달리고 다녔다.

성벽 위에 병사들이 나타나면서 불들이 환하게 밝혀졌다. 그것을 본 귀신 의병들도 내려가 수레에 있는 화살이 다 떨어지도록 함께 쏘아주며 도왔다. 수레에 가득 찼던 화살이 다 떨어지자 수레를 끌고 뒤로 빠져나왔다. 딱 세 사람이 화살 수백 발을 가지고서 왜교성 전체를 요동시키는 엄청난 파급효과를 만들었다.

"아저씨, 어찌 이런 무모한 행동을 하시는지요?"

암팡져 보이는 진구가 물었다.

"내가 나라를 위해 할 수 있는 일이라곤 이것뿐이었네. 왜놈들이 한없이 미운데 어떻게 할 수는 없고 내가 몇 달 동안 만든 화살이라네. 난 밤나무골에 사는 김대인이라는 사람이야. 자네들도 이렇게 왜놈들과 싸우고 있는데 내가 부끄럽네. 고생들 하시게."

김대인은 몇 달 동안 만든 화살을 쏘고 돌아갔다.

"얘들아, 신기하지 않니?"

"뭐가? 불과 세 사람에서 왜교성 안에 있는 만 명이 넘는 군사를 요동치게 만들었잖아!"

"그러네! 왜군들은 틀림없이 밤새 밖에서 무슨 일이 벌어진지도 모르고 전투를 준비하느라 잠도 못 자고 얼마나 피곤들 하겠어?"

"이것은 엄청난 전투력을 소모시키는 중요한 전술이다."

"그래! 우리가 야죽불로 적을 교란하고 우리의 한과 치욕을 소리와 춤으로 다 털어냈던 단오전투처럼, 오늘의 교훈을 잘 활용하자!"

# 지리한 왜교성 공방전

시마즈 부대가 방어하고 있는 사천성 전투에서 조명연합군이 패배를 했다는 데서 오는 불안감이 커지고 왜교성 전투까지 별 성과 없이 지루하게 시간만 흐르자 조선 조정의 초조함이 최고조에 이르렀다. 더욱이 전략적으로 가장 중요한 왜교성 전투의 육상지휘권을 가지고 있는 명나라의 유정 장군이 싸우려는 의지가 없어 한 발짝도 더 나아가지 못하고 있는 초조함은 배가 되었다. 조정 대신들이 유정 장군에게 장계와 서신을 연달아 보내어 조정의 입장을 밝혔지만 유정 장군은 요지부동이었다.

무력한 시간이 지나고 있었다. 그러다 찬 공기가 쌀쌀해진 어느 날, 조명연합군이 아침부터 바다와 육지에서 공격을 감행하기 시작했다. 뭔가 오늘은 결판을 낼 모양으로 요지부동하던 유정 장군의 부대가 왜교성 아래까지 진격하였고 진린 도독과 이순신 장군의 수군들도 화포를 쏘아대며 공격했다.

귀신 의병들은 불모팅이 바위 위에서 박수를 치고 포탄 잔치를 보며 즐거워하고 있었다. 하지만 토부는 왜교성 안에 있는 금화 누이 걱정에 심기가 불편해 보였다.

유정 장군의 조명연합육군이 성벽 아래 60보까지 공성무기인 순거를 밀고 접근하자 다급해진 왜군들은 총탄과 화살을 비 오듯 쏟아냈다. 수없이 많은 조명연합의 군사들이 죽음을 담보로 목전까지 달려들어 유정의 공격 명령만을 기다리고 있었다. 이제는 명령만 떨어지면 순거를 통해 올라가 왜교성을 넘어 들어갈 절회의 기회가 다가오고 있었다. 하지만 유정 장군은 아침과는 달리 공격 명령을 내리지 않고 일경이 지나고 이경이 되어가도 공격 명령은 없었다.

적의 코밑, 공성기 안에 갇혀 명령만 기다리던 부총병 오광과 조명연합군은 극도의 공포감, 비좁은 순거, 목마름, 기약 없는 기다림에 지쳐갈 때, 왜군들이 기습을 감행해 왔다.

"공격하라!"

왜군들의 목소리가 바로 눈앞에서 들려왔다. 순거에 갇힌 조명연합군이 일어나기도 전에 왜군 병사들이 휘두르는 칼날에 추풍낙엽처럼 쓰러졌다. 부총병 오광은 다급한 나머지 순거에서 뛰어내려 도망치며 독자적인 퇴각 명령을 내렸다.

"적이다. 어서 도망가라!"

"적들이 도망간다. 사격하라!"

성 위에서 마쓰이 장군의 명령과 함께 왜군들이 조총과 화살을 쏟아 부었다. 왜군들은 기회를 놓치지 않고 퇴군하는 조명연합군을 집요하게 공격했다.

"유정 장군은 뭐하는 거야? 군사들이 다 죽어 가는데……."

"저런 게 장군이라고?"

"개자식아! 지원병을 보내라고?!"

"후———, 열 받아. 지금 전쟁을 하자는 거야 말자는 거야!"

불모팅이에서 보고 있던 귀신 의병들은 유정 장군의 이해할 수 없는 용병술에 대해 불만을 토로하며 화가 치밀어 올랐다. 이날 전투에서 수백 명의 조명연합군 병사를 잃었다.

권율 장군은 조선 군사가 훈련이 부족하다는 이유로 스스로 지휘권을 포기해 명나라의 유정 장군에게 군사 작전권을 주고 말았다. 그런 이유로 항상 선봉에서 조선 병사들이 총알받이를 해 많이 죽고 말았다. 자신의 결정에 후회한 권율 장군은 처참하게 죽은 조선 병사들을 보고 땅을 치며 분통해 했지만 이미 님 떠난 후에 손 흔드는 격이었다.

이후로도 왜교성 전투를 지휘하는 유정 장군의 행동은 세 살 먹은 아이들도 이해할 수 없는 일들이 점점 많아졌고 조명연합군은 계속 엄청난 피해를 당해야만 했다. 이에 화가 난 우의정 이덕형과 접반사 김수, 그리고 도원수 권율 장군은 유정의 진중을 찾아가 독전해줄 것을 청했으나 군사 지휘권을 가지고 있는 유정은 얼굴에 노기를 띤 채 본인의 권한에 간섭하지 말라며 끝내 움직이지 않았다. 이덕형과 권율은 답답한 마음에 가슴을 치며 왕에게 장계를 올려 왜교성전투 상황을 알렸고 독전을 하게 했지만 작전권이 없는 조선 왕 또한 별수가 없었다.

고니시는 왜교성 전투가 시작된 이후 최고의 전투 성과를 기록했다. 특히 마쓰이가 방어하고 있는 최전방인 목책성벽의 혁혁한 전공은 왜군들의 사기를 충천시키기에 충분했다. 고니시는 우쓰노미야를 데리고 병사들 격려 차 방문을 위해 최전선으로 향했다. 고니시가 목책성벽에 나타나자 마쓰이와 그의 부하들은 고니시 대장군에게 최고의 예의를 갖추어 인사를 올렸다.

"장군님! 어찌 여기까지 오셨는지요?"

감동한 마쓰이가 말했다.

"지금까지 방어를 하면서 오늘 최고의 전투성과를 올렸다. 모두 마쓰이 자네의 용맹함 덕분이다!"

"네, 감사합니다."

"성과가 있으면 상이 있어야 하는 법, 상으로 받고 싶은 것이 있느냐?"

"없습니다. 당연히 해야 할 일을 했습니다!"

"아니다. 말해 보거라. 내가 뭐든 들어주마."

"없습니다. 장군님!"

마쓰이가 우쓰노미아를 슬쩍 쳐다보며 말했다.

"마쓰이 장군! 대장님께서 상을 드리고자 하오니 말씀하지요?"

우쓰노미아가 거들었다.

"아닙니다……."

"어서 말해 보거라."

"하나가 있긴 합니다만……, 대장님 곁에는 충성스러운 우쓰노미아가 있습니다. 저도 장군님이 계시는 천수각을 경비하는 친위부대의 장군으로 가서 좀 더 가까이에서 모시고 싶습니다."

"그래, 날 좀 더 가까이에서 모시고 싶다?"

고니시가 우쓰노미아를 쳐다봤다. 우쓰노미아는 고니시를 보고 보이지 않게 고개를 살짝 저었다.

"그래. 승전의 전승자가 원하는 일이라면 군의 사기를 위해서라도 해주어야지. 우쓰노미아 준비를 하거라.”

“……”

“왜 대답이 없어?”

“네. 알겠습니다!”

“마쓰이, 저녁에 천수각으로 오너라. 축하의 술을 한잔 하도록 하자.”

“감사합니다! 장군님! 감사합니다.”

고니시는 병사들을 격려하고 우쓰노미아와 함께 목책성벽을 나와 왜교성 중앙 성 문으로 들어가기 위해 연륙처를 건너가다 가던 길을 멈추고 남동쪽 끝자락을 쳐다보며 물었다.

“저기, 후미진 곳에 웬 배가 있느냐?”

“어디 말씀이신가요?”

“저기를 봐라. 큰 바다로 바로 나갈 수 있는 자리에 우리의 안택선이 있지 않느냐? 올 때도 저기에 있었느냐?”

“아니요, 보지 못했습니다.”

“그래, 나도 보지 못했다. 저기에 안택선이 있을 이유가 없지 않느냐?”

“예, 안택선이 있을 위치가 아닙니다.”

“가서 안택선에 타고 있는 갑판장을 불러 오너라!”

“네.”

잠시 후, 안택선의 갑판장을 데리고 올라왔다.

“넌, 어찌 그곳에 외따로 안택선을 두었느냐?”

“예, 대장군님! 전 명령에 따라 그곳에 두었습니다. 왜교성의 전투가 시작된 이후 해가 지면 그곳에 안택선을 대기시켜 두라 해서 했습니다.”

“누가 그러더냐?”

"마쓰이 장군의 명령이었습니다."

"뭐라고? 마쓰이가?"

"그러면 지금까지 거기서 뭘했느냐?"

"별다른 사항은 없고 간혹 몇몇 군사들과 이야기를 하는 장소로 사용하곤 했습니다."

"이야기하는 장소? 술도 마셨느냐?"

"예, 간혹……."

"알았다. 그만 가 보거라. 지금 내가 부른 일은 없었던 걸로 하여라."

"네, 알겠습니다. 대장군님!"

"장군님도 알다시피 마쓰이가 술을 좋아합니다. 아마도 몰래 술을 먹기 위해서 그런……."


금화는 천수각 5층 망해루에 올라가 답답한 속을 달래기 위해 가슴이 시원해질 때까지 차가운 공기를 흠뻑 들이마시고 있었다. 옆에 선 단오는 쌀쌀한 바람을 피하려고 몸을 웅크리고 서 있었다. 초저녁을 알리는 샛별이 반짝일 때 마쓰이가 천수각 고니시 장군을 찾아왔다.

"어서 오너라."

"감사합니다. 장군님!"

"앉아라."

마쓰이가 고니시에게 목례를 하고 앉으며 옆에 서 있는 우쓰노미아에게 시선을 보냈다.

"우쓰노미아! 너도 이리 앉거라."

"아닙니다. 두 분이 오랜만에 즐거운 담소를 나누시기 바랍니다."

"괜찮다. 너희 둘은 어려서부터 동문이라고 하지 않았느냐? 어서 앉아라."

"그렇습니다. 아주 어려서부터 같은 스승에게 무술과 학문을 배웠습니다."

"그래? 그러면 두 사람은 얼굴보다 칼끝으로 더 잘 알 수 있겠구나?"

고니시의 말을 듣고 놀란 마쓰이의 눈이 우쓰노미아를 휘둥그레 쳐다보았다.

"오래된 일이어서……."

"그래, 우쓰노미아! 어려워하지 말고 어서 앉아라."

"죄송합니다."

"어서 앉으시게. 대장님이 허락하신 것이니……."

"더 이상 거절하지 말라."

"네, 알겠습니다."

고니시는 두 부하 장수의 잔에 술을 따랐다.

"자! 잔을 들어라. 우리가 이렇게 하기도 처음이구나. 예전에 나에게 맞았던 것은 잊거라. 마시자! 우리의 승전을 축하하며 건배!"

"감사합니다. 고니시 장군님 만세!"

마쓰이가 크게 외치며 술을 마셨다.

셋이서 주거니 받거니 화기애애한 분위기에서 시간이 흘렀다. 마쓰이는 외야 부대에서 매일 술을 해오던 터라 쉽게 취하며 말수도 많아지고 발음도 꼬여가고 있었다.

"마쓰이! 이제 그만 일어나세."

"나…… 난, 괜찮네만…… 장군님께서 처음으로 만들어주신 자리인데 얼마나 감사한가! 난 지금까지 자네처럼 기회가 없었네. 이젠 나도 지근거리에서 장군님을 모시고 싶네. 이제부터 자네는 부인을 모시게나.”

“마쓰이, 네가 내 부인을 경호하는 것은 어떻겠느냐?”

술에 취한 마쓰이가 벌떡 일어섰다.

“장군님, 제가요?”

“그래, 우쓰노미아는 나의 부관이니 나와 함께 있어야 할 것 아니냐? 그러니 네가 하면 좋을 것 같은데?”

“아닙니다. 전 못합니다. 부인께서 얼마나 무서운지 모르시지요? 제가 세상에 태어나서 그 여자만큼 무섭고 독한 사람은 본 적이 없습니다.”

우쓰노미아는 마쓰이의 말실수에 순간 화가 치밀었다.

“마쓰이! 무슨 말인가? 말 가려 하시게.”

“어이, 내…… 내가 뭐 잘못 말했나? 무섭고 독한 여자한테 독하다 말했는데 뭐가 잘못 되었나?”

“놔둬라, 술 먹고 한 소리이니…….”

고니시가 끓는 속을 삭이면서 담담하게 말했다.

“근데, 너는 내 부인이 왜 독하고 무섭다고 하느냐? 네놈과 무슨 사연이라도 있는 것이냐?”

“아니, 없습니다. 딱 보면 아는 것이지요? 제가 사람 보는 재주가 좀 있습니다.”

“그래?”

“저…… 저도 나고야에서 제일가는 다이묘 가문에서 태어나 성주의 장자로 당당하게 살았습니다. 그런데 미천한 조선 땅에서 조선 여자에게 남자로서의 수치심과 모멸감을 느껴봤습니다.”

"너에게 그런 모욕감을 준 그 여자가 누구더냐?"

"모르겠습니다. 잊어버렸습니다."

"알아야 내가 널 위해 혼을 내줄 것 아니냐?"

"저…… 정말이십니까? 장군님께선 절대하지 못하실 겝니다."

"네놈이 날 무시하는 게냐?"

"장군님! 마쓰이가 너무 취했습니다. 오늘은 이만 하시면……."

"아니다. 재미있지 않느냐? 이놈이 나의 힘을 모르는구나!"

"죄송합니다. 데리고 나가겠습니다."

고니시가 크게 웃었다. 우쓰노미아는 마쓰이를 부축하며 천수각 자리에서 일어났다. 고니시는 몇 잔의 술을 더 마시고 방에 불이 환하게 켜진 금화의 방으로 올라갔다. 고니시가 들어오는 것을 보고 단오가 슬그머니 자리를 비켰다.

"부인, 늦게 와서 미안하오."

"……."

"우리가 큰 승리를 거두었소. 그래서 마쓰이를 불러 격려를 해주었소."

마쓰이라는 말에 금화가 깜짝 놀라는 것을 감추려하자 이미 고니시의 눈치를 피할 순 없었다.

"그자가 승리의 대가로 부인을 지근거리에서 모시고 싶다고 해서 허락을 할까 하는데 어떠하신가요?"

"……."

금화는 입을 꾹 다물었다.

"부인이야 누가 지근거리에서 모시든 무슨 상관이 있겠소만 그자의 소원이니 들어줄까 하오."

"……."

"아! 그때 부인께서 명나라 놈들의 작전에 말려들지 말라고 충고했을 때 말을 듣지 않아 미안하오. 부인의 말을 들었어야 하는데……. 그럼 잘 자시오."

말을 마친 고니시가 일어서자 금화가 말문을 열었다.

"마쓰이는 사악한 자입니다. 장군에게 도움이 되지 못할 인간입니다. 차라리 우쓰노미아가 저를 경호하게 해주시기 바랍니다."

고니시는 금화가 입을 열어줘서 고마웠지만 속으로는 웃고 있었다.

"그래요? 부인의 말을 듣지 않아 낭패를 보았으니, 이제부터는 부인의 말을 들을까 생각하오."

바로 이때, 왜교성 입구에서 엄청난 폭발음이 연이어 들려왔다. 고니시는 금화에게 말을 끝내지도 못하고 밖으로 달려 나갔다.

귀신 의병들이 단오 전투를 경험 삼아 며칠 동안 야죽불을 준비했고 드디어 엄청난 굉음을 내며 불꽃이 터지고 있었다. 왜교성에 횃불들이 켜지기 시작하더니 당황한 왜군 병사들이 반격하며 쏘아대는 조총 소리와 불화살들을 엄청나게 쏘아대었다. 아군은 한 명도 없이, 대나무와 싸우는 왜군 병사들을 생각하면서 귀신 의병들은 통쾌하게 웃었다.


이른 새벽, 마쓰이의 숙소로 안택선의 갑판장이 급하게 달려왔다.

"기침하셨습니까?"

"자네가 어쩐 일인가?"

"어젯밤에 고니시 대장군님과 술을 했다고 들었습니다. 혹시 별일 없었나요?"

"그래, 했지. 근데 왜?"

"어제 해질 무렵에 숨겨둔 안택선을 장군님께서 보셨습니다."

"뭐야? 왜 그걸 이제야 말하는 거야?"

"그래서 바로 달려갔는데, 이미 장군께서 천수각으로 가고 난 후였습니다."

"근데 안택선에 대해선 물어보지 않았던 것 같은데? 취해서 기억이……."

"잘 기억해 보세요."

마쓰이가 어젯밤의 기억을 더듬었다. 그러다가 뭔가 떠올랐는지 깜짝 놀란 마쓰이가 자리를 박차고 달려갔다. 뒤에서 안택선의 갑판장이 마쓰이를 계속 불렀지만 마쓰이는 뒤도 돌아보지 않고 허둥지둥 우쓰노미아에게 달려갔다. 우쓰노미아가 피곤한 얼굴로 숙소에서 갑옷을 입고 있을 때 마쓰이가 급히 들이닥쳤다.

"이봐, 우쓰노미아! 어젯밤에 무슨 일은 없었겠지? 혹시 내가 해서는 안 될 말은 하지 않았나?"

"머지않아 자네 인사발령 있을 것이네."

"뭐라고?"

"그러면 날 본국으로 보내는가?"

"그건 뭔 소리인가? 본국이라니……."

"자네가 방금 인사발령이라고 했잖아?"

"자네, 내게 숨기면 안 돼. 고니시 장군님의 심기를 건들면 자넨 죽어! 그분은 다 알면서도 기다리고 있는 사람이야. 먼저 안택선을 그곳에 두는 이유가 뭔가? 도망가려고 한 것인가? 그리고 왜 부인을……."

"아니야, 아니라고! 더 이상 말하지 말게."

우쓰노미아의 다그친 말에 마쓰이의 얼굴이 붉어지고 눈알이 커지더니 완전히 겁에 질린 사람처럼 사시나무 떨듯 떨기 시작했다.

"나, 자네한테 말이지만 난 그년만 생각하면 화가 치밀고 두려워! 그년의 눈빛이 나의 죽음을 부르고 있어! 난 살고 싶다고……."

우쓰노미아가 떨고 있는 마쓰이를 잡았다.

"왜 그래? 이 친구야, 진정해!"

"하하하하, 자네도 똑같아, 그년이 뭐가 좋아서 그년을 지켜주는 거야. 그 미친년은 우리 다이묘의 부인이 될 수 없네. 이제 누구도 믿을 수가 없네. 으하하하————."

마쓰이는 실성한 사람처럼 두 팔을 벌리며 크게 웃고 밖으로 나갔다. 우쓰노미아가 뒤에서 마쓰이를 부르며 서 있었다.


어젯밤 야죽불 전투 진심이 전달되었는지 조명연합의 수군들의 화포가 왜교성에 집중 포화를 가했다. 하지만 육지에 있는 유정 장군의 군사들은 아무런 공격도 하지 않았다. 조명연합수군은 육지의 상황도 모르고 포격으로 왜교성의 중심부인 천수각이 있는 서쪽을 집중적으로 공격했다. 왜군 병사들이 바다로부터 포탄이 날아와 떨어지자 천수각의 한쪽 귀퉁이가 무너지고 병사들은 놀라 동쪽으로 도망을 치니 천수각 주변의 경호가 자연스럽게 허술하다 못해 빈 상태가 되었다. 빗발치는 포탄 속에서 천수각 5층 망해루에 금화가 나타나더니 소리쳤다.

"지금 왜군 병사들이 모두 동쪽으로 도망갔으니 연합군은 속히 서쪽으로 돌진해 오시오!"

놀란 우쓰노미아는 몸을 움츠리며 포탄 사이를 뚫고 천수각으로 달려 갔다. 불모텅이 바위 위에 있던 토부는 본능적으로 금화의 목소리를 알아 들었다.

"누이다! 저건 금화 누이가 분명해!"

토부는 누이가 있는 서측성벽 가까이 뛰어갔다.

"누이! 알았어, 위험하니 어서 들어가! 어서 들어가라니까……."

토부가 멀리서 손짓을 하자 망해루에 있던 금화가 달려오는 토부를 보며 외쳤다.

"이쪽에는 병사들이 없다! 어서 이쪽으로 들어오라고 해."

왜군 병사들 몇 명이서 토부를 향해 활을 쏘기 시작하자 진구와 차돌 그리고 유정이 나무방패를 들고 토부에게 다가갔다.

"아, 저기 달빛 그림자다!"

왜군 병사들이 크게 소리쳤다. 왜교성 전투가 시작되면서 유정과 진구는 검은 옷을 입고 다녔다.

"그래, 내가 달빛 그림자다! 이놈들아 쏴 봐라."

유정이 왜군 병사들을 향해 크게 소리 질렀다. 그러자 토부에게 집중되던 화살이 유정을 향해 쏟아져 날아왔다.

"알았으니까 어서 들어가! 위험해!"

"누이! 살아야 해, 꼭 살아 있어야 해, 내가 갈 테니까……."

토부가 큰 소리로 울부짖으며 누이에게 외쳤다. 그때 망해루 위로 우쓰노미아가 올라와 잽싸게 금화를 끌어안고 안으로 들어갔다.

"부인, 왜 이러시는 것입니까? 대장님께서 부인을 얼마나 생각하시는지 알기나 하신가요?"

"……."

"부인 이제는 이러면 안 됩니다."

"그러면 저보고 어쩌란 말입니까? 내 민족 내 백성을 잔인하게 죽인 고니시를 내 가슴에 받아들이라는 것인가요? 장군 같으면 그럴 수 있습니까?"

"……."

"말씀해 보세요! 저도 힘들어 미치겠어요."

"……."

"죽고 싶어도 죽을 수 없는 심정을 아세요? 전 대장님과 함께 있는 것이 죽기보다 싫어요."

"부인, 세상을 이길 순 없습니다."

"왜요, 나도 내 인생을 아름답게 살고 싶어요."

"……."

"하고 싶은 것을 하며 살고 싶어요. 내 인생에 가장 중요한 것…… 자존심을 지키며 살고 싶어요. 으흐흐흑!"

"……."

우쓰노미아가 금화의 처지를 이해라도 한다는 듯이 두 눈을 질끈 감았다. 그때 포탄이 주변에 떨어졌다.

"부인! 여기는 위험합니다."

"아니요, 차라리 여기서 죽겠어요. 혼자 가세요!"

"안 됩니다!"

우쓰노미아가 금화의 팔을 잡고 천수각 지하 토굴로 들어갔다. 금화와 단오는 밖에서 들리는 포탄 소리를 들으며 토굴에 쪼그리고 앉아 서럽게 울었다.


다음 날 이른 시간에, 화가 머리끝까지 난 진린 도독은 등자룡 장군과 함께 유정 장군의 막사로 급히 달려갔다. 등소림과 소화도 함께 갔다. 진린 도독은 유정 장군에게 육지에서 공격하지 않았던 이유를 조목조목 따지며 지난 전쟁에 대한 분노와 불만을 여과 없이 토로했다. 유정 장군은 다양한 이유를 들어 진린 도독에게 변명을 늘어놓았다.

작전회의 상황을 화폭에 담기 시작한 등소림이 그런 소화를 보며 붓을 놓고 조용히 물었다.

"뭘 그리 보고 계신가요?"

"아니요, 제 동생 중에 저렇게 얼굴을 가리고 다니는 아이가 있었거든요."

"아, 그래요. 시간이 없으니…….."

"예, 알겠습니다."

등소림은 작전회의 장면을 그리는 것에 최선을 다했다.

오시가 되어 회의가 끝나고 진린 도독과 일행들은 수군막사로 돌아와 명나라의 수군들을 모두 모았다.

"자, 하늘이 두 쪽 나더라도 오늘 전쟁을 끝낼 것이다! 육군과 합동작전으로 조선의 전쟁을 끝내고 우리는 승리를 안고 고향으로 가는 것이다! 고향에서 우리를 기다리고 있는 가족을 위해 승리하자. 자! 나가 적선을 나포하고 성을 점령하여라!"

"와ㅡ! 와!"

진린 도독은 명나라의 군사들에게 용기와 힘을 불어 넣어 주자 군사들의 함성이 하늘을 찌르고 있었다. 등소림과 소화는 살아 있는 기록을 담기 위해 화방 도구를 챙겨들고 진린의 눈을 피해 최전방에 배치된 전선에 올라탔다.

명나라의 수군들이 전선을 몰고 왜교성으로 돌진하자 그 소식을 들은 이순신 장군의 조선 수군들도 동시에 출병했다.

진린의 수군은 화포를 발사하며 엄청난 공격을 감행했다. 조선 수군들도 이에 못지않게 기세를 올리며 왜교성으로 나아갔다. 사기가 충천한 명나라 최전방 병사들이 왜교성 가까이에 접근하여 일제히 불화살을 쏘아댔다. 이에 질세라 왜군들도 화포와 화살을 쏘며 젖 먹던 힘을 다해 반격해왔다. 불화살과 대포를 쏘고 있는 병사들 사이에서 등소림과 소화는 위험을 무릅쓰고 전쟁의 전투 상황을 그림으로 남기고 있었다.

끝을 볼 생각으로 치열한 전투가 계속되었지만 공격하겠다던 육상에서의 유정 장군의 부대는 또다시 미동도 하지 않았다. 조명연합수군의 집중적인 공격을 받은 왜군 병사들의 피해는 컸으나 시간이 지날수록 전열(戰列)을 가다듬어 최전방의 조명연합수군들에게 반격을 가해 더 접근하지 못하게 피해를 주었다.


하루가 지나고 또다시 날이 밝았다. 어제는 미동도 하지 않던 유정 장군은 진린 도독에게 오늘은 꼭 함께 공격하자는 밀서를 보내왔다. 진린은 화를 참아내며 밀서의 내용대로 군사들을 재정비하고 초저녁부터 이순신 장군의 조선 수군과 함께 대대적인 공격을 가했다. 전날처럼 최전방 전선의 배를 타고 있는 등소림과 소화는 엄청난 포화 속에서 전쟁의 순간을 그림으로 남기고 있었다. 하지만 유정 장군이 인솔한 육상의 조명연합군은 아무런 공격이 없었다.

"도대체 유정! 이놈은 육지에서 뭐하는 거야? 어서 공격 신호를 보내라!"

진린의 계속적인 신호에도 육지에서는 별다른 공격이 없었다.

"후――, 열 받아. 유정, 이 역적 같은 놈! 전쟁을 하자는 거야 말자는 거야! 어서 공격 신호를 알려라. 어서!"

"도독님! 아무런 답신이 없습니다."

"이런, 천하에 배신자! 한 번 더 신호탄을 쏘아라! 어서."

진린의 명령을 받은 군사들이 신호탄을 하늘에 쏘아 올렸지만 육지에서는 아무런 답신은 없고 오히려 왜군들의 포탄과 총탄만이 날아왔다. 빗발치는 포화 속에서 지칠 줄 모르고 소화의 열정이 걱정된 등소림은 소화를 보호하기 위해 다급하게 나무 방패로 막아주었다.

"이제, 안으로 들어갑시다. 너무 위험해요!"

"아닙니다, 등 화공이나 얼른 들어가 몸을 피하세요."

소화는 두려움 없이 그림을 계속 그려냈고 전투는 깊은 밤까지 계속되었다. 밤이 깊어갈 때 등소림과 소화가 타고 있는 최전방 전선의 한 군사가 큰 소리로 외쳤다.

"장군! 우리 배가 갯벌에 빠지고 말았습니다. 움직이지가 않습니다!"

"뭣이라고, 움직이지 않다니? 전속력으로 빼 보거라, 어서!"

"안 됩니다! 배를 포기하고 다른 배를 불러 갈아타야 합니다."

"그럼 다른 배를 불러라! 어서!"

"예."

군사가 때마침 옆에 머물러 있던 군선을 불러 도움을 요청했다. 그러나 옆에 있는 군선도 갯벌에 빠져서 허우적대고 있었다.

"뭣이, 다른 군선들도 빠지고 말았다고?"

"이를 어쩌지요? 내일 아침이 되어야 바닷물이 들어올 텐데 걱정입니다."

명나라의 전선 이삼십 척이 갯벌에 갇히고 만 것이다. 이 모습을 본 왜군들은 좌초된 명의 군선들을 나포하려고 함성을 지르며 밀려들어왔다.

"적선이 뻘에 빠졌다. 지금이 절호의 기회다! 공격을 감행하라!"

왜군 병사들의 함성 소리가 더욱 커지고 있었다.

"장군! 적들이 우리 배를 향해 공격을 해오고 있습니다."

"가까이 접근하지 못하도록 계속 활을 쏘아라!"

엄청난 위세로 몰고 들어오는 왜군을 보며 등 화공까지도 활을 쏘며 왜군들과 싸웠다. 갯벌에 빠진 명의 수군들은 각자의 배에서 최선을 다하며 왜군 병사들과 맞서고 있었다. 그때 조선 수군의 판옥선 일곱 척이 고립된 명나라 군선의 지근거리까지 다가왔다. 높은 판옥선 갑판 위에서 쏘아대는 화포와 화살의 공격을 받은 왜군은 비로소 퇴각하기 시작했다. 공격을 받은 왜군들이 물러나고 전쟁은 또다시 소강상태가 지속되었다.


밤은 점점 깊어지고 가냘픈 초승달이 하늘 높이 떠 있었다. 눈썹 같은 초승달 주위로 쏟아질 것 같은 별들이 빼곡히 차올랐다. 왜군들이 언제 공격할지 모르는 왜교성을 코앞에 두고 등소림과 소화는 허기진 배를 달래며 불안한 밤을 보내고 있었다. 등소림이 바가지에 물 한 모금을 담아 왔다.

"소화 아씨, 여기 물이라도 좀 마셔요."

소화는 등소림의 얼굴을 빤히 쳐다보며 바가지를 받아 마셨다. 소화의 목을 타고 넘어가는 물만큼 등소림의 설렘도 목을 타고 넘어가고 있었다. 갑판에 함께 앉은 등소림과 소화는 자신들이 서로 같이하고 있다는 사실만으로도 얼굴에 미소가 가득했다. 두 사람의 만남은 부처님이 늘 말씀하던 전생에 억겁의 세월을 이겨낸 인연처럼 다가오고 있었다.

소화는 쏟아질 듯한 많은 별들을 타고 비단처럼 포근하게 아름다운 하늘을 날고 있었다. 등소림도 별을 헤며 무슨 일이 있어도 소화 아씨와 평생을 함께하겠다는 약속을 별 수만큼 마음속으로 세고 있었다.

"등 화공! 지금 무슨 생각을 하고 계시죠?"

등소림은 별을 세다가 소화의 말에 깜짝 놀랐다.

"무얼 그리 놀라시나요?"

"아, 아닙니다. 소화 아씨는 무슨 생각을 하고 계시는데요?"

"제가 먼저 물었습니다."

등소림은 얼른 대답을 하지 못하고 머뭇거렸다.

"으――― 말을 해줄까요?"

"뭔데요?"

등소림이 하늘만 쳐다보면서 입을 열었다.

"하늘에 있는 별들에게 내 이름을 걸고 약조를 했는데, 그 내용은 말씀드릴 수 없습니다."

"그런 게 어디 있어요? 저도 비밀이 있어요."

"뭔데요?"

"저도 말할 수 없어요."

두 사람의 미소가 별들 속으로 사라지고 쌀쌀한 바람이 스쳐 지나갔다.

"등 화공! 우리 조선은 언제까지 이렇게 우울해야 할까요?"

"곧 우울한 세상에서 벗어날 것입니다. 이제는 걱정 마세요!"

"정말…… 그럴까요?"

어느새 소화는 등소림의 어깨에 얼굴을 묻고 꿈나라에 빠져 별들 사이로 훨훨 날아가고 있었다.


날이 밝아지면서 바닷물이 찰랑거리며 서서히 들어오기 시작할 무렵, 갯벌에 빠진 명나라 수군들을 향해 왜군 병사들이 일제히 화살을 쏘며 공격을 감행해왔다.

"자! 때는 지금이다! 총공격하라! 불화살을 퍼부어라!"

좌초되어 나아갈 수 없는 명의 군선을 향해 사다리를 들고 불화살을 쏘며 일제히 공격을 감행했다. 전선 위에 있던 명의 수군들도 활을 쏘며 왜군 병사들의 접근을 막으려고 최선을 다해 맞대응했지만 순식간에 불화살이 엄청나게 날아들더니 전선들이 불타오르기 시작했다. 불타는 전선 위에서 싸우던 명의 수군들도 불길이 거세지자 바다에 뛰어들어 도망을 치려 했으나 많은 군사들이 죽고 말았다.

등 화공은 불타오르는 전선을 피해 소화를 데리고 물속으로 뛰어들었다. 이때, 조선 수군들의 판옥선이 나타나 왜군들을 향해 활을 쏘기 시작했다. 조선 수군들은 물속에서 허우적대는 등 화공과 소화를 발견하고 건져 올려 판옥선에 태웠다.

그날 갯벌 밭에 빠진 명나라의 사선 열아홉 척과 호선 스무 척이 모두 불에 타고 수많은 수군들이 죽었다. 이순신 장군의 조선 수군들은 명나라 군사 백사십여 명을 구해 돌아왔다. 무슨 연유에서인지 유정 장군이 약속을 지키기 않아 명나라는 많은 수군들과 전선을 잃고 말았다.

화가 극에 다다른 진린 도독이 등자룡, 계금 등을 거느리고 또다시 유정 장군의 막사로 급히 달려갔다. 진린이 오고 있다는 소식을 들은 유정은 조명연합군의 군영을 백 리 이상 떨어진 부유촌으로 도망가듯 부대를 옮겨버렸다. 피가 거꾸로 솟은 진린은 유정 부대의 깃발을 갈기갈기 찢어버렸다. 이후 조명연합의 수군들은 분을 참지 못하고 독자적으로 왜교성을 계속 공격했으나 별다른 성과를 거두지는 못했다. 조명연합수군은 적의 동태를 관찰하는 연락선을 배치해두고 나로도에 임시수군의 진을 설치하면서 전열을 정비하고 있었다.

며칠이 지나자 가토 장수가 있는 울산성을 공격하던 명나라 마귀 장군도 대패를 하여 경주로 후퇴했다는 소식이 들려왔다. 이로서 왜교성을 제외한, 지리멸렬한 '사로병진작전'은 실패로 돌아가고 말았다.


불빛도 밝히지 않고 달빛을 등불 삼아 그림자만이 희미하게 느껴지는 고요한 밤에 마쓰이와 안택선의 갑판장 그리고 몇 명의 병사들이 안택선의 밀실에 모여 은밀하게 대화를 나누고 있었다.

"장군님! 조명연합수군이 나로도로 진영을 옮겼습니다. 혹여 실패하거나 잘못되면 안택선을 타고 본국으로 도망갈 수 있습니다."

"그래? 기회가 왔다. 우쓰노미아는 내가 그년을 죽이려는 자객인지 알고 있다. 단지 고니시 장군님이 정확히 알고 있는지는 모르겠다!"

"장군! 그것은 중요하지 않습니다. 우리는 고니시 장군의 부인으로 조선 여인을 절대 인정할 수가 없다는 것입니다. 일이 잘못되어 본국으로 들어가서도 고니시 장군이 조선의 여인에게 빠져 전투를 소홀히 해서 망했다는 사실을 알려주면 대합전하도 우리 모두를 용서하실 것입니다. 그리고 왜교성의 이인자인 구로다 장군께서도 우리와 같은 생각을 하고 있습니다!”

“네가 확인했던 것이냐?”

“제가 몇 번에 걸쳐 속을 떠 보았는데 고니시 장군께서 조선 여인을 부인으로 맞이하는 것에 대해 불만이 아주 큽니다.”

“그래?! 그년을 소리 소문 없이 죽여 버리고 혹시라도 우리의 존재가 밝혀지면 구로다 장군에게 우리를 보호해 달라고 말하면 안 될까요?”

“그것도 아니면 안택선을 타고 본국으로 들어가는 것이다! 본국으로만 들어가면 우리 집안에서 다 해결해줄 것이다. 걱정하지 마라!”

“네, 잘 알겠습니다.”

조선 여인을 고니시 대장의 부인으로 인정할 수 없다는 이유로 금화를 죽이려는 마쓰이는 일본의 장수로서 명예를 지키는 숭고한 일처럼 포장하고 있었다.

“오늘 밤 축시가 되면 우리 일본의 명예를 되찾는 것이다.”

“네, 마쓰이 장군님!”

“자네는 축시가 되면 안택선을 타고 일본으로 돌아갈 병사들을 여기에 대기시켜라. 이 전쟁은 이미 우리가 졌다! 더 이상 버틸 수가 없는 상황이다. 여기서 개죽음당하는 것보다는 이번 기회에 살아서 가는 것이다!”

“네, 일본으로 떠날 오십여 명을 이미 확보해 두었습니다.”

“그래, 준비해 두거라!”

“대합전하 만세!”

불빛 한 점 없는 천수각은 어둠 그 자체였다. 마쓰이는 자객들을 데리고 서서히 천수각 안으로 들어갔다. 1층 연회장은 조용했고 자객들은 2층 금화의 방으로 들어가기 위해 첫 계단을 올라가려는 순간, 어둡던 주변이 밝아지며 우쓰노미아가 그들 앞에 당당하게 나타났다.

"그대들은 누구냐?"

"……."

"그대들은 누구이기에 이토록 집요하게 부인을 살해하려고 하느냐?"

"우쓰노미아! 친구야! 길을 비켜라!"

"마쓰이, 너! 마쓰이구나."

"그렇다! 나, 마쓰이다. 난 저년을 죽여야 한다. 일본 무사의 귀뺨을 때리고 겁박하고 날 암살하려고 여러 번 시도한 저년을 죽여야 한다. 또한 미천한 조선 여인으로 일본의 명예를 짓밟은 저년을 고니시 장군의 부인으로 받아들일 수 없다!"

"마쓰이! 그것은 네가 결정할 일이 아니다. 그만 물러가거라. 어서!"

"우쓰노미아! 자네와 싸우고 싶지 않다. 어서 길을 열어라."

"그것만은 안 된다! 너희들의 편견으로 사람의 목숨을 빼앗아 갈 수 없다! 그만 돌아가라. 마쓰이! 없던 일로 하겠다. 어서 가라!"

"저년 때문에 내가 미칠 지경이다! 자네와 고니시 장군은 저년의 교활함에 속고 있는 것이다. 길을 막는다면 널 죽일 수밖에 없다!"

마쓰이가 칼을 겨누자 우쓰노미아도 칼을 빼들었다.

"우쓰노미아를 죽여라!"

마쓰이의 명령에 자객들이 일제히 우쓰노미아를 향해 공격을 가했다. 우쓰노미아는 2층으로 올라가는 계단에서 한 발자국도 물러서지 않았다.

그들만의 치열한 싸움이 벌어졌다. 자객들이 우쓰노미아의 칼에 한 명씩 쓰러져갔다. 우쓰노미아도 상처를 입고 피를 흐르고 있지만 한 발자국도 물러서지 않았다. 자객들은 교대로 쉼 없이 공격했고 천하의 우쓰노미아 일지라도 혼자서 더는 버티기 힘들어질 즈음, 우쓰노미아의 병사들이 천수각으로 들이닥쳤다. 우쓰노미아가 부하들에게 외쳤다.

"저, 자객들을 모두 잡아라!"

"네!"

이제 막 도착한 우쓰노미아의 부하들은 자객들에게 달려들어 날카로운 검을 보여주고 있었다. 힘에 밀린 마쓰이와 안택선 갑판장 등의 자객들이 천수각을 빠져나와 왜교성 동쪽 숲 속으로 피신했으나 우쓰노미아는 더 이상 추격하지 않았다.

그날 밤, 안택선 한 척이 서서히 왜교성을 떠나 남해도를 빠져나가고 있었다.

# 빛을 잃어버린 소화

밤송이 같았던 소화의 머리카락이 어느새 어깨에 닿아 바람에 살랑거렸다. 승복을 벗고 아름다운 처자로 변신한 소화는 날마다 등소림이 선물한 머리빗으로 머리를 빗고 있었다. 소화는 매일 전쟁터에서 그린 그림을 다듬고 또 다듬으며 채색하는 작업을 진린 도독 모르게 쉼 없이 하고 있었다.

등소림은 승복을 벗고 평상복을 입은 소화를 보면 기분이 매우 좋아졌다. 어느 날, 등소림은 소화를 데리고 관왕사당으로 올라가 조용히 앉아 관운장의 초상화를 보고 향불을 올린 후, 월송대 솔밭을 지나 모래사장으로 발걸음을 옮겼다. 둘은 바닷가의 모래밭에 앉아 지는 해를 바라보고 있었다. 등소림이 소화에게 조심스레 말을 꺼냈다.

"소화 아씨! 제가 한 가지 물어봐도 될까요?"

"뭔데요?"

"예전에 왜교성에 갔을 때 꼭 보고 싶은 사람이 있다고 했는데 그 사람이 누구인지 해서요?"

"궁금하세요?"

"예, 아주 많이 궁금했습니다."

"그날 망해루에 서 있던 여인 보셨지요? 내가 보고 싶은 사람은 그 사람이었습니다."

"아! 그 망해루에 있던 아름다운 여인 말이지요?"

"네, 그 아름다운 여인이 제 동생입니다."

"네에? 동생이 어찌 거기에……."

"제 동생 금화는 아버지의 강요에 못 이겨 고니시에게 시집을 갔답니다."

소화는 더 이상 말을 잊지 못했다. 놀란 등소림은 망설임 끝에 다시 입을 열었다.

"그랬군요. 고니시의 부인이 아름답다고 들었는데, 그날 보니 정말 아름답더군요."

"전, 왜교성이 함락되지 않았으면 했어요. 속세를 떠나 출가한 지도 오래되었는데 왜 동생 금화만 생각하면 눈물이 나는지 모르겠습니다."

"당연한 거지요. 동생인데요."

소화는 더 이상 말을 하지 않고 바다를 보았다. 석양의 붉은 빛에 바닷물의 불그레한 빛이 더욱 깊어지더니 새빨갛게 물들었고 소화의 눈물에도 붉은 빛이 물들어 있었다. 두 사람은 말없이 바다만 바라보다 등소림이 먼저 입을 열었다.

"한 가지만 더 물어봐도 될까요?"

"뭐가 그리 궁금하신데요?"

소화가 눈물을 훔치며 살짝 웃었다.

"혹여 승복을 벗은 이유가?"

"특별한 것은 없습니다. 승복이 더러워져⋯⋯."

"그건, 그냥 물어본 것이고요. 정말로 한 가지만 더 물어볼게요. 그렇게 죽기 살기로 그림을 그리는 이유가 뭔가요?"

"⋯⋯."

"부담스러우면 말씀 안 하셔도 됩니다."

"큰스님 말씀만 듣고 아무 생각 없이 이곳에 왔는데 진린 도독께서 절이도 해전 그림을 불태워 버렸을 때 큰스님이 왜 나를 이곳에 보냈는지를 깨닫게 되었습니다. 도독님에게 명나라의 역사가 존재하듯이 나에게는 조선의 역사가 존재한다는 사실을 알게 해준 것입니다."

그랬다.

조선의 상처받은 역사를 기록으로 남겨야 하는 숙명이 자신에게 주어진 것을 깨달은 소화는 도를 닦는 산속 생활을 이제는 잊어야 한다고 생각했다. 그 후부터 소화는 묵묵히 조선의 역사를 담고 있었던 것이다.

"그랬군요. 저는 명나라의 역사를, 소화 아씨는 조선의 역사를 담도록 제가 최선을 다해 돕겠습니다."

"고맙습니다."

"그러나 도독께서는 소화 아씨가 그림을 그리는지 모르기 때문에 항상 조심해야 합니다."

"네."

어느새 붉게 물든 바다는 사라지고 달빛만이 물 위에 아른거리고 있었다. 등소림이 소화의 손을 끌어다 꽉 잡았다. '쏴———악' 하며 모래를 쓸고 지나가는 파도 소리만이 두 사람 사이의 고요한 정적을 깨고 있었다. 시간이 지나면서 밤하늘에 별들이 더욱 총총하게 살아났다. 두 사람은 아무 말 없이 손을 꼭 잡고 있었다. 은하수의 별들을 몽땅 쓸어 담아 왔는지 한 줄기 얇고 긴 모양의 띠구름이 나팔꽃처럼 길게 퍼지며 빛을 발산했다.

사랑을 받은 미세한 물방울이 터져 나오듯 바다 위의 얇고 노란 띠구름이 하늘 위 넓고 푸르스름한 띠구름에 닿아 온갖 빛깔을 내며 화려한 춤사위를 보여주고 있었고 사랑을 받은 춤사위가 더욱 강렬하고 다양한 색깔을 뿜어내며 밤하늘에 펼쳐지고 있다. 화려한 춤사위를 시기하는 별들이 별똥을 뿌리며 먼 바다로 떨어졌다.

"아씨, 저기 보세요, 별똥별이 떨어지고 있어요."

"조선에서는 별똥별이 떨어지면 누군가 죽는다고 했는데……."

"그래요? 우리는 별똥별을 보면 행운을 얻는다고 하는데……."

"맞아요! 세상은 생각하기 나름이에요."

"저기, 또 떨어져요!"

두 사람은 하늘을 보며 사랑을 나누고 있었다. 잠시 후 모래를 쓸고 지나가는 파도 소리를 깨는 말발굽 소리가 들렸다. 두 사람 앞에 진린의 호위 군사들이 나타나더니 소화를 포박해 진린 도독 앞으로 데리고 갔다.


소화가 거취하고 있는 막사에 진린과 등자룡, 계금이 소화가 그린 그림을 유심히 보며 서 있었다. 군사들은 소화를 진린 앞에 무릎 꿇리자 어느새 따라온 등소림이 소화 옆에 무릎을 꿇고 앉았다.

"스님! 이 그림이 무엇이오?"

"……."

"말을 하시오? 이 많은 그림이 무엇이냐 물었소?"

"……."

"그것은 저와 함께 전장에서 그린 것입니다."

불안해진 등소림이 소화 대신 입을 열었다.

"등 화공! 내가 너에게 물었더냐?"

"……."

등소림은 고개를 들지 못했고 소화는 당당하게 앉아 진린을 바라보고 있었다.

"스님, 이 그림이 무엇이냐고 물었소?"

진린 도독이 단호하게 다시 물었다.

"이 그림은 조선의 역사를 그린 것입니다."

소화의 목소리는 놀랄 만큼 차분했다.

"제가 언젠가부터 분명히 그림은 안 된다고 말을 했을 텐데요?"

"예, 들었습니다."

"근데, 스님은 왜 약조를 지키지 않는 것이오?"

"우선, 저는 약조를 한 적이 없습니다. 둘째, 저는 조선 사람으로 우리 땅에서 벌어지는 아픈 전쟁의 역사를 그렸을 뿐입니다. 셋째, 명군이 조선을 도와주기 위해 오신 것은 감사하나 도와주는 역할이지 명나라가 조선의 역사를 대신할 수 없는 것입니다. 해서, 저는 우리의 역사를 담아 후세에 남기고 싶었을 뿐입니다."

소화의 당당하고 차분한 태도에 주변 모두가 놀라고 있었다. 화가 난 진린 도독이 말했다.

"뭣이라고? 스님이 뭔가 잘못 알고 있소. 우선 조선은 명나라의 속국으로 우리의 명을 받고 있는 나라요. 둘째, 우리는 이 전쟁을 도와주러 온 것이 아니고 주인으로 전쟁을 하고 있는 사람이요. 셋째, 이 전쟁의 작전권은 조선 왕에게 있는 것이 아니고 명의 황제를 대신해 천조 대장군에게 있다는 것을 잊지 마시오. 해서, 스님이 그린 조선의 역사를 담은 그림은 필요하지 않으니 그림을 없애는 것은 물론이며 약속을 저버린 죄로 죽음을 면하기 어려울 것이오."

화가 치밀어 오른 진린 도독이 하늘에 닿을 정도로 크게 말했다.

"도독님! 제가 그림을 모두 없애도록 하겠습니다. 그러니 목숨만은 살려주십시오. 도독님!"

등소림이 진린에게 다가와 애원하듯 말했다.

"계금아! 끌고 나가 스님을 바로 참수하도록 하여라."

"예, 장군."

부관 계금이 소화를 끌고 나가라고 군사들에게 눈으로 지시했다. 군사들이 소화의 손목을 낚아채자 등소림이 진린 도독의 발목을 잡고 애원했다.

"도독님! 안 됩니다. 살려주십시오, 제발 살려주십시오!"

하지만 진린은 고개를 돌리고서는 더 이상 듣는 체도 하지 않았다. 군사들이 소화를 끌고 나가자 등소림이 외쳤다.

"이놈들아! 안 된다. 차라리 나를 잡아 가거라! 안 돼. 절대 안 된다."

등소림이 군사들을 밀쳐내며 울며 말했다.

"어서, 끌고 나가서 당장 참수하지 않고 무엇들 하느냐?"

"예!"

"도독! 차라리 저를 죽여주십시오. 꼭 죽여야 한다면 차라리 같이 죽여주십시오. 저도 함께 죽겠습니다. 소화 아씨와 평생을 같이하려고 마음먹었습니다. 저 혼자 사는 것은 아무런 의미가 없습니다. 같이 죽여주십시오!"

등소림의 애절한 말을 듣고 있던 부관 계급과 군사들은 소화를 끌고 나가지 못하고 멍하니 서 있었다. 가슴이 먹먹해진 등자룡이 조심스럽게 진린에게 말했다.

"도독! 못난 자식 놈이 그동안 정을 많이 준 모양입니다. 그림은 불태우고 기회를 한 번 주심이 어떨는지요?"

진린은 기다렸다는 듯이 등자룡을 호되게 나무랐다.

"아니, 등 장군 자식이라고 편을 드는 것이오? 그리고 이미 나에게 소림의 목숨을 주지 않았소? 이것은 개인의 문제가 아니오. 천조의 역사가 달려있는 문제요! 이 그림을 보고도 모르신단 말이오. 조선의 역사가 여기에 그대로 살아 있소. 후세의 역사가들이 이 그림을 보면 우리 명군의 존재는 없어지는 것이오. 어찌 역사의 무서움을 모른단 말이오?"

"죄송합니다. 제가 잠시……."

"어서 끌고 가지 않고 뭐하느냐?"

저승사자처럼 무서운 진린의 표정을 보고 등소림이 체념한 듯 차분하게 말했다.

"도독! 제발 함께 죽여주시오, 난 맹세를 했습니다. 소화 아씨랑 함께 죽겠다고…… 명나라의 군사로서, 등자룡 장군의 아들로서, 아니 진린 도독의 아들로서, 등소림이라는 한 남자로서 이름을 걸고 약속을 했습니다. 제 약속을 지키게 해주십시오!"

진린이 잠시 멈칫 거렸다.

"……."

"소화 아씨를 본 이후, 한 번도 그녀가 머릿속에서 떠나 본 적이 없습니다. 그림을 그리는 화선지 위에도, 세수를 하는 세숫물 위에도, 밥을 먹는 밥상 위에서도, 아니 꿈속에서도 그녀의 숨소리가 내 가슴속에 맺혀 있습니다. 그녀의 향기가 좋고, 그녀의 청아한 목소리가 좋고, 그녀의 숨소리가 들리지 않으면 난 죽은 목숨이나 똑같습니다. 이젠 혼자 지낼 수 없습니다. 설령 저를 죽이지 않는다면 저는 스스로 세상을 떠날 것입니다. 함께 죽는 행복을 주시기 바랍니다. 그렇게만 해주시다면, 그 은혜 죽어서도 잊지 않겠습니다. 도독님! 제 약속을 지키게 해 주십시오."

죽음을 초월한 등소림의 목소리가 점점 담담해졌다. 하지만 그의 눈에서는 끊임없이 눈물이 흐르고 있었고 듣고 있던 소화도 소리 없이 눈물만 흘렸다.

"두 사람이 약조를 했던 것이냐?"

진린이 물었다.

"아닙니다. 저 혼자 마음속으로 다짐을 했을 뿐입니다."

진린뿐 아니라 그 자리의 모든 병사들도 등소림의 뜨거운 사랑의 깊이를 느끼고 있었다. '등 화공이 그리도 좋아한다 말이더냐?' 진린이 고개를 돌리며 혼잣말로 중얼거렸다.

"장군! 등 화공은 아무 죄가 없습니다. 저만 죽여주시면 됩니다. 시절을 원망하거나 도독님을 원망하지 않을 것이니 저만 죽여주시기 바랍니다. 저는 등 화공께 아무것도 드리지 못했는데 행복한 마음으로 죽게 해주어 감사할 뿐입니다. 죽기 전에 한 가지만 도독님에게 말씀드리지요. 조선에는 조선의 역사가 존재한다는 사실을 알아주시기 바랍니다. 어떤 것도 그것을 막을 수도 대신할 수도 없습니다!"

소화가 사랑 앞에서 당당하게 말하자 등소림이 소화에게 다가가 지그시 바라봤다. 막사 안은 고요한 침묵만이 흐르고 누구도 말을 꺼내지 못했다. 진린이 침묵을 깨며 말했다.

"그러면, 좋다! 내가 스님의 그림목숨만 빼앗겠다!"

모두들 진린의 말이 무슨 뜻인지 몰라 의아하다는 듯 바라봤다.

"등 화공! 내가 스님의 목숨은 살려주되 그림의 목숨만 가져가도 되겠느냐?"

"소화 아씨의 목숨만 살려주신다면 그 은혜 절대 잊지 않고 남은 목숨 도독님을 위해 바치겠습니다."

"좋다, 너희들은 스님을 끌고 나가 목숨은 살려주되, 두 눈을 빼앗아 나에게 가지고 오라! 어서 끌고 가라!"

"예."

진린의 말을 들은 부관 계금이 머뭇거렸다.

군사들이 소화를 끌고 나가려 하자, 등소림이 군사들을 말리기 위해 온몸으로 막아섰다. 그것을 본 등자룡이 소림을 막아서고 말했다.

"소림아! 스님이 죽기를 바라느냐? 그대로 있거라!"

등자룡이 아들 소림을 붙잡자 군사들은 소화를 끌고 나갔다. 진린은 소화가 그린 그림을 다시 한 번 바라보았다. 밖에서 들려오는 소화의 비명 소리에 등소림은 울며 몸부림을 쳤다. 진린은 소화가 그린 그림 전부를 불에 태워버렸다. 막사 안은 한동안 불타버린 그림의 연기와 등소림의 울부짖는 소리로 가득 찼다.

# 망해루 위에 선 금화

시월 하순, 바람이 몹시 차가웠고 치열했던 전투도 보름 정도 조용했다. 금화에게는 달이 뜨면 망해루에 올라 달빛을 보는 일이 유일한 기쁨이었고 오늘도 천수각 5층 망해루에 올라 실눈썹처럼 가냘픈 그믐달을 바라보고 있었다. 천수각 입구 기단 앞에 무릎을 꿇고 울고 있던 맨 앞에 고니시가 하늘을 쳐다보며 슬프게 울고 있는 게 아닌가?

"다이코 전하! 다이코 전하! 다이코 전하!"

소리 내어 엉엉 우는 고니시의 울음소리가 처절하게 들려왔다.

"아씨, 고니시 장군님이 우는 모습을 처음 봐요!"

"우리가 이제는 여기를 떠날 때가 된 것 같구나."

"아씨, 도망갈 무슨 계획이 있으신가요?"

"아니, 모르지……."

"요즘에는 왜교성 밖을 한 발자국도 나갈 수 없으니 도망을 갈 수나 있을까요?"

금화가 단오의 얼굴을 빤히 쳐다본다.

"단오야, 너 올해 몇 살이지?"

"뜬금없이 나이는 왜 물어봐요? 저도 겨울이 지나면 열여섯 살이지라."

"우리 단오도 나이 많이 먹었구나. 시집갈 때가 됐네."

"시집은 무슨 시집이요. 아씨 옆에서 평생 살란디요."

"평생! 늙은 처자를 나보고 데리고 살라고? 아이고 끔찍해라."

금화가 몸서리를 친 시늉을 하자 단오는 입을 삐쭉거리며 말했다.

"근데 아씨, 왜들 저렇게 울고 있어요? 고니시 장군님의 부모님이라도 돌아가셨대요?"

"부모님보다 더 높은 사람이 죽었단다."

"부모님보다 더 높은 사람도 있어요?"

"……."

고니시와 왜군 병사들은 기단 앞에 엎드려 대성통곡을 하고 있었다. 고니시의 바로 뒤편에서 무릎을 꿇고 있던 구로다가 벌떡 일어나며 고니시에게 물었다.

"장군님! 어찌 부인께서는 이 자리에 없는 것입니까? 우리의 대합전하께서 승하하셨는데 부인으로서 당연히 이 자리에 계셔야 하는 것 아닙니까?"

"……."

"망해루에 올라 달빛 구경이나 하고 있으니, 어찌 고니시 장군님의 부인이라고 할 수 있겠습니까?"

"구로다! 함부로 말하지 말거라."

무릎을 꿇고 울고 있던 고니시가 조용히 말했다.

"장군! 부인으로서 위상이 있는데 이것은 아니라고 생각합니다."

"그만하라 했다!"

"저는 장군님께서 왜 그렇게 부인에게 관대하고 쩔쩔매는지 이해를 할 수 없습니다. 사실, 마쓰이 사건 때도 아시겠지만 부하 장수들도 불만이 많습니다."

"구로다 장군! 대장군에게 무례하오."

듣고 있던 우쓰노미아가 나서며 말했다.

"그대는 가만히 있으라. 대합전하의 승하를 슬퍼하지도 않는 부인을 우리보고 받아들이라고만 하시니……."

"그만하라 했다!"

고니시 장군이 고개를 돌리며 말했지만 구로다도 한 치의 물러섬이 없었다.

"장군! 대합전하의 죽음으로, 철수 명령을 받아 이제 떠나야 하는데 언제까지 부인이라고 하실 겁니까? 데리고 갈 것도 아닐 테고. 전쟁 중에 피로나 풀며 맛깔스런 노리개로 삼으면 됐지. 이제는 거만하기 짝이 없는 그 여자의 목을 쳐서 일본 무사의 위용을 보이셔야 합니다."

이 말을 듣던 고니시의 눈초리가 매섭게 치켜 올라가더니 바로 일어섬과 동시에 칼을 뽑아 구로다의 목을 단칼에 베어버렸다. 녹이 댕강 떨어지더니 몸통에서 핏줄기가 하늘을 향해 솟구쳐 올랐다. 왜군 병사들 모두는 크게 놀라며 자지러지고 말았다. 금화와 단오도 이 모든 것을 망해루에서 보고 있었다. 놀란 단오는 그 자리에 풀썩 주저앉고 말았다. 고니시는 칼을 내동댕이치며 더 이상 울지 않고 막사로 돌아가 버렸다. 막사 안의 기름등의 불빛이 어른거리며 막사 천막에 투영되어 고니시와 우쓰노미아가 술을 마시는 모습이 흔들거리고 있었다.

"우리가 왜교성에 들어온 지 얼마나 됐나?"

"예, 일 년 하고도 두 달이 지났습니다."

"그동안 성을 쌓고 전투를 치르느라 고생이 많았다!"

"제가 무슨 고생인지요. 대장군께서 어려운 상황을 헤쳐 나가시느라…… 보면 대단하다는 생각밖에 안 듭니다."

"난 지금 몹시 가슴이 아프다."

"저도 대합전하의 승하 소식을 듣고 모든 기운이 빠져 일어날 수 없었는데 대장군님께서는 오죽 하시겠습니까?"

"대합전하가 승하하신 사실은 달포 전에 알았다. 언젠가 내가 하루 종일 천수각에 있다가 너에게 조선 땅에서 살고 싶다고 했던 때를 기억하느냐?"

"예, 기억납니다. 구월 초순 정도입니다."

"그래, 그때 알았느니라."

"그래서 그렇게 급하게 철군을 준비하셨군요."

"내가 가슴이 아픈 이유는 내 부하를 내 손으로 죽였다는 사실 때문이다. 구로다는 나의 친형제보다 더 가까운, 전쟁터에서 생명을 주고받은 사이였다."

"근데, 그렇게 귀하게 여긴 구로다를 어찌……."

"그러게, 나도 이해가 잘 되지 않는구나. 이렇게 술 한 잔에 혼이라도 달래줘야지……."

고니시는 잔을 들어 술을 바닥에 뿌렸다.

"……."

"난 구로다의 말처럼 부인을 정말 좋아한다. 그래서 대합전하에게 허락도 받지 않고 그녀와 혼인을 했다. 아직까지 나에게 마음 한 번 준 적이 없고 나를 여러 번 시해하려고도 했다."

"아니, 시해까지 말입니까?"

"차갑고도 차가운 여인이지만 난 부인을 좋아하고 사랑한다. 내가 부인을 얼마나 사랑하는지를 오늘 다시 알게 되었다. 나의 혈육을 내 칼로 베었으니 나의 혈육보다 더 귀하게 여긴다는 뜻 아니겠는가?"

"제가 봐도 부인의 미모와 인격은 최고이십니다."

"근데 더 큰 걱정이 있다. 아마 부인은 왜교성, 아니 순천도호부를 떠나지 않으리라 생각한다. 가면 모든 것이 낯설고 아는 사람이라고는 아무도 없고 더욱이 좋아하지 않는 나를 따라오고 싶어 하지 않는다."

"떠나지 않다니요? 우리가 데리고 가면 될 것 아닙니까?"

"그래, 데리고 가면 쉽지. 하지만 강제로 데리고 가면 자결을 하고 말 것이다. 그것이 어렵구나."

"자결이요?"

"그래, 부인의 인품으로 보아, 그 사람은 자결을 하고 말 것이다. 그것도 내가 죽이는 것과 같지 않은가?"

"아마 그럴 수 있겠다는 생각이 듭니다. 그러면 풀어주려 하시는지요?"

"내가 혈육보다 더 좋아하는 사람인데 풀어주고 싶지도 않구나. 내 욕심을 챙기면 부인이 죽고 내 욕심을 버리면 부인과 헤어져야 하는 참으로 불행한 악연이구나."

고니시가 괴로운지 술을 벌컥벌컥 들이컸다.

"우리 부대는 보름 후에 부산에서 모두 만나 조선을 떠나기로 했다. 이제는 모든 미련을 버리고 철수 준비에 만전을 기하라!"

"예."

"조선의 보물과 문화재 그리고 도공들은 충분히 데려갔는데 묘법이라는 화공을 데리고 가지 못한 것과 조선왕조실록을 깡그리 없애버려 조선의 역사를 완전히 끊었어야 하는데 그러지 못한 것이 참으로 애석하구나."

"정말 아쉽습니다."

"날 제일 힘들게 만든 유정, 진구, 차돌이 이놈들은 잡아 껍질을 벗겨 내 부하들의 원수를 갚아주지 못하고 가는 것이 가슴에 한이 되는구나!"

"죄송합니다. 모두 제가 부족해서……."

"전쟁이 끝나고 언젠가 다시 와서라도……."

"……."

고니시는 연거푸 술을 마셨다.

"이순신은 우리를 절대 쉽게 보내주지 않을 것이다. 그러니 정찰병을 잘 활용해야만 살아서 갈 수 있다."

"예, 알겠습니다. 현재 경비 군사들이 곳곳에 박혀 있어 그냥 갈 수 없습니다. 한 가지 방법이 있다면 명나라 수군에게 뇌물을 바쳐 퇴로를 확보하는 방법밖에 없는 실정입니다."

"그렇다, 명의 장수들에게 얼마든지 뇌물을 줘서 우리의 퇴로를 찾아야 할 것이다."

"유정 장군은 뇌물이 먹히는데 진린은 좀처럼……."

"유정에게 뇌물을 줘서 우리가 이만큼 버티고 있는 것이다. 그자가 수군처럼 이를 앙다물고 달려들었다면 이미 저승 밥을 먹었을 것이다."

우쓰노미아의 정보에는 진린은 뇌물도 통하지 않는 장수였고 이순신에게는 말조차도 꺼낼 수가 없는 상황이었다.

"그러면, 부인은 어찌 하실는지요?"

"……."

"안 되면 힘으로……."

"그 문제는 내 문제이다. 내가 알아서 할 것이다."

우쓰노미아의 손을 뿌리치고 홀로 술을 따르고 있는 고니시의 표정이 외롭고 쓸쓸했다.

# 기밀문서

　눈을 헝겊으로 칭칭 감싼 소화가 골방에 누워있었다. 머리맡에 앉은 등소림이 숟가락에 미음을 떠서 소화의 입 안에 넣어주었다. 등소림의 눈물이 소화의 눈을 덮은 헝겊에 한 방울 떨어졌다. 지금까지 등소림은 소화의 곁을 잠시도 떠나지 않았다.

　"등 화공! 지금 몇 경이나 되었나요?"

　"유시가 되어갑니다."

　"그래요? 저녁놀이 아주 예쁠 시간이네요."

　"예, 그리 되었습니다."

　"그러면 저를 노을이 잘 보이는 곳으로 데려다 주시겠습니까?"

　"노을을 보신다구요?"

　"왜, 눈이 없으면 마음도 없을 것 같습니까?"

　"아니, 그런 게 아니라⋯⋯."

　"해가 지기 전에 저를 데려다 주세요."

　소화는 등소림의 팔을 잡고 솔향기가 은은하게 묻어나오는 월송대 솔밭 사이를 지나 바닷가로 나갔다.

"솔 향기가 아주 좋아요. 선암사에 있을 때 늘 맡았던 솔 향기를 그동안 잊고 살았어요. 눈을 잃으니 코끝이 살아난 것 같아요."

"그래요? 지금 솔밭을 지나고 있습니다."

"파도 소리가 들리네요."

"예, 모래를 쓸고 내려가네요."

"귀도 살아나는데요. 전에 왔던 그 모래밭이군요. 맞죠?"

"예, 전에 동생에 대한 이야기를 해주던 그 자리입니다."

"고맙습니다, 그 자리로 와주어서…… 솔 향기와 바다 향기를 느끼니 우리 가족들이 보고 싶네요. 예쁘고 총명한 동생 금화, 태어나자마자 얼굴의 화상 때문에 마음에 상처가 심한 미부, 심지가 굳고 마음이 착한 토부 그리고 여리고 착한 엄마가 무척 보고 싶어지네요."

"전쟁은 금방 끝날 것입니다. 곧 가족들을 만날 수가 있어요. 풍신수길이 죽어 철수 명령이 떨어졌기에 왜군들은 도망가기 위해 모든 방법을 동원하고 있습니다. 명의 수군도 조만간 바로 출병을 한다고 합니다. 우리 집안의 철천지원수 왜놈들을 그냥 돌려보낼 수 없습니다. 저희 아버지 등자룡 장군께서도 이날을 위해 절강성에서 모든 가족을 데리고 여기까지 왔으니까요."

"그런 집안의 사연이 있으셨다 했지요?"

"소화 아씨! 고니시 부대가 조만간 철수한다는 정보가 들어왔기에 아마도 이번 출전이 마지막 출병이 될 것입니다. 여기서 조금만 기다리시면 제가 꼭 돌아올 테니 몸조리하고 계세요."

"저도 갈 것입니다. 화선지에 담지 못하면 가슴에라도 담아야지요. 조선 사람이 조선의 역사를 담는 것은 당연합니다. 절 꼭 데려가주세요. 꼭 가서 현장의 느낌을 가슴에 담고 싶습니다.”

“안 됩니다! 보이지도 않는 분이 전쟁터에서 어찌 계신다고 합니까?”

“앞이 보이지 않는다고 무시하는 것입니까? 조금 전에 말했잖아요. 코도 트이고 귀도 트이는 것을⋯⋯.”

“아니 그런 것이 아니라, 걱정이 되어서⋯⋯.”

“앞으로는 제가 보지 못한다는 말씀은 하지 마십시오. 누구도 원망하지 않습니다. 제 곁에서 저 대신 제 눈이 되어 주시면 전 항상 보일 것입니다.”

“소화 아씨⋯⋯.”

등소림이 소화를 껴안아 주자 소화도 등소림을 껴안았다. 등소림의 눈물이 소화의 어깨에 떨어지자, 소화는 더욱더 등소림을 꽉 안아주었다.


귀신 의병들은 불모팅이 바위 뒤에서 그들만의 진지를 구축하고 추위를 피하고 있었다. 금화와 단오가 왜나라로 끌려가기 전에 필사적으로 구해내야만 하는 절박한 시간이 흐르고 있었다.

얼마 전, 진구는 혼자서 '달빛 그림자'가 되어 왜교성에 침입했으나 금화 아씨나 단오를 만나지 못하고 그냥 돌아올 수밖에 없었다. 마쓰이 자객사건이 있고 난 후 천수각의 경비가 엄청나게 삼엄해졌기 때문이었다. 최근 들어 왜교성을 출입하는 사람은 아무도 없었다.

“장군님!”

소리를 지르며 막사 안으로 우쓰노미아가 달려 들어왔다.

“명의 수군과 조선의 수군들이 우리의 퇴로를 완전히 막아버렸습니다.”

"뭐라고? 며칠 뒤에 부산에서 만나 철군하기로 약속이 되었는데, 어찌 이런 일이! 정찰병들은 뭐했다더냐? 이런 바보 같은 놈들……."

"방법을 찾아 보거라, 방법을……. 우리도 오백 척이나 되는데 결전을 해서라도 가야 한다. 고립되면 끝이다. 상황이 여의치 못하면 죽음을 담보로 최후의 결전이라도 해야 한다!"

"조선 수군들은 뭐든지 물고 말겠다는 승냥이처럼 변했습니다. 그때 나타나면 바로 물리게 되지요. 우리를 절대 그냥 돌려보내지는 않을 것입니다. 그리고 명의 전선만도 오백 척이나 되어 도저히 당해낼 수 없습니다. 결전은 곧 죽음입니다. 육지에 있는 유정은 뇌물을 처먹여 정리했으나 정작 필요한 진린을 정리 못했으니 우리가 스스로 방법을 찾아야 합니다."

"그러면 어찌한단 말이냐? 여기서 꼼짝없이 죽게 생겼구나."

"방법이 하나 있기는 합니다만……."

"뭐냐? 어서 말하여라."

"사천성에는 시마즈 장군이 있습니다. 지원을 요청하셔야 합니다. 시마즈가 장군님의 말씀을 무시할 순 없습니다. 만일 사천성에서 우리를 구하기 위해 출병만 해준다면 조선 수군과 명의 수군은 관음포에서 싸울 수밖에 없습니다. 우리 부대가 이기면 이긴 대로 지면 진대로 우리는 살 수 있습니다."

"이기나 지나 살 수 있다니, 그게 무슨 소리냐?"

"사천성의 우리 수군도 끌어모으면 오백 척이나 됩니다. 사천성에서 왜교성을 구하기 위해 출병하면 조선 수군과 명의 수군 모두 출병할 수밖에 없습니다. 전투를 하면 적어도 하루는 싸워야 합니다. 이기면 안전하게 돌아가고 지더라도 우리는 그들이 싸우는 동안 여자만으로 빠져나가면 됩니다."

"그래, 썩 괜찮은 계획이다. 그러면 당장 사천성의 시마즈에게 기별을 보내도록 하거라."

"근데, 바닷길이 모두 막혀버렸습니다. 적의 수군들이 사천성으로 가는 길을 열어주지 않으면 배 한 척도 빠져 나갈 수가 없습니다."

"그러면, 육지로 파발을 보내 소식을 전하도록 하여라."

"검단산성에 연합군이 진을 치고 있어 나가는 순간 적발되고 맙니다. 파발이 아닌, 아무도 모르게 밀자를 보내도록 하겠습니다. 왜교성만 빠져 나가면 어렵지 않을 것입니다."

"그렇게 하거라, 시마즈가 부산으로 떠나기 전에 가야 한다. 촌각을 다투는 일이다. 당장 어서!"


해가 지고 어스름해질 무렵 왜교성의 성문이 살짝 열리더니 조선인 복장에 패랭이를 쓰고 바랑을 짊어진 정체불명의 한 사내가 조용히 빠져나왔다. 귀신 의병들은 이 시각에 사람이 나오는 것도 이상하지만 주변을 살피며 나오는 모습이 무척 수상해 보였다.

유정과 차돌은 먹을 것을 구하러 나가고 없었다. 진구와 토부는 주변을 살피며 나오는 수상한 사내의 뒤를 쫓았다. 그자는 빠르게 달려가기 시작했다.

"튄다! 수상하다. 우리가 잡자!"

"좋았어, 지름길로 먼저 가서 숨어 있자."

진구와 토부는 지름길로 질러가서 그 사내가 오기를 기다렸다.

벌써 해가 지고 주변은 깜깜해지고 있었다. 어둠 속에서 그 사람이 주변을 살피며 급하게 다가왔다. 진구와 토부는 그가 마주 오는 방향으로 길을 걸었다. 그 사내와 서로 눈이 마주치자 어둠 속에서 보이는 그 사내의 눈빛이 떨리고 있었다. 진구가 발을 걸어 그 사내를 넘어뜨리려고 하는 순간, 그 사내가 공중을 한 바퀴 '휙' 돌아 넘어지지 않고 바른 자세로 우뚝 섰다. 진구와 그 사내는 그 자리에 멈춰 섰다.

"아저씨, 어디를 그렇게 바쁘게 가시는가요?"

"얘들아, 저리 가거라."

패랭이를 쓰고 바랑을 맸어도 말 억양을 들은 진구는 왜군 병사가 틀림없다고 느꼈다. 결정적으로 허리춤에 차고 있는 왜도가 왜놈이 분명했다.

"저쪽으로 가면 조선 군사들이 많이 있는데 가면 잡혀요."

"고맙다."

대답하는 순간, 그 사내는 조선 군사를 피해야만 하는 사람이 되고 말았다. 그 사내가 가는 방향을 바꾸어 달려갈 때, 진구가 활을 쏘아 그 사내의 다리를 정통으로 맞혔다. 몇 발자국을 더 가더니 왜도를 집고 쓰러지지 않으려고 애를 쓰면서 다리에 박힌 화살대를 손으로 분질렀다. 그리고 바랑에서 봉투를 꺼내 발기발기 찢어버리려 할 때 진구와 토부가 칼을 빼들고 공격을 감행했다. 그 사내도 왜도를 꺼내 방어하는 칼 솜씨로 보아 대단한 검객이었다.

그 사내의 칼끝이 토부를 향해 날아왔다. 고개를 뒤로 젖히며 칼끝을 피하려고 했지만 무술이 서툰 토부는 얼굴을 쑤욱 베여 피가 흐르기 시작했다. 그것을 본 진구가 그자의 옆구리를 향해 칼을 찔렀고 그자의 옆구리가 진구의 칼에 베였다. 그 사내는 뒤로 물러서며 도망을 가려 했지만 다리에 화살촉이 꽂혀 있어 쉽지가 않았다. 사내의 손에 있던 문서 봉투가 떨어지며 바람을 타고 날아가는 것을 얼굴을 움켜지고 있던 토부가 재빨리 주웠다.

진구가 도망가는 자를 칼로 연이어 공격하자 그 사내 또한 왜도로 다시 방어를 하며 재공격을 해왔다. 한참 동안 팽팽하게 공격을 주고받았지만 싸움은 끝나지 않고 지속되었다. 만일 진구가 활로 먼저 다리에 부상을 주고 제압하지 않았다면 진구가 상대하기조차 어려운 실력파의 무사였다. 하지만 시간이 지날수록 그 사내의 옆구리와 다리에서 피가 많이 흘렀고 그 사내는 혼미한 정신을 지탱하려 애를 썼지만 결국에는 쓰러진 채 진구의 승리로 끝났다. 진구는 토부의 얼굴 상처를 보고 걱정이 되었다.

"토부야. 괜찮아?"

"나보다 우선 중요한 문서를 보자."

토부가 문서를 펼치며 달빛에 내용을 보더니 깜짝 놀랐다. 진구와 토부는 재빨리 그 사내를 언덕 아래로 밀어 시신을 찾지 못하게 만들어 놓고, 동료들이 있는 불모팅이 바위로 곧장 달려갔다.

유정은 토부를 보고 놀랐다. 토부는 칼에 베인 피부가 벌어져 피가 흐르고 있었다. 차돌은 약초를 뜯어 지혈과 치료에 도움에 되도록 덮어주고 헝겊으로 감았다. 토부는 아프기도 했지만 얼굴 상처에 대한 부담이 커지고 있었다.

"애들아, 어떻게 하지?"

진구가 아이들에게 그동안의 상황을 설명했다.

"이것이 이번 전쟁에서 승패를 가늠할 가장 중요한 일이다!"

아픈 토부가 내용을 설명해주었다.

"공격하기로 한 날이 며칠 남지 않았어. 우리가 침착해야 해!"

옹골진 유정이 말하자 토부가 다시 말을 꺼냈다.

"그래, 유정이 말이 맞아. 아……."

토부가 상처의 고통 때문에 더 이상 말을 잊지 못하자 유정이 계속 말을 이어갔다.

"그래, 이 정보에 의해서 크게는 임진왜란, 작게는 정유재란의 전쟁이 어떻게 끝나는지가 정해질 거야! 여기에 적혀진 대로 조명연합수군이 아무것도 모르고 있다가 사천성에서 시마즈 부대 오백 척과 왜교성에서 고니시 부대 오백 척이 동시에 공격을 해오면 천하의 이순신 장군일지라도 완전히 패하고 말 것이다. 그러면 조선의 역사는 이것으로 끝나고 마는 것이다."

"후, 생각만 해도 끔찍허다."

차돌이 고개를 저으며 치를 떨었다.

"두 가지를 생각해보자! 첫째는 이 기밀문서를 누구에게 어떻게 전달하느냐고, 둘째는 사천성의 시마즈 부대가 공격해 오는 날을 알았으니 그 전에 금화 아씨와 단오를 꼭 구출해야 한다는 것이다."

"그래, 정말 그렇구나. 그럼 어떻게?"

진구가 유정의 말을 듣고 놀라며 물었다.

"유정 대장 말이 맞아, 내 생각은 사천성의 왜군이 공격해오는 것이기에 우리는 이순신 장군에게 알려주는 것이 첫 번째야. 그리고 고니시가 도망가지 못하게 명나라 유정 장군에게도 알려주어야 할 것 같아! 시간이 없응께 먼저 알려주고 난 후에 아씨와 단오를 구할 방법을 찾아보자!"

"좋아, 유정 장군에게는 가까워 가능한데, 이순신 장군에게는 어떻게 알리냐?"

“유정 장군에게는 차돌이가 가고, 이순신 장군에게는 나와 진구가 갈게. 기밀문서는 우리가 가지고 가는 것이 좋을 것 같아. 차돌아! 미부 도련님에게 알려줘. 그리고 토부는 집으로 가서 상처를 치료해라.”

“아니야, 내가 유정 장군에게 가야만 미부 형이 믿어 줄 수 있어!”

“그래도, 상처가 심해서 성이 날지도 몰라?”

“약초를 발랐으니 괜찮겠지……. 미부 형에게 전달하고 상처를 치료해 달라고 부탁을 해야겠어.”

“그래, 그게 좋겠다. 부대에는 약이 있으니까…….”

유정이 모두의 의견을 수렴해서 결정을 하고 나니 푸르스름한 여명이 밝아오고 있었다. 귀신 의병들은 바로 계획을 실행에 옮기려고 각자의 임무를 가지고 길을 나섰다.


토부와 차돌은 유정 장군과 미부가 있는 명나라 수군 막사를 향해 달려 갔다. 미부는 헐레벌떡 찾아온 토부의 상처를 보고 놀랐다. 토부는 유정 장군에게 중요한 첩보를 알려주고 대가로 얼굴의 상처 치료를 받고 싶다고 미부에게 말했다. 토부와 차돌은 유정 장군에게 기밀문서에 대한 내용을 정확히 설명했다. 그러나 유정 장군은 토부의 말을 다 듣고 난 후에 침통한 표정을 지었다.

“여봐라! 이 아이들을 막사에 가두거라!”

유정 장군의 명령에 토부와 차돌 그리고 미부가 깜짝 놀랐다.

“장군! 왜 이러십니까? 아이들이 이렇게 중요한 정보를 가지고 왔는데, 애들을 감금하라니요?”

“흠, 내가 말을 잘못했구나. 감금이 아니니라, 위험하니 잠시 막사에 있으라는 것이다."

유정 장군은 아무 말 없이 나가 버렸다. 부총병 오광의 부하들이 들어와 토부와 차돌 그리고 미부를 군영 한쪽에 있는 작은 막사 안으로 끌고 들어가 나무 기둥에 묶어버리자 귀신 의병들은 막사에 갇히는 신세가 되고 말았다.

"도대체, 우리가 뭘 잘못한 거지? 아무리 봐도 유정과 고니시가 무슨 관계가 있는 것 같아!"

참을 수 없을 만큼 화가 난 토부의 상처 난 얼굴에 다시 핏발이 도졌다.

"토부야! 치료를 받아야 하는데…… 우리가 말해서는 안 되는 것을 말했나 봐."

"어떻게 명나라의 장군이 이럴 수가 있대요? 난 도대체 이해가 안 돼!"

화가 치민 차돌이가 땅바닥을 발로 세게 찼다.

"그나마 유정과 진구의 이야기를 하지 않아 다행이다."

"그래, 잘한 것 같다. 우리의 상황을 유정 대장에게 알려주어야 하는데……."

"근데 토부야! 얼굴 상처에서 다시 피가 나."

"뭐, 죽기야 하겠어!"

토부는 괜찮다고 말은 했지만 마음 한구석은 무척 불안했다.


유정과 진구는 기밀문서를 들고 이순신 장군이 있는 묘도라는 섬으로 가는 것이 쉽지가 않았다. 설령 이순신 장군을 만난다 해도 유정의 말을 믿어줄 것인지도 모르는 일이었다. 바닷가에 도착한 둘은 우선 배를 구해야 하는데 배를 구할 방법도 없었다.

"진구야! 우선 밤나무골로 가자. 옛날에 장도에서 도망을 가면 먼저 밤나무골로 가거든. 거기는 포구가 있으니 배가 있다는 뜻이잖아."

"그래, 사실 난 잘 몰라."

"거기에 어촌마을이 있다고 들었어. 아마도 그곳에 가면 배들이 있을지 모른께 가자."

"그래, 가자! 아마 40리 정도 될 것이여."

유정과 진구는 해안가를 따라 달리다가 힘들면 걸었다가 다시 달렸다. 가는 길에 굶주린 조선 백성처럼 가지만 앙상한 밤나무가 많이 보였다. 밤나무골이라고 한 이유를 알 것 같았다. 밤나무골에 도착하여 배를 가지고 있는 어부를 찾아다녔지만 막상 배를 가지고 있다는 어부는 없었다. 그러다가 어렵사리 배 주인을 만났다.

"아저씨! 정말 중요한 일로 꼭 묘도에 가야 해요!"

"이놈들아! 그 무서운 곳을 어떻게 간다는 거야. 왜놈들하고 우리 수군이 서로 조총과 대포를 겨누고 있는데 거기는 못 간당께. 아서라. 아서!"

그 어부는 처음부터 말도 꺼내지 못하게 손사래를 쳤다. 아이들은 또 다른 배 주인을 만나 통사정을 했다.

"그곳은 갈 수 없는 곳이랑께. 가면 죽어야! 어서 저리 가거라."

무서운 전쟁터를 가지 않으려는 것이 당연했다. 다급해지고 촉박해진 두 사람은 답답하기만 했다.


왜교성에는 고니시와 우쓰노미아가 천수각에서 누군가를 기다리고 있었다.

"대장님! 기밀문서를 가지고 간 미우라가 올 때가 되었는데, 오지 않는 것을 봐서 아마 당한 것 같습니다."

"그러면 이젠 어쩐단 말이냐? 정보도 유출되었을 테니……."

"아닙니다, 변을 당하면 기밀문서를 우선 처리했을 것입니다. 혹시 밝혀져도 좋습니다."

"그건 무슨 소리냐?"

"중요한 것은, 우리 부대의 목적이 적들과 싸우려는 것이 아니고 안전하게 철수하는 것이 목적이기에 조명연합수군이 관음포로 가게 하는 것이 목표라는 것입니다. 의도적으로 첩보를 흘려도 됩니다."

"아, 그럴 수도 있겠구나!"

"아무튼 시마즈 장군에게 어떻게든 알려야만 합니다. 시마즈가 우리의 상황을 모르고 부산으로 철수해버리면 우리는 끝입니다. 고립되고 말 것입니다. 이제는 바닷길을 열어야겠습니다."

"시간이 없다. 시마즈가 떠나버리면 우리에겐 죽음뿐이다!"

"이제는 마지막 승부수를 던져야 합니다."

"뭐냐?"

"진린에게 협상을 위한 사자를 보내 협상을 하는 척하고 그 사이에 다른 놈에게 뇌물을 주어 배 한 척만 지나가게 만들어야 합니다."

"뇌물을 가득 실어서 똑똑한 놈들을 보내거라."

"아니요! 제가 직접 다녀오겠습니다."

"그래?"

저녁이 되어 어두컴컴해지자 우쓰노미아는 돼지 두 마리와 술 두 통 그리고 뇌물을 작은 배에 가득 실고 진린 도독이 있는 막사로 향했다. 뱃길을 따라 가는 우쓰노미아의 표정에 긴장감이 역력해 보였다.

"도독님! 자주 인사드리지 못해 죄송합니다."

"적군이 무슨 인사를 한다고 그러느냐? 네놈 인사 받으러 절강성에서 여기까지 오지 않았느니라."

"아무리 싸우는 입장이라고는 하나, 워낙 인품이 훌륭한 분이기에 적장의 장수를 떠나 존경하고 있습니다."

"참으로 당돌한 놈이구나."

진린이 겸연쩍어하자 옆에 있던 등자룡 부총병이 나섰다.

"어디 부끄러운 줄도 모르는 놈이 세 치 혀로 사람의 간을 녹이려고 하느냐? 너희는 태생이 믿을 수도 없고 교활하기가 끝이 없는 놈들이다."

"부총병! 어찌, 사자에게 그렇게 무례할 수 있단 말입니까?"

"무례? 무례라고 했느냐? 네놈이 무례(無禮)라는 뜻을 알기나 알고 쓰는 것이냐? 이 자체가 무례한 짓이다. 너희들이 지금까지 한 짓을 천천히 되새겨 보아라. 아무리 전장일지라도 그렇게 해서는 안 될 짓을 수없이 했던 놈들이다. 남녀노소를 가리지 않고 무고한 백성들을 무자비하게 죽이는 것은 어떤 병서에도 없는 짓이다. 그것도 부족해 코를 베고 귀를 베고 여인들을 겁탈하고……. 너희들이 한 짓을 생각하면 꼭꼭 씹어 먹어도 부족하다. 그런데 어디 와서 세 치 혀로 사자를 흉내 내고 있느냐? 당장이라도 죽여 버리고 싶다마는 참고 있는 것이니라!"

"등 장군! 고정하시게."

"죄송합니다. 하지만 장수가 의(義)와 도(道)로써 칼을 쓰지 않으면 그 칼은 인간에게 고통을 만드는 칼이 된다고 했습니다. 바로 저놈들을 두고 한 말입니다. 저 젊은 장수에게 세상의 이치를 깨우쳐 주고 싶었습니다."

"……."

우쓰노미아는 말없이 듣고만 서 있었다.

"장군! 내가 사과하리다. 우리 등자룡 장군이 너무 올곧아 그러는 것이니, 이해하시게."

"예, 저희는 명군과 싸우지 않고 철수하고자 하는 것입니다. 그 길을 열어달라는 것이고요."

진린 도독이 어이가 없다는 듯이 말했다.

"이봐, 젊은 장수, 그걸 말이라고 하나? 나도 유정 장군에게 들었다. 고니시가 가는 길을 열어 달라고 부탁했다는 말을 들었지만 그것은 안 된다. 전쟁이 애들 장난치는 것이더냐? 싸우고 싶을 때 싸우고 도망가고 싶을 때 도망가는 애들 소꿉놀이더냐? 아니다. 너희들이 싸우고 싶을 때는 말도 없이 쳐들어와 수없이 많은 백성들을 죽이고 조선 강토를 피폐하게 만들어 놓고 불리하니까 그냥 간다고, 어디서 그렇게 배웠느냐? 너희들이 했던 무모한 전쟁의 끝이 뭔지를 알아야 한다."

"도독님! 그러면 전쟁을 하자는 것입니까? 도대체 조선이 뭐기에 명나라 군사들이 여기까지 와서 죽는단 말입니까?"

"세상에는 명분과 신의라는 것이 있는 것이다. 때에 따라서는 명분과 신의 때문에 자기 목숨을 기꺼이 내놓기도 한다. 조선과 명나라는 형제의 나라이기에 명분을 가지고 신의를 지키려고 하는 것이다. 장수에게는 그 정도이면 죽음이 부끄럽지 않은 것이다!"

"장군, 목숨은 하나뿐입니다. 저희들도 군사가 이만이 넘고 배가 오백 척이 넘습니다. 아마 명군도 절반은 죽어야만 끝날 것입니다. 그래도 괜찮겠습니까?"

"당연히 그럴 것이다! 너도 죽고 나도 죽겠지. 하지만 자기 욕심 때문에 무모한 전쟁을 한 네 놈들은 그만한 대가를 받아야 한다. 그것이 전쟁이 주는 결과물이다. 그 정도의 고통을 당하고 싶지 않았으면 시작을 하지 않았어야 했다."

"전쟁이라는 것이 사람 죽이는 것은 당연한 일이지요. 정말 말이 안 통하는 꽉꽉 막힌 장군이시군요."

"뭐라! 사람 죽이는 것이 당연한 일이라고…… 네 이놈! 주둥이가 뚫렸다고 못하는 소리가 없구나."

등자룡이 칼을 꺼내 우쓰노미아의 목을 향해 겨누었다.

"등 장군! 참으시오. 이자는 사자요."

"도망가겠다고 길을 열어주라고 하는 놈이 무슨 사자랍니까?"

"그건 그렇네만…… 이건 사자가 아니지. 하지만 그리 인정할 것이니 가서 고니시에게 전하거라. 전쟁을 일으킨 자로서 책임을 지라고……."

진린 도독이 말을 하고 있는 사이 왜군 부하가 막사로 들어와 우쓰노미아에게 귓속말로 뭔가를 전했다. 우쓰노미아는 살짝 미소를 지으며 목례를 취한 후 일어난다.

"충고 잘 듣고 갑니다."

우쓰노미아는 묘도에서 나와 왜교성으로 가는 왜선 뱃머리에 서 있었다. 파도가 출렁이는 모습이 앞날에 벌어질 상황을 보여주는 듯했다. 우쓰노미아가 옆에 서 있는 부하에게 물었다.

"뇌물을 주었더냐?"

"예, 바다 경비를 담당하는 명나라 장수에게 은자 백 냥과 보검 오십 자루를 주며 아픈 사람이 있다고 배 한 척만 나갈 수 있도록 해달라고 간청을 했지요."

"허락을 하더냐?"

"예, 오늘 밤 축시 그러니 사경에 배 한 척 지나가는 것을 허락했습니다. 녀석이 대수롭지 않은 듯 '배 한 척쯤이야.' 하면서 뇌물을 받았습니다."

"잘했다. 우리가 온 목적은 진린에게 허락을 받으려는 것이 아니라 배 한 척이 지나가게 하는 것이었다. 잘했다."

그날 밤 늦은 시각에 고니시의 기밀문서를 실은 배가 관음포 앞바다를 지나 노량해협을 건너 사천성에 있는 시마즈에게 가는 데 성공했다.

# 별이 지다

　유정과 진구는 묘도로 들어갈 배를 구하지도 못하고 허둥대다가 하루
해가 저물고 말았다. 둘은 주먹밥 한 덩어리도 얻어먹지 못해 배가 등짝
에 달라붙어버렸다. 그러나 허기진 배를 잡고 어두운 마을을 돌아다니며
배를 구하기 위해 마을 곳곳을 헤맸다.

　멀리 희미한 불빛이 보여 다가가자 담 너머 마당에 시누대가 가득 쌓여
있고 문살 사이로 사람들의 움직임이 보였다. 유정과 진구는 불이 켜진
집 마당으로 조심스럽게 들어갔다.

　"안에 뉘 계신가요?"

　진구가 조심스레 부르자 몸이 왜소한 한 사람이 나왔다.

　"뉘시오?"

　"배가 고파 밥 한 덩어리 얻어먹을 수 있을까 싶어서……."

　방문이 덜컹 열리더니 한 남자가 모습을 드러냈다.

　"뉘시라고요?"

　진구는 방 안의 어른을 보고 바로 기억해냈다. 그분은 전에 수레에 화
살을 싣고 와서 밤새 화살을 쏘고 갔던 김대인이라는 어른이었다.

"아니, 어르신!"

김대인은 반갑게 부르는 진구와 유정을 알아보고 방으로 들어오게 한후에 조촐한 밥상을 차려주었다. 유정과 진구는 게 눈 감추듯 밥을 싹싹비워먹었다. 허기를 채운 유정은 김대인 어른이 나라를 위해 얼마나 마음이 깊은지를 알기에 밤나무골에서 배를 구하려는 이유와 기밀문서에 대한 이야기를 상세히 해주었다.

"자네는 벌샌한테 가서 내일 아침 동이 트기 전에 배를 대라고 전해라."

"예, 전달하겠습니다."

그 집에서 일하는 일꾼은 벌샌에게 달려갔다. 어렵사리 배를 구한 둘은두근거리는 가슴을 안고 날이 새기만을 밤새 기다렸다.


토부와 차돌 그리고 미부는 명나라 군영 막사의 나무 기둥에 이틀째 묶여 있었다. 모든 군사들이 전쟁터에 나가는 바람이 지키는 사람은 아무도없었다. 그들은 물 한 모금 먹지 못해 갈증이 심한 토부가 고개를 들며 말했다.

"태어나서 지금처럼 오랫동안 물을 마시지 못한 것도 처음인 것 같아."

"그러게. 나도 처음이네."

미부가 벌겋게 부어올라 곪아가고 있는 토부의 얼굴 상처를 쳐다보았다.

"토부야, 얼굴은 어쩌니?"

"아리고 아파서 정신이 혼미해지려고 해."

"정신 차려! 이보시오? 아무도 없소? 이보시오!"

미부가 큰 소리로 외치며 밖의 사람들을 불러보지만 아무런 대답이 없었다.

"이제 그만 불러! 사람이 있었으면 진즉에 대답을 했을 거야. 그만해. 형님, 그런데 나…… 목이 타서 화가 나. 물 좀 먹을 수 없을까?"

"누가 보여야 달라고 할 텐데, 사람이 없으니……."

"목이 말라 죽겠어. 인간이 물 좀 못 먹었다고 이렇게 약해지나 싶어."

"무슨 말이야?"

"집에 있었으면 이런 고생은 안 했을 건데…… 그리고 어머니도 빨리 돌아가시지도 않았을 테고…… 막상 얼굴을 다치니깐 마음이 심란해. 그동안 집을 나와 뭘 찾으러 다녔는지도 혼란스러워지고…… 어머님의 묘에 가서 내가 무슨 일을 하고 다녔던가 하는 생각도 많이 했지. 그러다 보니 식구들이 새삼스럽게 귀중하고 애처롭게 느껴졌어. 형은 어려서부터 얼굴을 가리고 다녔는데 그 심정이 어떠했을까 생각하니 내가 답답해져."

"……."

"우리가 굶주리는 사람들도 아니고, 난리통에 목숨이 위태로워 피난 가야 하는 사람들도 아니었잖아?"

"친구들이랑 이렇게 다닌 것이 후회 되느냐?"

"후회? 그때는 성리학을 배운 유생으로서 도학의 자존심을 지키려고 당당했을 뿐이야. 근데 지금은 재력과 권력이 뭘 의미하는지 조금 알 것 같아. 그리고 아무리 해도 안 되는 것이 있다는 것도 알았어. 그동안 친구들이 일을 할 때마다 말이나 지키며 도와주었는데, 내가 보잘것없다는 생각도 많이 했거든. 내가 싫어했던 아버지 말씀들도 새삼스럽게 생각이 나. 어머니가 돌아가셨다는 말을 처음 들었을 때는 삶의 희망이 사라져 버리더라고…… 뭔지 잘 모르겠어."

"토부야, 넌 사람이 산다는 것이 뭐라고 생각하니?"

"이제는 잘 모르겠어. 옳다고 생각하는 것들이 있었는데……."

"전쟁이 끝나면 세상이 많이 바뀔 것이야. 아마 명분보다는 실속이 있는 세상으로 변할 거야."

"나도 그런 생각을 해."

나약한 자신에게 실망을 한 토부는 타오르는 갈증과 상처로 지쳐 고개를 숙인 채 깊어가는 밤을 미부와 함께 보내고 있었다.


멀리 수평선에서 먼동이 터오자 살갗에 새벽 기온이 차갑게 다가왔다. 김대인의 배웅을 받으며 벌샌 사공은 유정과 진구를 태우고 묘도로 가기 위해 서서히 노를 젓기 시작했다. 파도도 바람도 전혀 없는 물안개만이 자욱하게 깔려 있어 노를 힘차게 저어 나가야만 했다. 도중에 물안개가 개인 곳을 만나면 초롱초롱한 밤하늘의 별들이 여명 속에서 빛을 잃어가고 있었다. 노 젓는 소리가 '삐이익 삐이익'거리며 물안개를 뚫고 땀을 뻘뻘 흘리며 나아가자 어느새 푸른빛이 사라지고 있었다. 그때, 물안개가 서서히 옅어지면서 왜선 두 척이 갑자기 유정과 진구가 타고 있는 배 앞에 나타나며 지나갔다. 놀란 벌샌이 노 젓는 것을 멈추고 멍하니 그 배를 바라보았다. 왜선 한 척에는 군량미가 실려 있었고  다른 한 척에는 병사들이 타고 있었다.

"아! 아저씨, 왜선이 지나가고 있어요?"

진구가 떨리는 목소리로 말했다.

"조용히 해라, 물안개 때문에 우리를 못 본 모양이다!"

긴장한 벌샌이 노를 잡고 왜선을 지켜보았다. 잠시 정적이 흐르고 유정의 눈이 댕그랗게 커지더니 조용히 말했다.

"어떡하지? 방금 왜놈과 눈이 마주쳤어!"

"이리 와! 함께 노를 젓고 어서 도망가자!"

마음이 급한 세 사람이 배의 방향을 바꿔 물안개 속으로 들어가려고 노를 젓자 '삐그득 삐그득' 하는 소리가 천둥치는 소리처럼 크게 들렸다.

마음이 다급해진 진구와 유정은 빨리 안개 속으로 도망가고 싶은데 '삐그덕'거리는 소리 때문에 들킬까 봐 힘껏 젓기도 못했다. 물안개가 연기처럼 사라지는 그때, 왜군이 타고 있는 군선이 나룻배를 향해 뱃머리를 돌리는 것이 보였다.

"아저씨! 왜놈이 쫓아와요!"

"어서 힘껏 저어라!"

셋은 있는 힘을 다해 노를 저었다. 왜선의 병사들이 화살을 쏘며 다가왔지만 고함을 지르지는 않았다. 화살이 날아오는 소리, 탁! 하고 배에 박히는 소리, 물에 빠지는 소리가 들리면서 긴장감이 고조되었다.

"조심해, 화살이다."

유정이 물안개 속에서 다급하게 말했다. 진구는 잠시 노를 놓고 배 바닥에 놓아둔 활을 들고 다가오는 군선을 향해 당당하게 쏘기 시작했다.

"걱정마, 유정아. 내가 지켜줄 테니……."

"진구야! 왜군들이 우릴 추격하는데 고함를 지르지 않고 너무 조용하단 말이야! 아마 근처에 조선 수군이 있다는 뜻일 거야. 조금만 버티자!"

"그래."

말하는 도중에 화살만 배에 박히거나 물속에 빠지는 소리가 여기저기서 들려왔다. 배에 다시 짙게 깔린 물안개가 덮어오자 전혀 보이지 않게 되었다. 하지만 화살 박히는 소리는 더욱 많이 들려왔다. 멀리서 노 젓는 소리와 함께 '적이다! 쫓아라.' 하는 조선 수군의 소리가 들려왔다. 화살이 배에 박히는 소리가 현격하게 줄어들었다. 순간 화살 날아오는 소리가 전혀 들리지 않더니 오디선가 노 젓는 소리가 점점 크게 들려왔다. 유정이는 귀를 쫑긋 세우고 들려오는 소리를 듣고 있었다.

"진구야, 이 소리는 틀림없이 우리 수군이 노 젓는 소리다. 소리를 질러야 우리가 산당께! 어서 크게 질러! 살려주세요! 살려주세요!"

유정은 크게 살려달라고 소리를 질렀다. 하지만 진구는 대답이 없었다. 그런데 어디선가 신음 소리가 미세하게 들렸다. 놀란 유정이 고개를 돌려 신음 소리가 나는 쪽을 바라보았다. 안개 속에서 진구가 뱃머리에 쓰러져 있었다. 유정이 쓰러진 진구에게로 가서 진구를 안았다.

"진구야, 왜 그래?"

"대장! 내가 화살을 맞았어."

진구는 몸을 벌벌 떨고 있었다.

"어디야? 괜찮아?"

유정이 떨고 있는 진구의 손을 꽉 잡아주었다.

"응, 괜찮을 거야. 괜찮아야지!"

벌샌 사공은 노를 놓고 다가와 진구를 뱃바닥에 편하게 눕혔다. 진구의 가슴팍에 화살촉이 깊게 박혀 있었다. 이미 바닥은 피가 흥건하게 젖어 있고 진구의 아랫입술이 떨리고 있었다.

"진구야! 우리 돌아가자. 아저씨! 내 친구 죽으면 안돼요! 어서 돌아가요."

유정은 자신도 모르게 눈물이 흘러내렸다. 진구는 호흡이 깊어지면서 눈을 깜빡거렸다. 유정의 굵은 눈물이 주르륵 흘러 진구의 얼굴에 떨어졌다. 진구는 유정의 손을 잡아 자기의 아픈 가슴 위에 올려놓았다.

"대장! 예전에 네가 내 발목을 잡아줬을 때, 내 품에서 울 때, 숨이 멈춰 버리는 줄 알았어."

"말하지 마! 진구야!"

유정은 펑펑 울고 있었다.

"대장, 넌 우리의 대장이야. 울지 않기로 했잖아."

진구가 떨리는 손을 들어 눈물이 흐르는 유정의 볼을 어루만져 주었다.

"어서 돌아가자!"

"유정아, 그동안 나 같은 놈과 친구가 되어 줘서 너무나 고마웠어."

"무슨 소리야? 너는 내게 가장 소중한 사람이야. 내가 너 얼마나 좋아하는지 잘 알잖아."

"그래, 고마워, 나도 이렇게 죽는다고 생각하니 자꾸 눈물이 나온다."

진구의 눈에서 눈물이 주루룩 흘러내렸다.

"진구야! 조금만 힘내. 넌 내가 꼭 살릴 거야!"

"진구야, 돌아가서 치료 받게 정신 차려!"

진구의 가슴에서 화살촉을 뽑아내고 흐르는 피를 막으며 벌샌이 말했다.

"그래, 돌아가면 살 수 있어, 빨리 가마!"

벌샌이 다시 노를 잡고 힘차게 젓기 시작했다.

"아저씨 멈춰주세요, 아니 이순신 장군에게 가 주세요."

벌샌 아재는 노 젓기를 멈추었다.

"대장, 처음에는 두렵고 무서웠는데 네가 옆에 있으니 이제 괜찮아."

"그래, 걱정 마. 내 곁에 꼭 있어줄게."

"근데, 돌아갈 일이 아니라 이 문서를 이순신 장군에게 꼭 보내야 해. 우리가 귀신 의병이잖아!"

"……."

"예전에 갔던 '위험한 정령'이 뭔지는 모르지만 느그 아부지의 뜻이 있어. 꼭 찾아봐. 뭔가 중요한 의미가 있어."

"알았어. 가볼게."

진구를 꺼안은 유정은 어깨를 들썩이며 울고만 있었다.

"엄마, 아부지를 용서해라. 훌륭한 분이셔. 엄니와 아부지가 보고 싶으면 북정골 골짜기 가서 놀아."

"그래, 고마워."

"유정아! 나…… 나 말이야. 나라를 위한 일을 하며 죽고 싶어. 배를 돌려줘!"

"……."

"유정아! 너? 나를 좋아하지 않는구나."

"아니, 아니야, 넌 내가 제일 좋아하는 친구야."

"그럼, 나 죽을 때까지 귀신 의병이 되게 해줘."

"……."

"그럴 거지?"

"알았어, 그렇게 할게."

"고마――워."

"아저씨! 우리 묘도로 다시 가요!"

"뭐…… 뭐시여?"

진구의 몸이 몹시 떨리고 호흡이 깊어지고 있었다. 유정은 자신의 몸을 붙여 진구를 꼭 껴안았다.

"진구야! 무서워하지 마."

"네가 곁에 있으니 무섭지는 않은데……."

"으흐……."

"네가 날 잊어버릴까 두려워……."

"진구야! 으흐흐흑ㅡㅡ."

"너는…… 너는 날 잊지 말아줘."

"그래, 내가 널 어떻게 잊겠어? 절대 안 잊을게. 으흐흐흑ㅡㅡㅡ"

"유정아! 고마ㅡㅡㅡ워."

물안개가 점차 걷혀가면서 진구는 죽음의 문턱을 넘고 말았다. 유정은 진구를 껴안고 펑펑 울었다. 고요한 바다가 온통 유정의 울음소리뿐이었다. 파도 소리, 바람 소리 한 점 없이 조용한 아침 바다의 유정은 축 처져 버린 진구를 껴안고 하늘을 향해 목이 터져라 울었다. 그 모습을 보는 벌샌의 눈에서도 눈물이 쏟아졌다.

"진구야, 진구야! 난 네가 좋았단 말이여! 가지 마. 진구야. 진구야!"

눈앞에 거대한 판옥선이 다가오고 있었다. 조선 수군들은 나룻배에 내려와 죽은 진구와 유정을 데리고 판옥선에 올라탔다. 그리고 가슴에 깊은 슬픔을 안은 채로 이순신 장군에게 고니시가 사천성의 시마즈에게 보내는 기밀문서를 주었다.

"고맙다. 고마워! 바로 네가 조선을 구한 영웅이구나."

유정은 그 순간에도 진구를 생각하며 눈물을 흘리고 있었다.

"이름이 뭐라고 했느냐?"

유정이 대답을 바로 하지 못했다.

"이름이 없느냐?"

"제 이름이요? 저…… 제 이름은 장진구입니다."

"그래? 진구 좋은 이름이구나. 너와 죽은 친구가 쓰러져 가는 조선을 구해준 것이다. 내가 너희들의 노고에 책임을 지고 이 나라 조선을 구하겠노라!"

"고맙습니다. 꼭 그렇게 해주셔야 합니다. 부모 형제 처참하게 다 잃고 맘 고생만하다 죽어버린 내 친구를 위해서라도 꼭 해주셔야 합니다!"

유정이 이순신 장군의 다리를 붙잡고 엎드려 엉엉 울었다. 이순신도 눈시울이 뜨거워지며 유정에게 용기를 북돋우고 위로했다. 군사들에게 진구를 담은 관을 순천도호부읍성까지 운반해 주도록 지시했다. 유정은 토부와 차돌이도 없이 조선 수군의 도움을 받아 순천도호부읍성이 잘 보이는 청수골 골태 언덕에 진구를 묻어 주었다.

# 정유재란 최후의 전투,
## 관음포해전(노량해전)

    그날 아침, 중요한 정보를 알게 된 이순신 장군이 이끄는 조선 수군은 진린 도독의 명나라 수군들과 함께 사천성의 시마즈 함대가 진격해올 관음포로 급하게 이동했다. 진린이 이끄는 명나라 전선 사백 척은 좌협이 되어 노량죽도 부근에서, 이순신 장군의 조선 전선 팔십 척은 우협이 되어 남해도 관음포에 진을 치고 매복해 있었다. 이순신 장군은 기밀문서의 내용대로 전선 오백 척을 가진 시마즈의 부대가 노량해협을 통해 관음포로 건너올 것에 대비하고 있었다.

    무수히 많은 별들이 촘촘히 박혀 자신들의 멋스러움을 뽐내고 있었다. 진린의 지휘선에 타고 있는 등소림이 소화에게 관음포의 밤바다를 자세하게 설명해주고 있었다. 이때, 등자룡이 등소림에게 다가왔다.

"소림아!"

"예, 아버님. 어찌 여기를……."

"그래, 아들! 네가 보고 싶어서 왔다. 소화도 같이 있었구나."

"예, 밤바다를 보여주고 있는 중입니다."

"밤바다를 보여준다고?"

"예, 근데 아버님, 오늘 전투가 일어나기는 할까요?"

"그야 모르지. 이순신 장군이 급하게 작전회의를 해서 온 것이니, 봐 보자."

"이순신 장군의 말대로 사천성의 시마즈가 공격해 오는 것을 모르고 있었다면…… 우리가 힘들었을까요?"

"동쪽에서 시마즈 부대의 오백 척 전선과 서쪽에서 고니시 부대의 오백 척이 동시에 공격해 왔다면 스물두 번을 싸워 모두 승리를 한 이순신이라고 할지라도 그 결과는 끔찍했을 것이다. 아마 명나라 수군도 조선 수군도 몰살당하고 말았을 거야."

"흐흠……."

등소림은 한숨을 내쉬었다.

"아버님 말씀을 들어보니 엄청난 일이었네요?"

"내가 본 이순신은 절대 가벼이 움직이는 장군이 아니다. 복건성에서 진린 도독에게 이순신에 대한 이야기를 처음 들었을 때는 조선의 장수를 쉽게 생각했었다. 하지만 그는 나와는 차원이 다른 장수라는 걸 알았다."

등소림은 굳건한 등자룡이 그렇게 말한 것을 보고 조금은 놀랐다.

"이순신도 모든 것을 다 갖지는 못했더구나?"

"뭐가 부족한지요?"

"좋은 왕을 만나는 운은 없더구나."

"조선의 왕이 그렇게 무능한지요?"

"그렇지, 무능하지만 그렇다고 영리하지 않은 사람은 아니다."

"그건 무슨 말씀인지요?"

"너 같으면 자기 말을 잘 듣지 않고 백성들에게 신망이 있고 심지가 굳은 자를 그냥 놔둘 수 있겠느냐?"

"아, 그렇군요."

"훌륭한 군주는 아니어도 정치의 흐름을 아는 사람이다. 본인이 어떻게 해야 정권을 유지하는지를 잘 아는 차갑고도 영리한 사람이니까……."

"조선 백성들은 그것을 모르나요?"

"알기도 어렵지만 안다 해도 그자는 자기 고집대로 정권만 유지할 것이다. 유성룡 같은 충신을 버렸잖아."

"민심이 천심이라 했는데요."

"옛날 당태종 이세민은 '군주는 배요, 백성은 물이다'라고 했다. 물은 배를 띄울 수도 있지만 뒤엎을 수도 있다고 했는데 아직 조선의 왕은 백성의 무서움을 모르고 눈앞에 있는 대신들만 데리고 백성을 농락하고 있는 것이다."

"조선 백성들만 불쌍하네요. 근데, 무슨 하실 말씀이라도 있으신가요?"

"아니다, 특별한 것은 아니고……. 소화야!"

등자룡은 소화를 애처로운 눈빛으로 바라보았다.

"어찌 그러신지요?"

소화가 낭랑하게 대답했다.

"우리 제독을 용서하여라. 세상 사람은 각자 살아가는 가치가 다른 법이다. 밤하늘의 별들도 각자 다르듯이 인간도 모두 다른 가치를 가지고 살아간다. 때로는 그 가치가 서로 상충되어 상처를 주고받기도 하지. 이번에는 우리 소화가 다른 사람의 가치에 상처를 입고 말았구나. 미안하게 되었다.”

조용히 듣고 있던 소화가 차분하게 대답했다.

“저도 살면서 누군가에게 상처를 주었는지도 모릅니다.”

“그래? 네가 그렇게 생각해주니 고맙다. 아마도 너의 심성이라면 후세에 좋은 자식이 태어날 것이다.”

듣고 있던 등소림이 환하게 웃으며 말했다.

“아버님, 그 말씀은, 우리의 혼인을 승낙해 주신다는 뜻인가요?”

“승낙하는 것이 아니고 우리 아들을 구해달라고 부탁하는 거다.”

“아버님, 감사합니다. 고맙습니다.”

“…….”

듣고 있던 소화의 얼굴이 파르르 떨리며 입가에는 미소가 가득했다. 등자룡은 등소림과 소화의 손을 꼭 잡아주고 돌아갔다. 등소림은 소화를 살포시 안아주었다. 차가운 바람도 두 사람에게는 포근한 솜이불처럼 느껴졌다.


새벽 축시가 되자 사천성, 남해성, 고성성에 있던 왜선 함대 오백여 척이 모든 왜군 병사들을 태워 넘어오고 있었다. 최후의 전투를 위해 시마즈 부대는 죽음을 각오하고 어둠 속을 뚫고 노량해협을 건너 관음포 앞바다에 나타난 것이다.

“얘들아, 고맙다. 너희들이 조선을 구했다!”

이순신 장군은 노량해협을 건너오는 왜선들의 행렬을 지켜보며 안도의 한숨을 들이마시며 군관 송희립을 불렀다.

“자, 예상대로 적들이 밀려온다! 길고도 먼 전쟁이 오늘로서 끝을 맺는구나! 오늘의 전투가 조선을 구하는 전투가 될 것이다. 자, 북을 울려라! 서럽고 불쌍한 조선 백성들의 한을 풀어주기 위해 이 칼이 조선을 구할 것이다! 출병이다! 깃발을 높이 들고 북을 울려라!"

이순신 장군의 명령이 떨어지자 '둥둥둥둥둥둥' 하며 북소리가 밤하늘에 사방팔방으로 울려 퍼져나가기 시작했다. 북소리를 들은 진린 도독도 명군의 깃발을 높이 올린 다음 북을 크게 울리며 진격 명령을 내렸고, 이순신 장군의 조선 수군이 북을 치고 나팔을 불며 먼저 적의 대열 중간 부분을 자르며 돌격해 들어갔다. 정유재란의 마지막 전투이자 왜교성전투의 마지막 전투가 관음포에서 시작되고 있었다.

접전과 동시에 조명연합군의 군선에서 호준포(虎蹲砲)·위원포(威遠砲), 그리고 벽력포(霹靂砲)가 일시에 불을 뿜으며 각종 총통을 쏘면서 신화(薪火)를 던지고 화전(火箭)을 퍼부어대니 왜군의 군선들은 뱃머리를 돌릴 여유도 없이 부서지고 불타오르기 시작했다. 좌우에서 빗발처럼 쏟아 붓는 화살과 화포를 견디지 못한 왜군 병사들은 당황하며 전의를 잃어가고 있었다. 시마즈 부대는 예상치 못한 관음포에서 초전에 엄청난 타격을 당했다. 등자룡 장군도 최전방 공격선에서 북을 울리며 전선에서 대포를 쏘고 불화살을 쏘면서 쏜살같이 앞장서 나아가고 있었다.

전투는 시간이 지날수록 더욱 치열하고 처참한 참상으로 변해가고 있었다. 진린 도독의 지휘선을 탄 등소림은 소화를 갑판 아래로 데리고 내려갔다.

"소화 아씨! 여기에 계셔야 합니다. 절대 나와서는 안 됩니다!"

"예."

등소림이 화방 도구를 들고 갑판 위로 올라가 그림을 그리기 시작하자,

어느새 소화는 하늘의 별들이 가득 내리는 등소림 옆에 앉아 있었다.

조명연합수군들은 거침이 없었다. 특히 이순신 장군이 이끄는 조선의 수군들은 두려움이 없었다. 누가 말하지 않아도 그들의 칼끝에는 한과 분노가 서려 있었고 이를 악물고 핏발서린 눈빛은 왜군의 병사들을 압도하기에 부족함이 없었다.

조선 수군의 가리포 첨사 이영남이 전선을 급히 몰아 판옥선의 함수로 적선의 허리 부분을 받아 크게 충격을 가하고 화전을 무수히 쏘아대니 불길이 어두운 하늘에 솟구쳤다. 그동안의 조선 백성들의 한을 하늘에 날려 버리기라도 하는 것처럼 불길의 위세는 대단했다.

낙안군수 방덕용은 용력 있는 인재로서 삼지창을 휘두르며 적선에 뛰어올라 닥치는 대로 적병을 찔러 죽였다. 방덕용은 부상을 당하여 힘든 과정에서도 적선을 온전히 노획했다. 이것을 본 흥양현감 고득장도 힘을 얻어 군사를 이끌고 급히 나가 적선에 뛰어들어 군관 이언양과 함께 서로 앞을 다투어 종횡무진으로 적을 참살하다가 그만 자신은 적탄에 맞아 전사하고 말았다.

'고득장이 죽다니! 북을 울려라!' 이순신 장군은 고득장의 원한을 담아 북을 치고 칼을 휘두르며 군사들에게 그의 용맹을 그대로 보여주고 있었다. 한 명도 살려 보낼 수 없다는 집념을 칼끝에 모아 하늘 높이 알리고 있었다.

순천노호부 부사 우치적은 적장이 대궁을 휘어잡고 높은 선루 위에 앉아서 독전하는 것을 쏘아 죽였고, 경상우수사 이순신(李純信)은 적선 10여 척을 불태웠고, 안골포 만호 우수는 사도첨사 이섬과 서로 신호하면서 두 척의 전선을 같이 몰아 적선의 양현으로부터 동시에 총통과 화전을 집중으로 쏘아대 결국 적선을 불태워버렸다.

　등소림의 손끝이 군사들의 칼끝보다 바쁘고 예리하게 움직이고 있었다. 명군의 용맹함과 날렵함 그리고 왜군의 흔들림이 정왜기공도에 그대로 담겨지고 있었다. 붓이 돌아가는 소리와 동작이 전장의 긴장감까지도 소화의 가슴에 그대로 전달되었다.

　관음포 앞바다는 한 치 앞도 알 수 없는 죽음의 세상이 되고 말았다. 조명연합군선과 왜선들이 서로 뒤엉켜 아수라장이 되자, 칼끝이 느끼는 생존의 본능만으로 삶과 죽음이 결정되는 지옥의 불구덩이가 되었다.

　왜군의 두 병사가 진린 도독의 선단에 뛰어들어 진린에게 달려들자 옆에 있던 진린의 아들 구경이 재빨리 왜군 병사의 칼을 몸으로 막아 선혈이 낭자하게 피를 흘렸다. 상황이 다급해진 등소림이 칼을 빼들고 일어서 적과 치열한 칼싸움을 하는데, 기고관 문위가 급히 달려와 그 적을 모조리 창으로 찔러 죽였다. 하지만 진린의 아들 구경은 상처가 커서 일어나지 못했다.

　이 모습을 지켜 본 이순신이 진린의 배를 호위하며 다가오는 적선을 보고 순식간에 포를 쏘아 진린을 위기에서 구해주었다. 등자룡 장군도 최전선에서 집안의 원수를 갚는다는 일념으로 적 지휘선과 육탄전을 벌리며 싸웠고 진린의 부하인 유격장 계금 또한 왜교성 싸움에서 부상당한 왼팔을 동여맨 채로 바른 손에 미첨도를 들고 적병 일곱 명을 참살하는 발군의 실력을 보였다. 등자룡 장군이 계금의 어깨를 두드려주며 앞서서 적의 지휘선에 올라타 왜군들을 칼로 베고 쓰러뜨렸다. 하지만 적선에 올라탄지라 많은 왜군 때문에 역부족이었고, 결국 왜군 병사들의 칼에 맞고 쓰러지고 말았다.

이 모습을 지켜본 이순신 장군이 북을 울리며 판옥선을 타고 위급한 등자룡을 향하여 급하게 배를 몰아 달려갔다. 등소림도 아버지 등자룡의 쓰러짐을 직감적으로 알았다. 보고 있던 진린도 전선을 이끌고 등자룡에게 달려갔다. 진린과 등소림은 적선에 쓰러진 등자룡을 구하기 위해 빗발치는 칼날을 뚫고 겨우 전선에 올라탔다. 진린의 칼끝이 하늘을 날자 무수한 적군들이 추풍낙엽처럼 쓰러졌다. 등소림이 뛰어들어 배의 바닥에 쓰러져 있는 아버지 등자룡을 껴안으며 오열을 터뜨렸다. 하지만 용맹했던 노장 등자룡은 이미 숨이 멎은 상태였다.

이순신 장군은 칠십 세의 노병으로 안타까운 죽음을 맞이한 등자룡 장군의 모습을 보니 화가 치밀어 올라 적진 한가운데로 배를 몰아 적선을 끝까지 밀어붙이며 공격을 가했다. 화염에 쌓인 적진을 뚫고 가던 길에 이순신 장군과 같은 지휘선에 올라 싸우던 송희립 장수마저 이마에 적탄을 맞고 쓰러졌다. 송희립 장수가 적탄에 맞은 사실을 확인한 이순신 장군이 그를 찾아 구하려는 순간 그 역시 왼쪽 가슴에 적탄을 맞고 치명적인 손상을 입고 말았다.

그 시각, 왜교성에 있는 고니시는 사천성의 시마즈 부대와 서로 협공을 통해 조명연합군을 공격하기로 한 약속을 저버리고 자신의 나라로 안전하게 철수할 것만을 생각하고 있었다. 고니시는 사람인지 귀신인지 알 수 없는 번들거리면서 검디검은 가면에 하늘을 향해 뿔처럼 솟아오른 뾰족한 투구를 쓰고 금화가 있는 5층 망해루에 서서 아래를 바라보았다.

이상하게도 유정 장군은 멀리 관음포에서 들리는 포탄 소리를 들으며 왜교성을 공격하지 않고 초조하게 뭔가를 기다리고만 있었다. 우쓰노미아와 그의 부하들은 천수각 기단에서 대기 중이었다.

"부인, 난 지금 떠나고자 하오!"

"……."

금화는 아무런 말도 하지 않았고 그 옆에 선 단오가 발만 동동 굴렀다.

"부인, 난 지금 떠나고자 하오."

"……."

금화는 관음포쪽에서 들려오는 엄청난 크기의 대포 소리와 불꽃을 보면서 떠오르는 해를 바라보고 서 있었다. 맑고 차가운 겨울 바람이 금화의 볼을 타고 흐르는 눈물을 실어 바닷가에 흩날리며 지나갔다.

일만 명이 넘는 고니시 부대의 군사들이 오백 척의 전선에 나누어 타고 손과 발을 호호 불며 고니시의 철수 명령만을 기다리고 있었다. 몇 경이 흘러 해가 중천에 떠오르자 관음포에서 들리는 대포 소리가 띄엄띄엄 시들어갔다.

여전히 왜교성의 5층 망해루에는 차가운 바람 소리 말고는 아무런 소리도 들리지 않았다. 금화가 고개를 돌려 단오를 쳐다보자 말없이 지켜만 보던 고니시가 다시 말을 꺼냈다.

"부인! 이제 떠나고자 하오."

"우쓰노미아를 불러주세요."

금화가 흐르는 눈물을 훔치며 고니시에게 처음 입을 열었다. 고니시가 우쓰노미아를 부르자 우쓰노미아가 달려왔다.

"장군! 단오를 왜교성 밖으로 보내주고 오시오."

금화가 먼 산을 보며 이야기하자 우쓰노미아는 고니시를 쳐다봤다. 고니시가 고개를 끄덕이며 허락했다. 금화는 단오에게 작은 예물함을 하나 건네주었다. 우쓰노미아가 단오를 데리고 나가려고 하자 단오가 뿌리치며 금화를 바라보았다.

"아씨, 저는 안 가요. 전 아씨 곁에 있어야 합니다! 절, 보내지 마세요! 전 아씨 없으면 죽어요. 제발 버리지 마세요."

"……."

입을 굳게 다문 금화가 우쓰노미아에게 데리고 가라고 눈짓을 보내자, 우쓰노미아는 가지 않으려고 발버둥치는 단오를 데리고 망해루를 내려갔다. 잠시 후, 우쓰노미아가 단오를 왜교성 밖으로 내보내고 다시 망해루로 올라왔을 때 금화는 떨어지는 눈물을 숨기지 않고 울고 있었다.

유정은 저 멀리 관음포 앞바다에서 끊임없이 울려 퍼지는 화포 소리를 들으며 불안에 떨고 있었다. 관음포에서 자신의 전부였던 진구가 죽었다고 생각하니 화포 소리는 진구를 저승으로 안내하는 장송곡처럼 처량하게만 들렸다. 그때 왜교성의 문이 열리더니 누군가 울면서 나오고 있었다.

금화가 마음을 결정한 듯 먼 바다를 보며 긴 한숨을 한번 내쉬더니 망해루에서 내려갔다. 내내 지켜보던 고니시가 그 뒤를 따르며 기다리던 병사들에게 손을 들어올렸다. 2층 망루에 다다른 금화는 주변을 한 번 둘러보더니 벽에 걸려있던 횃불을 들어 방바닥에 던지자 금세 불길이 타올랐다. 금화는 천수각의 불길을 뒤로하고 천천히 바닷가 선착장으로 내려가 고니시의 지휘선에 올라타자마자 갑판 아래 선실로 들어가 버렸다.

왜교성의 천수각이 훨훨 타오르자 주변이 연기로 가득했다. 왜교성을 떠나 바다로 향하는 왜선이 망해루의 불길 사이로 희미하게 보였다. 유정은 활활 타오르는 망해루의 불길을 보면서 성 안에 큰 변화가 생겼다는 것을 알 수 있었다.

"저 여자아인…… 단오 같은데?"

불모팅이 바위 위에서 보고 있던 유정이 왜교성 밖에서 펑펑 울고 서 있는 단오를 보고 달려 내려갔다.

"단오야!"

"유정아, 우리 아씨 어떡해? 나를 버리고 가버렸어. 어떡해!"

"뭐라고, 아씨가 왜나라로 갔단 말이여?"

"아———앙."

고니시 부대의 오백 척의 군선은 불타는 왜교성을 뒤로하고 금화를 태우고 여자만을 빠져나가 남해도 서남단을 돌아 부산으로 유유히 빠져나갔다.


조선 백성의 피와 땀으로 만든 지 일 년 만에 왜교성은 텅 빈 성이 되었다. 유정과 단오는 왜교성을 넘어 어렵게 성 안으로 들어갔다. 유정의 시선에 철옹성 같았던 왜교성이 초라한 몰골로 을씨년스럽게 느껴졌다. 유정은 오빠 치재가 묻혀 있는 성벽 밑으로 걸음을 옮겼다.

"오라버니, 나 왔네. 그동안 외롭고 힘들었지? 미안해!"

"……."

유정은 치재가 묻힌 곳을 물끄러미 바라보았다.

"근데 오라버니! 우리 엄니하고 아부지가 어디 계시는지는 몰라. 살아 있으면 좋겠는디 걱정이야. 오라버니가 엄마랑 아부지를 잘 지켜주소. 오라버니! 이제는 외롭지 않게 해줄게. 서운한 것 있으면 다 풀어. 그래야 좋은 세상으로 가제."

"오라버니가 니 엄마와 아버지를 지켜줄 거야. 우리 가자!"

"오라버니, 금방 또 올게. 기다려."

유정과 단오는 성벽에서 불타고 있는 천수각으로 들어갔다. 돌로 만든 성에 나무로 만들어진 망해루가 어느새 불에 타서 허물어지고 있었다.

"아씨! 불쌍한 우리 아씨. 아씨……."

유정은 벌거숭이가 되어 갇혔던 천수각이 불타자 왠지 유정의 수치심도 함께 타버린 듯했다. 그동안 수많은 기억들이 이글거리는 불꽃처럼 유정의 뇌리에 불꽃을 일으켰다.


유정과 단오는 금화가 준 자그마하고 네모진 상자를 들고 토부와 차돌을 찾기 위해 명나라 군영이 있는 막사로 향했다. 막사로 걸어 들어가고 있는데 차돌이가 토부를 부축해서 내려오고 있었다. 토부를 제외한 귀신 의병들은 서로 껴안고 팔짝팔짝 뛰며 재회의 기쁨을 눈물로서 나누었다. 단오가 토부의 얼굴 상처가 벌겋게 부풀어 올라 상태가 심한 것을 알고 걱정스레 입을 열었다.

"도련님! 어서 집으로 가시지요. 상처가 심해요."

"그래, 그게 좋겠다!"

"근데, 진구가 왜 안 보여?"

차돌이가 유정을 보며 묻자 유정은 고개를 숙인 채 서 있었다.

"진구? 조금 후에 당집으로 올 거야."

"그래, 글면 우리 당집으로 가자!"

차돌은 신이 나서 앞장섰다.

"그래? 글면 나는 도련님만 모셔다 드리고 바로 당집으로 갈게. 진구에게 꼭 할 말이 있거든."

"그래, 바로 당집에서 보자."

그동안 서로가 외로웠던 귀신 의병들은 잠시 후, 만나기로 약속을 하고 아쉬운 발걸음을 돌렸다.

해가 질 무렵, 유정 장군의 조명연합군이 왜교성으로 입성하기 시작했다. 조선의 백성들도 고니시 부대가 도망갔다는 소식을 어디서 들었는지 왜교성으로 속속 모여들기 시작했다. 하지만 조명연합군은 들꽃처럼 밀려오는 백성들이 들어가지 못하게 막았다.

이로써 길게는 임진왜란의 7년 전쟁이, 짧게는 정유재란의 2년 전쟁이, 아니 두 달 동안의 왜교성전투가 관음포(노량)해전으로 끝이 난 것이다.

# 유정이

　정유재란 2년의 전쟁은 전라도 특히 순천도호부 인근 백성들에게 고통과 시련을 가슴속 깊이 주고 말았다. 유정의 가족, 진구의 가족, 차돌이 가족, 토부네 가족, 기철이네 가족 그리고 단오를 포함해 누구 한 사람도 빠지지 않고 모든 백성들에게 지울 수 없는 상처를 준 것이다. 거미줄만 무성한 당집에 모인 귀신 의병들이 말문을 열지 못하고 이슬처럼 맑은 눈물만 쏟아내고 있는 유정이를 바라보고만 있었다.

　"유정아, 왜 그래?"

　단오는 유정의 눈물에 큰 슬픔이 있다는 생각이 들어 덜컥 겁이 났다.

　"……."

　유정은 하염없이 눈물만 흘렸다.

　"유정아! 무슨 일 있어?"

　"왜 그래? 대장!"

　단오의 얼굴이 굳어지자 차돌 또한 뭔가 예감한 듯 굳어졌다.

　"얘들아, 미안해! 진구가 왜놈의 화살을 맞아 죽었어. 미안해!"

　어렵게 말문을 연 유정은 결국 슬픔을 참지 못하고 눈물이 터지자 차돌과 단오는 숨이 막혀 풀썩 주저앉고 말았다. 당집 문 너머로 들려오는 단오와 차돌은 하늘이 무너져라 울고 또 울었다.

"진구야! 진구야! 난 어떡하란 말이야. 진구야!"

단오는 온몸에서 퍼져 나오는 슬픔을 주체할 수 없었다.

얼마간의 시간이 흐르고 귀신 의병들은 퉁퉁 부은 얼굴로 말없이 앉아 있었다. 진구가 빠진 귀신 의병들은 상상할 수가 없는 슬픔에 혼이 빠져나갔다.

시간이 흘렀다. 단오는 금화가 준 상자를 방바닥에 내려놓고 열어보았다. 그 안에는 종이 문서와 금가락지, 비녀 그리고 꽤 많은 은자가 들어있었다. 유정이 종이 문서를 들며 단오에게 내밀었다.

"단오야! 노비 문서야."

노비 문서를 받아 쥔 단오는 종이 문서를 꺼안고 다시 펑펑 울었다.

"아씨! 불쌍한 우리 아씨!"

"단오야 그만 울어."

"아씨도 없고 진구도 없어 미치도록 싫어. 살고 싶지도 않아."

유정과 차돌 그리고 단오는 진구가 묻혀 있는 청수골 골태 언덕에 온종일 앉아 있다가 유정이의 집으로 내려왔다.


정유재란 때, 이순신 장군의 휘하에서 고생했던 순천도호부 부사는 다른 곳으로 가고 중앙에서 왕의 교지를 받고 권문세력가의 아들인 새로운 부사를 맞이하기 위해 순천도호부의 읍성관아에는 많은 사람들이 동분서주하며 바쁘게 움직이고 있었다.

객사에는 연회 준비로 다양한 음식, 그리고 화려한 복장을 한 연주가와 기녀들로 북적거리고 있었다. 오리정 입구에서부터 신임 부사를 모시고 들어온 아전들이 고개도 들이 못하고 신임 부사를 공북당으로 안내해 들어가자 안에서 큰 소리가 들려 나왔다. 한참 만에 공북당에서 나온 신임 부사와 관리들이 객사로 자리를 옮겨 부임을 축하하는 연회가 시작되었다. 연주자와 기녀들이 전쟁 통에 숨겨왔던 악기와 화려한 옷들을 맵시 있게 입고 한층 끼를 품어내고 있었다.

코맹맹이 소리로 남자를 홀리는 여자들의 웃음 사이로 남자들의 호탕한 웃음소리가 읍성 안에 울려 퍼지고 있었다. 밤이 깊어가자 겨울 햇볕에 눈이 녹듯 악기 소리와 기녀들의 웃음소리는 어둠 속으로 점점 사라지고 있었다. 유정과 단오 그리고 차돌은 신임부사의 축하연을 보면서 세상 구조와 부조리에 대해 혐오감을 극도로 느끼고 있었다. 귀신 의병들은 밤마다 세상 고민에 빠졌다.


며칠 후, 한 달 정도 자리를 깔고 누워 있던 박속유는 아픈 몸을 이끌고 부읍성을 향해 여러 대의 수레에 곡식 가마니들을 한가득 싣고 연자다리를 건너고 있었다. 유정의 집에서 술도가들을 정리하고 있던 유정과 차돌 그리고 단오가 연자다리를 건너가는 박속유의 수레행렬을 바라보며 고개를 절레절레 흔들었다. 박속유가 이끄는 수레들이 덕보의 인솔에 따라 동헌 앞에 섰다.

"부사 나리! 얼마나 고생이 많으신가요?"

"아니, 박 대감 어른께서 어찌 여기까지……."

"아니요, 당연히 와야지요."

"이것은 또 뭐요?"

"제가 어찌 빈손으로 올 수 있겠습니까? 부사께서 이 고생을 하고 계시는데…… 나락으로 오십 가마입니다. 부족하지만 필요한 곳에 쓰시기 바랍니다."

"감사하오. 정유재란 때 부인 잃고, 자식 잃고, 재산 잃고 마음고생도 크다고 들었는데……."

"우리 딸년이 그 잔인한 고니시한테 강제로 끌려가서 고생한 것을 생각하면 당장이라도 고니시 불알을 걷어차고 모가지를 비틀어버리고 싶습니다만, 박복한 딸년이 망해루와 함께 스스로 자결을 해서 조선의 자존심을 그나마 지켰으니, 그것으로 아픔을 달래야지 어쩌겠습니까?"

"그랬다니 대단한 따님이네요. 남자들도 할 수 없는 충절이구만……. 모두들 알고 배워야 하는데 백성들이 개, 돼지처럼 우매해서 걱정입니다. 시간이 지나면 충절비라도 세워야겠소."

"충절비는 무슨 충절빕니까? 나라를 위해 목숨을 바친 것도 아닌데……."

"두들겨 패서라도 무지한 백성들에게 따님의 충절을 알려야……지요."

"무지한 백성, 맞습니다. 난리통에 고니시한테 식량을 다 빼앗기고 아무것도 없는데 낫과 괭이를 들고 와서 우리 곡식 창고를 몽땅 털어 갔습니다. 제가 그놈들에게 맞아 한 달 이상 누워만 있어 부사 나리 부임 축하연에도 참석을 하지 못했습니다."

"저런, 그런줄도 모르고 서운했지요. 주동자가 누군지 말씀만 해주시오. 당장 잡아다가 주리를 틀어버리리다."

"뭘요, 못 배우고 우매해서 생긴 일인데요……."

"참으로 박 대감은 대인이시오."

"무슨 말씀을……. 이것은 부사에게 드리는 제 맘입니다. 비옥한 옥토 땅 문서이니 챙겨두세요. 그리고 많지는 않지만 이것은 은자이니 귀하게 쓰십시오."

"뭘 이렇게까지……."

부사는 박속유가 내미는 땅 문서와 은자 상자를 자신의 등 뒤로 돌려 챙겼다. 한 무리의 사람들이 수레에 나무를 싣고 관아 뒤쪽으로 가고 있었다. 그 모습을 보고 있던 부사가 일꾼들을 보고 재촉한다.

"어서들 해라. 오늘도 해 다 빠지게 생겼다."

박속유가 관아 뒤편을 쳐다보면서 물었다.

"무슨 공사하러 가는 사람들인가요?"

"예, 내사와 곡간, 형옥에 향청까지 다 불에 타버렸소. 한번 가보겠소?"

"아, 그러지요."

두 사람은 불타서 공사를 하고 있는 내사로 향했다. 잿더미로 변해버린 내사에서 새로운 대들보를 세우고 있는 중이었다.

"공사할 곳이 많아 보입니다. 제가 재물을 더 드릴 테니 보태 쓰십시오."

"감사하외다. 우리 고을에서는 박 대감 나리밖에 없소."

"근데, 제가 저 곡간과 내사를 태운 사람을 알고 있습니다!"

"왜놈들이 태운 거 아닌가요?"

"아닙니다. 관아 재산을 훔치고 불태운 폭도들이 지금도 두 눈 멀쩡히 뜨고 다니고 있습니다."

"아, 그래요? 도대체 어떤 놈이오? 나라 재산을 함부로 소실시키는 놈은 절대 용서할 수 없습니다. 난리가 났다고 폭동을 일으키고 관아 곡간을 습격해서 터는 이런 놈들은 당장 잡아다가 참형으로 다스려야지요."

"그럼요! 재산 피해도 끝까지 물어서 보상을 받아야 합니다. 재산에 목줄을 꽉 쥐어야만 다시는 안 하거든요. 제가 알기로는 예전에 연자다리 건너 술도가를 했던 주 씨 그놈이 불을 냈지요."

"아, 그래요? 당장 잡아다 참형과 함께 피해 보상을 받도록 하겠소이다."

"그놈 딸년도 함께했을 것입니다. 그 딸년이 사내처럼 다니면서 선량한 아이들을 꾀어 폭도로 만들었으니 죽어 마땅합니다."

부사는 아전을 불러 술도가 주 씨와 그의 가족을 잡아오라는 엄명을 내렸다.

"부사 나리! 술도가 집 주 씨는 죽었는데요."

"뭐, 죽어?"

"왜놈들이 의병 활동을 하던 주 씨하고 마누라를 잡아다가 참수하고 머리를 잘라 연자다리 입구에 교수시켰습니다."

"그래? 그러면 그의 딸년은 살아 있느냐?"

"잘 모르겠습니다."

"그러면 찾아서 당장 잡아오너라."

"아…… 예."

관졸들이 술도가 집으로 출동하면서 걱정스런 얼굴로 말했다.

"새로 온 부사가 고을 사정을 하나도 몰라 걱정이시……."

"오메, 모르면 물어보면 될 것인디 권문세족의 아들이라 성균관에서 배웠다고 누구에게 물어보지도 않으니 걱정이네."

"그려, 우리한테는 멀리 있는 나라님보다 눈앞에 있는 부사가 좋아야

허는디 앞으로가 큰일이시!"

"뭐든지, 먹물 좀 튀긴 신빵이들이 문제랑게."

"술도가 주 씨는 의병들을 구하다가 잡혀 죽었으니 상을 받아야 할 사람인디 잡아들이라니…….

"그래도 모르니까. 확인은 해 보세."

관졸들이 주 씨와 유정을 잡으러 술도가 집에 도착했다. 유정과 단오 그리고 차돌이가 힘을 합쳐 집 안팎을 정리하며 소줏고리나 도가니를 씻고 있었다. 이때, 관아의 관졸들이 유정의 집으로 들이닥쳤다.

"게 있느냐?"

유정이 술도가 창고에서 나왔다.

"뭔 일인가요?"

"니가 주 씨의 딸년이더냐?"

"예, 제가 딸인디요?!"

"혹시, 니 아범인 주 씨가 살아 있느냐?"

"난리통에 소식이 끊겨 아직 생사를 모르고 있어라."

"그래?"

그 말을 들은 관졸들이 자기들끼리 귓속말로 소곤거렸다. 유정은 전쟁도 끝난 상태에 관아의 관졸들이 아버지를 찾는다는 것이 이상해 보였다.

"아니, 근데 뭣 땜시 아버지를 물어 보신다요? 혹시 어디서 소식을 들으셨대요?"

"그럼, 지금 집에는 누가 있느냐?"

"저와 친구들이 있는디요!"

관졸들은 집 안을 두루 훑어보았다.

"자, 이 아이만 잡아가세. 어서 묶어라."

관졸 두 명이 유정 앞으로 다가와 유정을 포박해 데리고 나가자 놀란 단오와 차돌이 무슨 일인가 싶어 따라나섰다. 동헌에 있던 박속유가 붙잡혀 오는 유정과 뒤를 따라오는 단오를 보았다.

"단오, 네 이년! 어디로 도망갔나 했더니 여기에 있었구나. 어서 집으로 돌아가자."

"나리, 전 이제 집으로 안 갑니다. 그냥 내버려 두세요."

"아니, 이년이…… 무슨 소리냐? 우리 집 종년이 주인이 가자고 하면 가야지. 전쟁이 나니까 개똥보다 못한 종년도 난리네. 어서 잡아라."

박속유의 집에서 일하는 덕보가 단오의 목덜미를 잡았다.

"나리, 전 이제 종이 아닙니다. 금화 아씨가 왜나라로 떠나기 전에 제 노비문서를 주고 가셨당께요. 이젠 저도 평민으로 자유롭게 살 것이어라."

"저년이 시방 뭔 소리를 하는 게냐? 우리 딸이 불길 속에서 죽어갈 때 저 혼자 살아난 년이 뭔 망할 소리야? 저 나쁜 년! 죽어버린 금화가 뭘 주고 어딜 가? 당장 끌고 가거라."

덕보가 단오의 입을 틀어막았다.

"사실이라고요! 금화 아씨가 노비문서를 주고 떠나갔어요. 이제 단오는 종이 아니고 평인으로 자유로운 사람이라고요. 노비문서가 있어라."

화가 난 유정이가 크게 말하자 박속유는 부사를 쳐다보았다.

"부사 나리! 바로 저년이 주동자요. 자네는 어서 끌고 가라."

덕보는 단오를 데리고 먼저 동헌을 빠져나갔고, 열 받은 박속유가 부사에게 황망히 인사를 하고 가면서 말했다.

"저 어린년이 우리 아들놈을 꼬여서 못된 짓은 다 하고 다녔소. 관아 건물을 불태우고 약탈한 것은 기본이고 왜놈들에게 빌붙어 나라를 팔아먹고 의병들의 본거지를 발설해 다 죽게 만든 주동자요! 절대 용서해서는 안 될 계집이오. 부사 나리! 제가 지켜보겠습니다."

박속유는 가지 않으려고 저항하는 단오를 데리고 연자다리를 건너갔다.


부읍성 감옥 마당에서 나전들이 유정이에게 주리를 틀고 있었다. 이미 많은 고문을 당해 허벅지에 피가 흥건하게 묻어 있고 얼굴이며 몸에도 고문 자국이 심하게 나 있었다. 새로 온 부사 옆에 아전들과 관졸들 그리고 꺽쇠를 포함해 시전 패거리들이 나전으로 변해 털모자에 방망이를 차고 있었다. 부사가 직접 문초를 하기 시작했다.

"독한 년! 이래도 사실대로 불지 않다니……."

"나리! 전 잡혀 있는 의병들을 구하기 위해 불을 질렀을 뿐입니다."

"그러니까. 네 애비 놈이 내사와 곡간을 불태운 것이 사실이더냐?"

"예, 그것은 사실입니다만 왜놈들을 교란시키기 위해 어쩔 수 없이 했던 일이었습니다."

"그러면 감옥은 네가 불을 질렀느냐?"

"예, 제가 했습니다. 우리 아부지가 왜놈들에게 잡히면 갇혀 있을 것 같아 미워서 태워버렸습니다."

"결론으로 말하면 내사와 곡간은 네 애비가 너는 감옥을 태웠다 이거지?"

"예, 그것이 사실이오나 감옥에 잡혀 있는 의병들과 백성들을 구하기 위해 어쩔 수 없이 했던 일이었습니다."

"그러면 객사 뒤에 있는 향청과 옆에 있던 초가집은 누가 태웠느냐?"

"향청은 내 친구인 진구가 불질렀고 초가집은 왜놈들에게 잡혀 사람으로서는 치유할 수 없는 저주를 당한 가련한 여인들을 구한 이후에 그들과 함께 저희들이 태웠습니다."

"참으로 당돌한 애들이구나! 관아의 재산을 함부로 태워버려? 국고 재산을 축나게 하다니. 방화범은 중죄에 해당한다. 보통 범죄가 아니다!"

"그것은 모두 왜놈들에게 핍박당하고 불쌍한 우리의 백성을 구하기 위해서 생긴 일입니다."

"향청을 태운 그놈은 어디에 있느냐?"

"내 친구 진구는 이순신 장군에게 기밀문서를 전달하기 위해 가던 길에 왜놈들의 화살을 맞고 죽었습니다."

"아무튼 알 수 없는 소리만 하는구나. 느그 같은 애들이 누구한테 전해?"

"사실입니다."

"이놈아, 너희 같은 애들이, 그것도 계집애가 무슨 의병을 구하고 조선 여인들을 구했다는 것이냐? 이순신 장군이 옆집 아저씨야? 말이 될 소리를 해야 믿는 것이지. 왜놈들이 득실거리는 성 안에서 누구를 구할 수 있을 것이라고……."

"아닙니다. 죽은 내 친구는 무술도 잘하고……."

"여봐라! 저년의 주리를 틀어라. 바른 말을 할 때까지 계속해서 틀어라."

새로 온 부사의 말을 듣고 관졸들은 유정의 다리에 나무를 끼고 주리를 틀기 시작했다. 꺽쇠와 시전 패거리들이 웃고 있었다.

"아————악!"

유정은 참을 수 없는 고통을 느끼며 비명을 질렀다. 고문을 당하면서 유정은 충격적인 사실을 알게 되었다. 아버지와 어머니가 왜놈들에게 참수형을 당하고 연자다리 입구에 수급이 매달리게 되었다는 것을 알게 된 것이다. 안타까운 죽임을 당한 아버지와 어머니의 생각에 유정은 끊임없는 설움이 엄습해왔다. 진구가 죽어가면서 '엄니, 아부지가 보고 싶으면 북정골 골짜기로 가서 놀아라' 했던 말들이 새삼스럽게 느껴졌다. 결국 주씨와 유정은 관아 건물을 방화한 방화범이 되고 말았다.

관아에서는 의병들과 불쌍한 여인들을 구하기 위한 의로운 행동이라고 칭찬해주기는 커녕, 유정을 방화범으로 감옥에 가두고 말았다. 아버지 주씨를 생각하며 불을 질렀던 그곳에 유정은 갇히고 말았다.

그 안에는 답답하고 억울하게 끌려온 백성들이 많이 있었다. 유정은 왜놈들의 세상에서 해방이 된 조선의 땅에서 심한 고문을 당했다고 생각하니 그 억울함과 분노가 머리끝까지 뚫고 나오려고 해서 미칠 지경이었다.


단오도 박속유의 집으로 다시 끌려가고 차돌이만이 유정의 집에 혼자 멍한 상태가 되어 남아있었다. 차돌은 감옥에 갇힌 유정을 만날 수도 없었고 누구와 상의할 사람도 없어 답답하기만 했다. 답답해진 차돌이가 토부와 단오를 만나러 박속유의 집 앞에서 서성거렸지만 대문이 굳게 닫혀있어 안으로 들어갈 수는 없었다.

"토부야! 단오야! 유정이가 관아에 잡혀 있어. 도와다오."

차돌은 담 너머로 집 안에까지 들리게 소리를 질렀다. 하지만 집 안에는 토부는커녕 단오도 인기척도 나지 않았다.

"토부야! 단오야! 내 말 들리면 도와줘."

다시 한 번 소리를 내지를 때 덕보가 나오더니 차돌이를 발로 차고 몽둥이로 때리며 멀리 쫓아버렸다. 문전박대를 당한 차돌은 결국 토부와 단오를 만나 보지도 못하고 돌아왔다. 답답한 시간이 흘러갔다.

박속유의 집안 옥에 갇혀 있는 단오는 더 이상 박속유 집안의 하인으로 살기가 싫어 여러 번 도망을 시도했으나 번번이 발각되고 말았다. 토부가 옥에 갇혀 있는 단오를 만나러 찾아왔다. 단오 입에 물린 재갈을 풀어주었다. 토부도 미부처럼 비단 천으로 얼굴을 가리고 있었다.

"단오야, 있을 만하냐?"

"예, 아니지, 아니 힘들어!"

단오는 토부에게 친구처럼 편안하게 대답했다.

"많이 변했구나. 나에게 말도 편하게 하고……."

"난 이제 종이 아니야. 법적으로도 노비문서를 불질러 버렸기에 노비도 아니지만…… 더 이상 그렇게 살기 싫어. 이제는 자유롭게 살고 싶어."

"그래, 그렇게 하고 싶으면 그래야지."

"토부야, 며칠 전 차돌이가 대문 앞에서 하는 소리 들었지?"

"……."

"들었구나. 유정이가 관아에 잡혀 갔어. 아마 고문도 많이 당한 모양이야. 뭔가 좋지 않은 일이 생긴 것 같아. 차돌이가 여기까지 찾아와 도움을 청한 것을 보면 틀림없이 일이 생긴 거야."

"……."

"지금은 너밖에 없어, 도와줘. 나리께서 말하면 풀려날 수 있을 거야."

"……"

"토부야!"

"난, 이 난리를 겪으면서 많은 생각을 하게 되었어. 사람이 죽고 산다는 것이 참으로 부질없단 생각도 했지."

"그래, 죽음은 항상 눈앞에 있어, 그래서 잘 살아야 해."

"맞아, 인생은 짧기 때문에 편하게 살아야 하는 것도 알았어. 그동안 우리 아버지와 반대되는 입장으로 내가 옳다고 생각했는데, 죽으면 끝이더라고. 우리 어머니가 그랬지. 어머니의 죽음은 참으로 보잘것없었어."

"그래서?"

"그래서 난, 앞으로……"

"앞으로?"

"난, 이집을 지키며 아버지의 뜻을 따르기로 했어."

"뭐라고? 아니지? 금방 한 말 본심 아니지?"

"아니야, 그렇게 살 거야!"

"부끄러움이라고는 손톱만큼도 모르고, 남이야 죽든지 말든지 오로지 자기 배만 부르면 되는 그런 철면피에, 양심을 팔아먹어도 눈 한 번 꿈쩍이지 않고, 자기 딸을 원수한테 팔아 묵고…… 왜놈들 손에 끌려간 살아 있는 아씨를 죽은 사람 만들어 충절녀로 바꿔버린 그런 아부지를 따라간다고?"

"……"

"우후, 왜놈들이 쳐들어 왔다는 말을 들었을 때보다 더 놀라 자빠지겠다!"

단오의 말을 듣고 있던 토부가 자신의 얼굴을 가리고 있던 하얀 천을
걷어 보여주었다.

"이것이 바로 전쟁이 내게 준 훈장이야……."

"아, 미……안……해"

"네가 왜 미안한데? 니 같은 종년이 조선을 구할 영웅이라도 돼? 미천
한 네가 나한테 왜 미안하대? 웃기지 마. 넌 핏덩이 때부터 우리 집에서
내 똥 뒤치다꺼리나 하는 종년이었다고. 전쟁이 터지니까 세상이 바뀔 것
이라고? 아니야, 절대 그렇지 않아. 넌 영원히 나의 종이야! 노비문서가
타버렸다고? 그것이 뭔데. 종이에 다시 쓰면 끝이야!"

"……."

토부의 억지스런 말을 듣고 난 단오는 하늘이 무너지는 듯 아득한 충격
속으로 빠져들었다.

"우리 어머니가 돌아가시고 난 뒤로 내가 그동안 원하는 게 뭐였고 무
엇을 하고 다녔는지조차 모르겠고 모든 것이 다 무의미해졌다. 그래도 다
시 한 번 의미를 찾고 생각해보려고 했는데, 내 얼굴 봤지? 난 앞으로 평
생 이렇게 살아가야 한다고! 봤어? 봤냐고!"

"토부야. 제발 그러지 마! 넌 그러면 안 돼. 너를 믿어준 유정이와 진구
그리고 차돌이를 생각해서라도 그러면 안 돼!"

"됐어! 이제는 이렇게 살고 싶지 않아. 힘이 뭔지도 알았어."

"그래, 네 얼굴의 상처를 보면 정말 미안해. 근데 정말 이기적인 거야.
다른 사람들은 온몸에 상처가 나고 온 가족이 상처뿐만 아니라 개 같은
죽음을 당해도 말도 못하고 가슴에 안고만 살고 있어! 근데 그까짓 상처
때문에 그렇게 저항하고 싫어했던 나라를 따라가? 웃기지 말라고. 넌 못

해!"

단오는 토부를 향해 거침없이 내뱉었다. 잠시 멍한 충격에 빠진 토부가 단오를 한참 노려보다가 돌아가 버렸다.

"토부야, 토부야!"


7년간의 전쟁이 끝난 무술년이 지나고 기해년이 밝아왔다. 전쟁이 끝나고 맞는 새해 첫 아침을 유정은 감옥에서 맞이하고 있었다. 그동안의 아픔과 슬픔을 다 묻어 버린 듯, 흰 눈이 온 세상을 덮어주었다.

고을 사람들이 나름 새 옷도 입고 음식도 만들고 고을 어른들에게 안녕을 묻는 인사를 하고 다녔지만 죽어버린 사람들이 너무 많아 명절의 즐거움보다 쓸쓸함이 깊게 깔려있었다. 차돌이가 어렵사리 구한 떡을 들고 감옥에 갇혀 있는 유정을 찾아왔다.

"유정아, 많이 춥지?"

"응, 바람골 아래라 진짜 춥다. 숨도 쉬기가 어려워. 어젯밤에도 같이 있던 북정골 사는 아저씨가 죽어 나갔어."

"그래 너도 조심해……."

"내가 토부 집에 갔는데 아무도 못 만났어. 토부와 단오에게 일이 생긴 것 같아. 세상이 참으로 이상하지. 왜놈한테 달라붙어 앞잡이가 된 놈들이 다시 활개치고 다니더라고."

"알아. 옥에 갇혀 있으니까 세상이 다 들리고 다 보여! 이제는 정말 알 것 같아. 힘 없고 착하고 답답한 백성들만 세금 많이 내고 군사로 끌려가서 죽는 세상이야. 전쟁을 하자고 하는 놈들은 누구도 죽지 않고 힘 없는 백성들만 죽더라고……."

"그러고 보니 그렇네."

"개자식들! 권력을 가진 놈들은 입으로만 백성을 위한다고 나불거리면서 수없이 많은 재산과 넓은 토지를 호주머니에 담아도, 백성들만 몰라."

"유정아! 난 잘 몰라도, 네가 왜 옥에 있는지 모르겠어?"

답답한 차돌은 유정의 말에 두 눈을 질끔 감아 버렸다.

"차돌아! 너 소문 들었어?"

"뭔디?"

"이 옥중에서 들은 이야긴데 이순신 장군님의 시신이 고금도에 그대로 방치되어 있다고 수군대는 걸 들었어. 사실이라면 임금은 사람도 아니지?"

"나도 들었는디 설마들 하고 있어. 장군님이 관음포해전에서 돌아가시고 시신을 수레로 옮길 때 수많은 백성들이 수레를 붙잡고 울었다고 들었어. 설마…… 사실이라면 나라도 미친개 콧구멍 차불대끼 나라님의 턱쪼가리를 발로 차 부러야제!"

차돌이가 화가 나 자신도 모르게 걸쭉한 쌍욕이 튀어나오고 있었다.

"나라를 구한 조선의 영웅, 삼도수순통제사라는 사람이 죽었는데 그에 맞는 장례를 해주는 것이 당연한데, 우리 조정이 아닌 명나라 수군이 이순신 장군의 시신을 거두어 고금도에 있다는 것이 말이 돼냐?"

"환장하겠네, 내가 좋아하는 이순신 장군을 이렇게 하다니, 미쳐불겠다."

"이 안에 있으면 별 소식을 다 들어. 나도 이젠 나가면 어리석게 살지는 않을 거야. 근데 내가 나갈 방법이 없을까?"

"고을 어른들한테 말해 봐도 누구도 입을 다물고만 있으니……."

"그래도 한때는 사사끼를 죽인 처녀 영웅이라는 소리도 들었는디. 차돌아! 내가 여기서 곰곰이 생각해 봤는디, 박이량 의병장님을 찾아가서 멍청한 부사한테 말 좀 해달라고 하면 어쩔까 싶어?"

"그래! 좋은 생각이여! 내가 왜 의병장님을 잊고 있었지? 의병장님이라면 고을 부사도 함부로 못할 거야. 내가 꼭 찾아볼게. 글먼 나, 간다!"

"오성산에서 서북쪽으로 가면 두모마을이 있어. 아주 작은 유기그릇을 만드는 곳이야. 진구랑 한번 만나러 간 적이 있거든 거기에 가면 계실지 몰라."

차돌은 이제야 막힌 물꼬를 찾은 농사꾼처럼 쏜살같이 달려갔다.


패랭이를 쓰고 바랑을 멘 차돌은 유정의 말을 기억하며 어른처럼 혼자 길을 나섰다. 부읍성에서 부유촌으로 가다가 접치재에 다다르면 좌측은 조계산 북사면이고 우측은 오성산 남동면이 나왔다.

오성산 정상을 바라보며 잠시 쉬던 차돌은 기철과 많은 의병들이 죽어간 곳을 향하여 목례를 올려 위로하며 혼자 중얼거렸다.

"기철아, 잘 있지? 이제 전쟁은 끝났다. 편하게 지내라. 기철아, 자주 찾아오지 못해서 미안해. 그리고 의병님들도 편안히 계시구요. 꼭 좋은 시절이 오면 좋은 곳으로 모실랑게요."

오성산 골짜기를 따라 시오리 정도 올라가니 산 아래에 유정이 말한 유기그릇을 만드는 아담한 두모마을이 나타났다. 차돌이 의병장을 만나 그동안에 일어났던 일련의 이야기들을 모두 말하자 의병장은 한숨을 깊이 내쉬며 차돌에게 먼저 집에 돌아가 있으라고 했다.

"부사 나리! 이게 말이나 되는 거요? 저 아이들은 목숨을 걸고 의병들을 구하고 불쌍한 조선의 여인들을 악의 구렁텅이에서 구해준 조선의 영웅들이었소. 어찌 그런 애를 옥에 가둔단 말이오! 이게 무슨 억지입니까?"

"의병장! 들어 보니 내사, 곡간, 감옥에 향청 그리고 초가집 세 채까지 방화한 것은 사실이었소. 사정이야 어찌 되었든 죄는 죄가 아니요?"

"당신은 어느 나라 관리요? 나라를 구하다가 생긴 일을 방화라고 죄인으로 다루고, 왜놈의 앞잡이를 하거나, 군량미를 바치거나, 백성을 학살한 사람들에게 관직을 주고 벌을 주지 않으니 어찌 당신을 이 나라의 관리라고 말할 수 있겠소!"

"박이량 의병장! 말이면 다 말인 줄 아시오."

"부사! 관리면 다 관리인 줄 아시오? 당신처럼 능력도 판단력도 없고 아집으로 가득 찬……. 부끄러운 줄 아시오."

박이량이 벌떡 자리에 일어서며 함께 온 사람들을 데리고 나가 버렸다.

며칠 뒤, 박이량 의병장과 의병들 그리고 차돌은 의병을 구할 때처럼 바람골을 넘어가 감옥에 갇힌 유정이를 데리고 나왔다. 박이량 의병장과 몇몇의 의병들 그리고 유정, 차돌이 다시 당집에 모였다.

전쟁이 끝나고 영웅으로 대접받아야 할 그들이 도망자 신세로 전락되어 다시 당집으로 왔다고 생각하니 기가 차서 모두 허탈하기만 했다. 박이량 의병장이 유정의 어깨를 다독여주었다.

"유정아! 마음을 풀어야 산다. 그래야만 살 수 있어. 조선을 구한 이순신 장군도 관음포해전에서 전사하시고 그 유해를 진린 도독이 모시고 고금도로 갔다고 하더라. 현재 고금도 월송대에 우리 조선의 영웅이 차갑게 누워있다고 하니 참으로 슬프고도 슬프구나! 세상이 원망스럽고 참담할 뿐이다."

"저도 감옥에서 들었는데요. 그 잘난 임금과 대신들은 뭐하고 있대요? 나라를 구한 영웅을 그렇게 푸대접하다니 한심한 나라입니다. 오로지 정권을 유지하기에만 급급한 이런 나라에 무슨 미래가 있겠어요. 이러면 나라님이라도 천벌을 받지라."

유정이 가슴 속에 치밀어 오르는 화를 삭이지 못해 쏘아붙였다.

"그러지 마라. 그래도, 조선은 너희들의 나라이다."

"정의도 진리도 부끄러움도 모르는 조선! 벗어나고 싶어요."

듣고 있던 박이량 의병장은 더 이상 말을 하지 않았다. 누구도 다음 말을 꺼내지 못하고 조용히 앉아만 있었다. 한참 만에 유정이 박이량에게 물었다.

"아저씨, 알려주세요. 아저씨를 원망하지 않아요. 그래도 아버지 어머니가 어디에 묻혀 있는지는 알아야지요?"

"유정아, 미안하다. 그때 말해줬어야 하는데 아저씨를 용서해다오."

"뭘요, 전 아저씨에게 감사해요. 만일 아저씨가 우리 아버지 어머니 수급을 거두지 않았다면 까마귀밥이 되고 말았을 것입니다. 만약 찾지 못했더라면 어느 곳에서 한을 품고 있는지는 몰라도 수급이라도 찾았으니 얼마나 다행인가요. 왜교성에서 까마귀밥이 되는 백성들을 많이 봤거든요. 고마워라."

유정이 의병장에게 진심으로 감사해하며 다가가 껴안았다.

"그래, 유정아, 그렇게 생각해주니 고맙다. 내가 아무런 힘이 되어주지 못해 미안하다. 정말 미안하다."

"……."

유정과 차돌 그리고 의병장은 말을 타고 건달산 아래 언덕으로 갔다. 그곳의 아주 양지바른 곳에 돌무더기가 있었고 작은 돌들이 무릎 높이만큼 쌓여 있었다. 의병장이 '꼴―꼴―꼴' 하고 소주를 주위에 부었다.

작은 술항아리에서 쏟아지는 소주소리가 유정의 눈물이 쏟아지는 것처럼 들려왔다. 의병들이 돌무더기를 치우려고 하자 유정이 말렸다.

"아저씨! 그냥 그대로 두세요."

"왜, 시신을 집안 장지로 모셔야지."

"아니요, 수급만 있는 뼈아픈 상처를 보고 싶지 않아요. 시신을 모두 찾고 나면 합제를 할까 합니다. 저기 큰 돌만 앞에 놔주세요. 잊지는 않아야지라."

"자식으로서 좋은 곳으로 모셔야지?"

"아닙니다. 저는 부모님의 한을 풀어주는 것이 더 중요합니다. 몸뚱이도 없는 부모님의 한스러운 죽음을 잊지 않는 것이 더 중요해요."

"유정아, 그래도……."

"큰 돌을 옮겨주세요."

의병들은 유정의 의지를 꺾을 수가 없었다. 아주 큰 돌을 유정 아버지와 어머니가 묻혀있는 곳의 앞에 놓았다. 유정은 죽은 아버지와 어머니의 돌무더기 앞에 큰절을 올리고 소주를 쏟아부었다.

"아부지, 어무이, 죄송합니다. 한을 풀어드리고 다시 올게요. 죄송합니다."

유정은 짧은 인사를 하고 돌아섰다.

"유정아, 이제 어떻게 할 거니?"

"아저씨, 전 지금부터 부모님의 한을 풀어드리는 일을 할 것입니다."

"쉽지 않은 인생이 될 것이다."

"지금부터 사는 인생은 내 인생이 아니고 부모님과 죽은 친구들이 준 인생입니다. 삶이 있으면 죽음도 있는 법, 덤으로 사는 인생인데요."

"같은 백성끼리 부조리한 사회와 싸우는 것이 훨씬 어려운 일이라는 걸 명심해라."

"예, 이제는 제가 할 일을 알았어요. 힘 없는 백성을 버리고 자기 목숨 만 살겠다고 도망쳐 버린 나라님을 원망할 것입니다. 백성은 뒤로하고 본 인만 살겠다는 관리들을 원망할 것입니다. 그리고 다시 나타나 뻔뻔하게 남 탓으로 돌리고 부끄러움을 모르는 자들에게 죄를 물을 겁니다. 코와 귀가 베어 죽고, 배고파 죽고, 저주스런 폭행에 목매달아 죽고, 노역으로 끌려가 밟혀 죽고, 깔려 죽고, 도망가다 죽고, 까마귀밥이 되어 죽고, 있 는 놈들 몽둥이에 맞아 죽었던 모든 사람들을 대신해서 그렇게 만든 무능 한 자들과 싸울 것입니다. 백성을 지키지 못한 자들은 그 자리에 있을 자 격이 없습니다!"

"유정아, 혼자 힘으로 그들을 이겨낼 수는 없어."

"이기지 못해도 돼요. 적어도 나쁜 사람이라고는 말해주어야 해요. 그 래야 후세에라도 이런 끔찍한 일은 생기지 않을 것입니다. 우리가 안 된 다고 안 해버리면 그놈들은 잘하는 줄 알고 뻔뻔하게 사니까요. 이제 저 는 부끄러움을 모르고 교만한 자, 백성을 수단으로 여기는 파렴치한 자, 자기만이 살아남기 위해 타인의 고통과 아픔을 묵살하는 자들과 싸우겠습니다."

박이량 의병장과 의병들은 결의에 찬 유정이의 말을 듣고 아무런 말을 할 수도 없었고 하지도 않았다.

"아저씨! 부탁이 있어요. 박속유의 집에 갇혀 있는 단오를 구하고 싶어요. 노비가 아닌 자유를 가진 단오를 데리고 차돌이와 함께 고금도로 가고 싶어요. 그곳에 정말로 이순신 장군의 유해가 소문대로 방치되어 있다면 저라도 죽은 아부지와 엄니를 위해 많이 울어주고 싶어요."

"고금도 월송대에 이순신 장군이 계신다고 들었다. 언제까지 거기에 있을지는 몰라도 나라에서 곧 장례를 치러주지 않겠니?"

"그러겠지요. 그래야 당연한 것이고요. 하지만 지금까지 과정을 보면…… 우선 단오를 풀어주세요."

"그래, 그렇게 하자. 전쟁이 끝나고 다시 가내무사들이 들어왔다고 들었다. 그러니 우리도 준비가 필요하다."

"사실, 제가 고문을 당한 것을 생각하면 박속유를 죽여 버리고 싶어요. 아저씨에게 그렇게 해달라고 말하고 싶어요. 하지만 우리 친구 토부를 생각해서 참고 있어요."

"그래, 너의 깊은 맘을 이해한다. 하지만 앞으로 사회의 부조리와 싸우다 보면 개인적인 감정과 공적인 감정이 너를 많이 힘들게 할 것이야. 오늘 밤 야심한 시각에 단오를 데리고 오도록 하자."

"……."

유정과 함께 온 의병들은 돌무더기 앞에서 절을 하고 일어나 돌무더기를 뒤로하고 건달산을 내려왔다.

초승달이 어슴푸레 길 방향을 알려주는 깊은 밤이 되자, 한 겨울의 추위를 안고 박속유의 집 뒷산에 숨어있던 박이량 의병장과 차돌 그리고 유정은 뒷담을 넘어 감옥으로 향했다. 칠흑처럼 어두운 집 안은 조용했고 감옥 앞에 작은 횃불만이 외로이 타고 있었다. 감옥에서 쪼그리고 추위를 이불 삼아 자고 있는 단오를 깨워 창살을 뜯고 만났다. 유정이는 토부를 만나고 싶었으나 단오는 말렸다. 그들은 단오를 데리고 박속유 집을 빠져나왔다.

누군가 집 모퉁이에 숨어 모든 것을 쳐다보고 있었다. 비단천으로 가린 토부였다. 유정과 단오 그리고 차돌이는 박이량 의병장과 헤어지고 이순신 장군이 외롭게 계신다는 고금도 월송대를 향해 먼 길을 나섰다.

# 길 떠나는 달빛 청춘

기해년(1599년) 2월 초, 지난 밤 고금도 월송대에서 고니시의 명령을 받은 우쓰노미아의 병사들이 이순신 장군의 유해를 훔쳐가려 했으나 도쿠가와가 보낸 마쓰이 군사들의 방해와 귀신 의병들의 신속한 행동 때문에 이순신의 유해를 지킬 수 있었다.

조선군 복장을 한 왜군 자객들 20여 명이 죽어 널브러져 있었고 결국 우쓰노미아와 몇 명의 자객들은 붙잡혀 명나라 수군 진지에 갇히고 말았다. 화가 난 진린 도독은 도망간 자객들을 찾기 위해 인근 바다를 샅샅이 뒤졌으나 흔적을 찾지 못해 많이 아쉬워했다.

날이 밝자, 조선의 수군들은 이순신의 유해가 들어있는 목관을 다시 만들고 초분 주위를 깨끗하게 정리했다. 지난밤의 일이 삽시간에 고금도 백성들에게 퍼지고 말았다. 그 소식을 들은 고금도 백성들은 죽은 자에 대한 마지막 예의도 없는 왜놈들에게 분노를 금할 길이 없어 이순신 장군의 유해를 함께 지켜주었다.

해가 떨어지고 밤이 깊어지자 감당하기 어려울 정도의 추위가 밀려왔다. 월송대 초분 옆, 움막에 있는 유정과 차돌이도 추위에 떨고 있었다.
단오가 보이지 않아 유정이가 주변을 살펴보았으나 어디에도 보이지 않
았다. 그 시각, 감옥에 갇혀 있던 우쓰노미아 앞에 단오가 쪼그리고 앉아
있다.

"장군! 내가 여기서 풀어 줄 테니, 날 금화 아씨가 있는 왜나라로 데려
다 주시오."

"그게 정말이냐?"

"아씨는 나 없이 하루도 살 수 없어요. 내가 옆에 있어야만 한단 말이
오."

"그래, 맞다. 금화 부인은 너무 외롭고 힘들어 밥도 먹지 않고 밤마다
울며 널 찾고 계신다. 날 여기서 풀어만 주면 널 부인에게 데려다 주마.
부인도 널 만나면 정말 기뻐할 것이다."

"으흐흐흐―――――."

"그렇게 계시다 보면 아마 금세 죽어버릴까 걱정이다."

"으흐흐――, 내가 나룻배를 몰래 바닷가에 두었으니 어서 가시지요."

단오는 미리 말해 소화 아씨의 도움을 받아 갇혀 있던 우쓰노미아와 몇
명의 자객을 데리고 월송대 옆에 있는 한적한 바닷가로 몸을 낮춰 가고
있었다. 조금 떨어진 외진 곳에 작은 나룻배 한 척이 떠 있었다.

"장군, 저기에 있는 배를 타면 돼요. 난 잠시만 유정일 보고 올 테니 기
다려 주시오."

"지금은 안 돼! 여기서 들키면 끝장이야. 그냥 가자."

"안 돼요, 아마 자고 있을 테니 한 번만 보고 올게요. 배에서 기다리고
있으세요."

단오는 빠르게 움막이 있는 월송대로 올라갔다. 월송대에는 이순신의 유해를 지키는 군사들과 백성들이 모여 있었다. 아무 일도 없는 것처럼 인사를 한 후, 움막으로 들어갔다. 움막을 살포시 열어보니 유정이가 자지 않고 있었다.

"왜 들어오지 않고?"

"응, 잠시만."

"어디 갔었어?"

"으————, 잠이 안와서……."

"너, 금화 아씨 생각하는구나?"

"으—응, 근데 유정아. 내가 널 얼마나 좋아하는지 알지?"

"그럼, 알지. 우리는 귀신 의병이잖아."

"날 잊지 마."

"왜 그래. 멀리 떠나는 사람처럼?"

"떠나기는 좋아서 그러지……."

그때 '적이 도망갔다.' 하는 소리가 밖에서 크게 들려왔다. 그 말을 들은 단오가 급하게 '유정아, 잊지 마!' 하고 빠르게 달려갔다. 놀란 유정은 뛰쳐나와 도망가는 단오를 보고 '단오야! 단오야!' 불렀다.

월송대 군사들이 달려가는 단오를 따라 바닷가 나룻배로 몰려들었고 다급해진 우쓰노미아는 돛을 세우고 출발해버리자 단오는 떠나는 나룻배를 향해 소리를 질렀다.

"멈추시오. 장군! 날 데려 가시오. 나 없이 아씨는 못살아요."

군사들은 도망가는 나룻배를 향해 활을 쏘기 시작했지만 나룻배는 어둠속으로 사라지고 말았다. 단오는 유정일 부둥켜안고 떠나버린 나룻배를 향해 펑펑 울었다.

"아씨, 죄송해요. 아씨!"

"단오야. 어쩌려고 그랬어. 가면 너도 죽어."

"아씨는 나 없이는 못살아."

"이제는 너를 위해 살아야 해. 너의 인생이 필요해."

"으흐흐흐ㅡㅡㅡㅡ 유정아! 우리 금화 아씨, 불쌍해서 어떡해."

"단오야, 이제는 잊어. 잊어야 해."

"불쌍해."

단오는 사라진 배를 보면서 한참 동안 울었다. 유정은 울다 지친 단오의 마음이 편안해질 때까지 추위도 잊은 채 아무 말 없이 앉아 있었다. 점점 푸른빛이 돌며 새벽 기운이 밝아오고 있었다.

"난 부모 형제가 아무도 없잖아. 그래서 우리 아씨가 친언니처럼 좋았어."

단오가 어렵게 말문을 열자 유정이 대답했다.

"단오야, 이제는 너의 삶을 살아야 해."

"알아! 하지만 우리 아씨가 불쌍해."

"……."


진린 도독은 명나라로 돌아가기 전에 관왕사당에서 마지막 제를 올렸다. 전투의 승리를 기원하기 위해 지난여름에 만든 관왕사당에서 등자룡 장군과 이순신 장군의 영혼을 달래고 하늘세상에서 만수무강을 기원하는 천도제를 정성스럽게 올려주었다. 고금도에 살고 있는 많은 백성들도 그들의 영혼을 함께 달래주었다.

유정과 단오 그리고 차돌은 등소림과 소화 아씨가 타고 있는 명나라 군선을 타고 고금도의 좁은 바닷길을 빠져나와 조선 민초들과 이순신 장군의 흔적이 묻어 있는 울돌목을 지나 고하도를 지나서 선유도를 거쳐 이순신 장군이 살았던 아산으로 가는 예성강을 향해 올라가고 있었다. 그들은 아쉬움과 두려움 속에서 뱃머리에 앉아 두 손을 꼭 잡고 있었다.

"단오야, 결정했어?"

"난, 조선이 싫어. 나귀보다 못한 여자로 살기 싫고 개똥보다 못한 종으로 살기는 더욱 싫어. 그래서 명나라로 갈 거야."

"그럼 차돌이 너는?"

"난…… 난 아직 모르겠어. 날 생각하면 모르는 명나라로 가고 싶고, 유정이를 생각하면 유정이와 함께 가고 싶어."

"그러면 유정아, 넌 어쩔 건데?"

"나도, 정말 많이 생각해봤는데. 서글프고 불쌍하게 돌아가신 부모님과 약속을 했어. 그래서 조선에 남아서 부모님의 원한을 풀어주고 싶어. 조선에서 우리의 아들딸들이 살아갈 좋은 세상을 만들고 싶어."

"유정아, 그냥 나와 함께 명나라로 가서 누구의 눈치도 보지 말고 전쟁이 없는 곳에서 행복하게 살자. 차돌이도 너만 가면 간다고 하잖아."

"물론 명나라가 큰 나라인데 거기라고 차별도 전쟁도 없을까? 난 아산까지 가서 이순신 장군의 유해를 모시고 싶어. 임진왜란과 정유재란 기간 동안 혼자서 고통당했던 외로움과 좌절감을 마음으로나마 지켜드리고 싶어. 그리고 다음 일은 그 다음에 생각할 거야."

"난 정말로 너와 헤어지기 싫어. 유정아 다시 한 번만 생각해봐."

"……."

"단오야, 우린 언젠가 다시 만날 거야. 오늘이 끝이라고 생각하지 마."

차돌이가 단오의 어깨를 두드려주었다. 유정이가 뱃머리에서 일어서서 잠시 자리를 옮겨 먼 바다를 바라보았다. 단오와 차돌도 함께 일어나 유정이 옆에 서서 먼 바다를 바라보았다.

"난 정유재란을 겪으면서 인간이 왜 그토록 잔인하고 무차별하게 사람을 죽이는지를 알지도 이해하지도 못했어. 처음에는 두렵고 무서웠어. '전쟁이라는 것이 당연히 사람을 죽이는 것인가 보다' 하는 생각만 했었어. 사실 내 가족이 억울하고 처참하게 죽다 보니 나도 적을 죽이고 싶고 그것도 잔인하게 죽이고 싶어지더라. 근데 나중에는 이 죽음의 고리에 갇혀 계속 돌고 있는 나를 보았어. 그게 더 두렵고 무서웠어."

그 말을 듣고 있던 단오와 차돌이 한숨을 길게 쉬었다.

"그래서 전쟁이 무서운가 봐."

차돌이가 유정의 어깨를 쓰다듬어 주었다.

"전쟁이 주는 죽음의 고리는 그 고리에 빨려 들어가는 순간 피아가 없어진다는 것을 알았어. 내가 당하면 당한 만큼 좀 더 폭력적이고 잔인하게 해야만 분이 풀리는 것처럼 서로 간에 죽음의 분노만 커져가더라고. 그러면서 내가 준 독한 잔인함이 나에게 배가 되어 다시 다가오더라고. 어느 순간 죽음의 고리 안에서 잔인함들이 서로 경주를 하고 있었어……."

"……."

"전쟁을 일으켜 승리했다고 스스로는 자축할지 모르나 정유재란이 끝나고 생각해 보니 그들이 참으로 불쌍하다는 생각을 하게 되었어. 정확히 말하면 인간을 죽일 권리는 누구에게도 없는 것인데. 그런 천명도 모르는 어리석은 사람이 불쌍했어. 어쩌면 미친병처럼 자기가 아픈지도 모르는 전쟁병에 걸려버린 불쌍한 사람이라는 생각을 해봤어."

"난 아무것도 모르겠다. 하지만 전쟁은 너무 무섭다는 것뿐……."

단오가 고개를 살랑살랑 저었다.

"전쟁은 우리의 의지가 아니잖아? 나라님이 결정해서 전쟁터에 나가면 죽지 않기 위해 상대를 죽여야 하는 죽음의 고리 속에 빠지는 것이지."

단오와 차돌이가 유정이의 말을 듣고 고개만 끄떡이고 있었다.

"전쟁은 한 인간의 자존심을 지키기 위해 해서는 절대 안 된다는 거야."

귀신 의병들은 먼 바다를 바라보며 한참 동안 말이 없었다. 어쩌면 귀신 의병들의 뇌리에는 정유재란이 발발하고 일 년 반 동안의 일들이 주마등처럼 스쳐 지나가고 있는지도 몰랐다.


어느새 헤어져야 하는 시간이 다가오고 있었다. 단오는 이미 눈에 눈물이 가득 고여 있었다.

"애들아, 저기가 예성강 입구인가 봐. 군선들이 포구에 배를 정박하기 시작한다."

이순신의 유해를 실은 군선이 예성강 입구에 정박했다. 사람들은 조심스럽게 이순신의 시신이 들어있는 관을 포구로 내렸다. 기다리고 있던 이순신 장군의 가족들은 슬픔에 통곡하기 시작했다.

귀신 의병들이 탄 군선도 포구에 정착하고 있었다. 소화 아씨와 등소림은 유정과 차돌에게 작별 인사를 해 주었다. 유정과 차돌이 그리고 단오가 포구에 내려 서로를 쳐다보고 있었다. 유정이 단오를 꽉 껴안아 주었다. 차돌이도 단오의 머리를 쓰다듬어 주었다. 단오는 두 사람을 다시 한 번 껴안고 서서히 군선에 올라탔다.

"단오야!"

"유정아! 차돌아! 잘 가."

"단오야, 잘 살아야 해. 아프지 말고 외롭다고 생각하지 말고 힘들면 언제든지 고향으로 돌아와. 항상 기다리고 있을게."

"유정아! 나 잊지 마!"


단오가 탄 군선은 수평선 넘어 황혼이 물든 노을 속으로 사라지고 이순신 장군의 유해를 실은 수레도 군중 사이를 지나가고 있었다. 유정과 차돌은 사랑하는 사람과 헤어지는 아쉬움을 안고 노을 속으로 사라지는 단오와 군중 속으로 사라지는 이순신의 유해를 번갈아 쳐다보았다.

그들이 황량한 들판에서 만난 사람은 바로 들꽃처럼 변해버린 자신이었다. 유정과 차돌은 왜교성의 아픔을 품고 달빛 청춘이 되어 궁핍한 백성만이 존재하는 암담한 세상으로 들어가고 있었다.

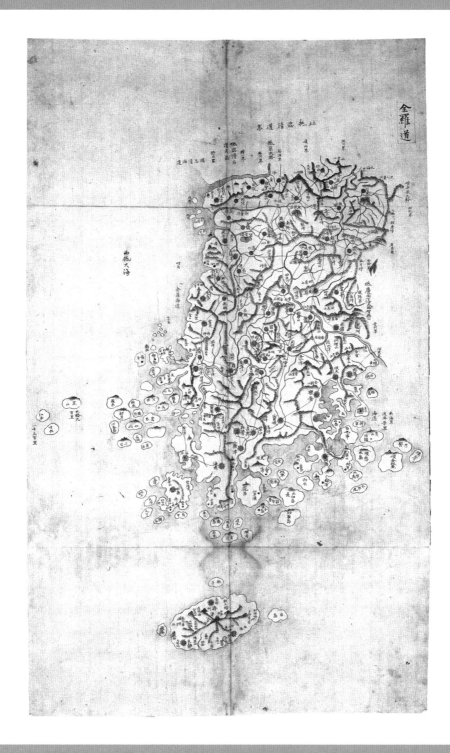

왜교성을 품은 달빛 청춘 2

초판 1쇄 인쇄  2016년 9월 1일
초판 1쇄 발행  2016년 9월 1일

지은이 | 장현필
펴낸이 | 안대현
디자인 | 강희연
펴낸곳 | 도서출판 풀잎
등 록 | 제2-4858호
주 소 | 서울시 중구 필동로 8길 61-16
전 화 | 02-2274-5445/6
팩 스 | 02-2268-3773

ISBN 979-11-85186-22-1(04810)
         979-11-85186-20-7(세트)

협찬 : 문화관광재단

이 도서의 국립중앙도서관 출판예정도서목록(CIP)은 서지정보유통지원시스템 홈페이지(http://seoji.nl.go.kr)와
국가자료공동목록시스템(http://www.nl.go.kr/kolisnet)에서 이용하실 수 있습니다. (CIP제어번호 : CIP2016020747)